eye.

守望者

——

到灯塔去

德勒兹
论文学

Deleuze on Literature

［美］罗纳德·博格 著
石绘 译

Ronald Bogue

南京大学出版社

Deleuze on Literature, 1st edition
By Ronald Bogue / 9780415966061

Copyright © 2003 by Routledge
Authorized translation from English language edition published by Routledge, part of Taylor & Francis Group LLC
All Rights Reserved.

本书原版由 Taylor & Francis 出版集团旗下 Routledge 出版公司出版，并经其授权翻译出版。版权所有，侵权必究。

Nanjing University Press is authorized to publish and distribute exclusively the Chinese (Simplified Characters) language edition. This edition is authorized for sale throughout Mainland of China. No part of the publication may be reproduced or distributed by any means, or stored in a database or retrieval system, without the prior written permission of the publisher.

本书中文简体翻译版授权由南京大学出版社独家出版并仅限在中国大陆地区销售，未经出版者书面许可，不得以任何方式复制或发行本书的任何部分。

Copies of this book sold without a Taylor & Francis sticker on the cover are unauthorized and illegal.

本书贴有 Taylor & Francis 公司防伪标签，无标签者不得销售。

江苏省版权局著作权合同登记　图字：10-2017-510 号

图书在版编目（CIP）数据

德勒兹论文学 /（美）罗纳德·博格著；石绘译.
— 南京：南京大学出版社，2022.1
书名原文：Deleuze on Literature
ISBN 978-7-305-24407-0

Ⅰ. ①德… Ⅱ. ①罗… ②石… Ⅲ. ①德鲁兹
(Deleuze, Gilles 1925—1995)—文学理论—研究　Ⅳ.
①I0

中国版本图书馆 CIP 数据核字（2021）第 191578 号

出版发行　南京大学出版社
社　　址　南京市汉口路 22 号　　　邮　编 210093
出 版 人　金鑫荣

书　　名　德勒兹论文学
著　　者　［美］罗纳德·博格（Ronald Bogue）
译　　者　石　绘
责任编辑　陈蕴敏
照　　排　南京紫藤制版印务中心
印　　刷　南通印刷总厂有限公司
开　　本　880×1230　1/32　印张 8　字数 193 千
版　　次　2022 年 1 月第 1 版　2022 年 1 月第 1 次印刷
ISBN　978-7-305-24407-0
定　　价　66.00 元

网　　址　http://www.njupco.com
官方微博　http://weibo.com/njupco
官方微信　njupress
销售咨询　025-83594756

* 版权所有，侵权必究
* 凡购买南大版图书，如有印装质量问题，请与所购图书销售部门联系调换

致吾妻
斯韦娅

目　录

缩写表 / 1
导论 / 1

第一章　疾病、符征、意义 / 10
　　诠释和评价 / 11
　　马索克和受虐恋 / 17
　　意义和表面 / 27

第二章　普鲁斯特的符征机器 / 40
　　符征的辐散和诠释 / 41
　　符征的再诠释 / 50
　　符征的繁衍与生产 / 56
　　机器 / 64

第三章　卡夫卡的法律机器 / 73
　　欲望机器和欲望生产 / 74
　　何谓机器？/ 78
　　单身机器 / 85
　　写作机器 / 92
　　法律机器 / 98

艺术和生命 / 107

第四章　次要文学 / 111

　　小众文学 / 112

　　解域化的语言 / 115

　　语言和力量 / 119

　　语言的次要使用 / 122

　　声音和意义 / 126

　　陈述的集体装置 / 132

第五章　克莱斯特、贝内、次要戏剧 / 140

　　克莱斯特和战争机器 / 141

　　战争和彭忒西勒亚 / 147

　　贝内的理查 / 154

　　淫秽的历史 / 160

　　德勒兹的贝内 / 167

　　戏剧和人民 / 178

第六章　生命、线路、视觉、听觉 / 183

　　逃逸线 / 184

　　线 / 188

　　视觉和听觉 / 196

　　视觉、轨迹与生成 / 206

　　终曲：贝克特的电视剧 / 213

结论 / 226

参考文献 / 233

译名对照表 / 237

缩写表

文中所出现的所有德勒兹、瓜塔里和德勒兹-瓜塔里作品的译文都是我自己翻译的。对于已有英译本的著作，我引用时在法语原版的页码后标注了英文译本的页码。

AO 《反俄狄浦斯：资本主义与精神分裂Ⅰ》(Deleuze and Guattari. *L'Anti-Oedipe: Capitalisme et schizophrénie* Ⅰ. Paris: Minuit, 1972. *Anti-Oedipus*. Trans. Robert Hurley, Mark Seem, and Helen R. Lane. Minneapolis: University of Minnesota Press, 1977.)

B 《柏格森主义》(Deleuze. *Le Bergsonisme*. Paris: Presses Universitaires de France, 1966. *Bergonism*. Trans. Hugh Tomlinson and Barbara Habberjam. New York: Zone Books, 1991.)

CC 《批评与临床》(Deleuze. *Critique et Clinique*. Paris: Minuit, 1993. *Essays Critical and Clinical*. Trans. Daniel W. Smith and Michael A. Greco. Minneapolis: University of Minnesota Press, 1997.

D 《对话》(Deleuze and Claire Parner. *Dialogues*. Paris: Flammarion, 1977. *Dialogue*. Trans. Hugh Tomlinson and Barbara

Habberjam. New York: Columbia University Press, 1987.)

DR 《差异与重复》(Deleuze. *Différence et répétition*. Paris: Presses Universitaires de France, 1968. *Difference and Repetition*. Trans. Paul Patton under the title. New York: Columbia University Press, 1994.)

E 《穷竭》(Deleuze. *L'Épuisé*. Paris: Minuit, 1992. 与萨缪尔·贝克特的《方庭》[Samuel Beckett, *Quad*] 一起出版。"The Exhausted," Trans. Anthony Uhlmann in *Essays Crtitical and Clinical*. Trans. Daniel W. Smith and Michael A. Greco. Minneapolis University of Minnesota Press, 1997, pp. 152-174.)

F 《福柯》(Deleuze. *Foucault*. Paris: Minuit, 1986. *Foucault*. Trans. Seán Hand. Minneapolis: University of Minnesota Press, 1988.)

FB 《弗兰西斯·培根:感觉的逻辑》(Deleuze. *Francis Bacon: Logique de la sensation*. Vol 1. Paris: Éditions de la différence, 1981.)

K 《卡夫卡:为次要文学而作》(Deleuze. *Kafka: Pour une littérature mineure*. Paris: Minuit, 1975. *Kafka: Toward a Minor Literature*. Trans. Dana Polan. Minneapolis: University of Minnesota Press, 1986.)

LS 《意义的逻辑》(Deleuze. *Logique du sens*. Paris: Minuit, 1969. *The Logic of Sense*. Trans. Mark Lester, with Charles Stivale. Ed. Constantin V. Boundas. New York: Columbia University Press, 1990.)

MM 《神秘主义与受虐恋》(Deleuze. "Mystique et masochisme." *La quinzaine littéraire* 25 (April 1-15, 1967):12-13.)

MP	《千高原：资本主义与精神分裂Ⅱ》(Deleuze and Guattari. *Mille plateaux: Capitalisme et schizophrénie*, *Ⅱ*. Paris：Minuit, 1980. *A Thousand Plateaus*. Trans. Brian Massumi. Minneapolis：University of Minnesota Press, 1987.)
N	《尼采》(Deleuze. *Nietzsche*. Paris：Presses Universitaires de France, 1965.)
NP	《尼采与哲学》(Deleuze. *Nietzsche et la philosophie*. Paris：Presses Universitaires de France, 1962. *Nietzsche and Philosophy*. Trans. Hugh Tomlinson. Minneapolis：University of Minnesota Press, 1983.)
PO	《政治与精神分析》(Deleuze and Guattari. *Politique et psychanalyse*. Alençon：des mots perdus, 1977.)
PP	《谈判》(Deleuze. *Pourparlers*. Paris：Minuit, 1990. *Negotiations*. Trans. Martin Joughin. New York：Columbia University Press, 1995.)
PS	《普鲁斯特与符征》(Deleuze. *Proust et les signes*. 3rd edtition. Paris：Presses Universitaires de France, 1976. *Proust and Signs*. Trans. Richard Howard. New York：G. Braziller, 1972.)
QP	《什么是哲学》(Deleuze and Guattari. *Qu'est-ce que la philosophie?* Paris：Minuit, 1991. *What Is Philosophy?* Trans. Hugh Tomlinson and Graham Burchell. New York：Columbia University Press, 1994.)
S	《斯宾诺莎：实践的哲学》(Deleuze. *Spinoza: Philosophie pratique*. 2nd edition. Paris：Minuit, 1981. *Spinoza: Practical Philosophy*. Trans. Robert Hurley. San Francisco：

City Lights, 1988.)

SM 《萨克-马索克阐发：冷酷与残酷》(Deleuze. *Présentation de Sacher-Masoch: le froid et le cruel*. Paris: Minuit, 1967. *Masochism: An Interpretation of Coldness and Cruelty*. Trans Jean McNeil. New York: G. Braziller, 1971.)

SP 《叠加》(Deleuze and Carmelo Bene. *Superpositions*. Paris: Minuit, 1979. "One Less Manifesto," trans. Alan Orenstein. In *The Deleuze Reader*. Ed. Constantin V. Boundas. New York: Columbia University Press, 1993, pp. 204-222.)

导 论

  1995年11月4日,当吉尔·德勒兹去世时,他被公认为二十世纪下半叶法国最重要的哲学家之一。在其思想生涯中,他对诸种艺术表现出持久的兴趣,其中或许尤以对文学的热爱最为坚定不移。除了专论普鲁斯特(Proust,1964;1970年和1976年增订再版)、19世纪小说家利奥波德·萨克-马索克(Leopold Sacher-Masoch,1967)、卡夫卡(Kafka,1975)的著作,以及生前最后出版的文学论文集《批评与临床》(CC)(1993)之外,德勒兹几乎在其所有著作中不断地提及小说、诗歌、戏剧和散文。在哲学家中,他最欣赏的是常被明确视作文学家的尼采,其他的作家-哲学家和哲学家-作家——克尔凯郭尔(Kierkegaard)、布朗肖(Blanchot)、米肖(Michaux)、阿尔托(Artaud)、克罗索斯基(Klossowski)、贝克特(Beckett)、马拉美(Mallarmé)、博尔赫斯(Borges)等——在其著作中也屡见不鲜。1969年,德勒兹考察意义悖论的著作《意义的逻辑》(LS)实乃以斯多亚学派的(Stoic)哲学来解读作家刘易斯·卡罗尔(Lewis Carroll),而其鸿篇巨制《千高原》(MP)(1980)引述的作家数量更是超过了七十五位。

  尽管德勒兹在其著作中对文学的关注和引述俯拾皆是,但他从未在任何地方直接提出过系统的文学"理论",我们也很难从其各种文学研究中推导出一套理论来。德勒兹对文学的论述是一项与文学作品相伴随的思考工作，是关于一系列哲学论题的研究，这些论题从与文学文本的相遇中产生并发展出来。因此，在某种程度上可以说，如果不考察那些起激发作用的文学作品，就无法充分理解德勒兹的文学思想。德勒兹探讨了诸多论题，涉及语言、意义、写作和文学，但它们所处的语境如此不同，朝向的目标如此多样，乃至有时很难看出不同的分析论述之间如何能够相互关联。然而，在德勒兹讨论文学的所有文本里，有一条从其哲学的驱动性关切中生发出来的概念发展线索贯穿始终。德勒兹绝非传统意义上的系统哲学家，但是，他的思想不乏连贯性，遍及众多学科和思考领域的主题之间也存在着广泛的相互联系。我在本书中试图对德勒兹讨论文学、语言和写作的核心著作进行考察，阐明他对文学在一般社会实践领域中的本质和功能的理解，展现贯穿其生涯众多文学作品研究的大致思想轨迹。

对德勒兹来说，作家属于尼采式的文化医生，他既是读解着疾病与健康之文化符征的症状学家（symptomatologist），也是开出药方以促进生命之新可能性的治疗师。在第一章中，我将考察德勒兹在其早期著作《尼采与哲学》（NP）中所提出的文化医生（culture physician）这一形象，继而探讨两对被德勒兹视为文化医生的作家——《萨克-马索克阐发：冷酷与残酷》中的萨德（Sade）和马索克，以及《意义的逻辑》中的卡罗尔和阿尔托。尼采笔下的文化医生的首要工作是价值的评估，既要诊断塑造世界的力和态度，还要将诸力创造性地部署在新的形态中。文化医生不仅是符征的解读者，而且是艺术家，他满怀愉悦地根除文化的病菌并创造出提升和增强生命的新价值。萨德和马索克通常被视为他们名字所代表的性倒错（perversions）的典型病例，但德勒兹认为他们都是权力与欲望的社会结构的伟大症状学家。这两位作家创造了各自的复本（double）世界，这个复本世界作为某种文化批评形式发挥作用并打开生命的新可能性。但德勒兹认为,二者所构想的世界彼此不可通约,并且,我们不能错误地将其理解为施虐受虐恋(sadomasochism)综合征。萨德的世界充满着理性的谵妄(delirium)、反讽的演示,以及重复的机械运动,而马索克的世界则充满着图像的幻想、幽默的教导和冻结的悬置。作为症状学家,萨德和马索克揭示和批判了不同的符征群,作为艺术家,他们将性倒错的要素转换成新世界的组成部分。与萨德和马索克的情形如出一辙,卡罗尔和阿尔托也通常被视为心理疾病的样本,某些情况下还被视为同一种疾病——精神分裂症(schizophrenia)。通过分析阿尔托对诗歌《伽卜沃奇》("Jabberwocky")的意译,德勒兹指出,卡罗尔和阿尔托处于截然不同的世界中,并且二者都是具备罕见洞识的症状学家和拓扑学家。卡罗尔倒错的无意义话语(nonsense)展露出一个表面(surfaces)和事件(events)的世界,这使人联想到斯多亚学派的非身体(incorporeal)领域,阿尔托的词语-尖啸(word-screams)和声音碎片(sonic shards)则打开了一个动荡不安的深渊和相互渗透的肉身。卡罗尔倒错的无意义话语与阿尔托精神分裂式的词语碎片之间相去甚远,二者也不能归属于德勒兹所说的"孩童、诗人、疯子奇异的三位一体"(LS101;83)。卡罗尔可能像一个孩子般的性倒错者,阿尔托可能像一个咆哮的疯癫者,但作为作家,他们都是文化的医生,以各自不同的诊断揭示了分叉的诸多现实和另类的生命样态。

德勒兹将普鲁斯特的《追忆似水年华》(A la recherche du temps perdu)视为"一般的符征学(semiology),一种世界的症状学(symptomatology)"(PP 195;142—143),第二章我将转而论述德勒兹在其《普鲁斯特与符征》(PS)(1964)一书中对这种符征学和症状学所做的拓展分析。在这部著作中,德勒兹发展出对普鲁斯特的两层解读,第一层从符征的诠释角度入手(1964年原版),第二层着眼于符征的生产方面(第二版中增补的长篇章节)。普鲁斯特的符征是一种秘符(hieroglyph),一团裹藏着隐秘内容的谜,必须通过读解才能揭示出来。普鲁斯特的《追忆》讲述了马塞尔(Marcel)的符征学习经历,通过学习,这个年轻人从贫乏的社交符征出发,经由欺骗性的爱恋符征和无意记忆(involuntary memory)的感官符征,最终抵达深刻的艺术符征。一旦马塞尔理解艺术符征能够表达本质,其他符征便得以转化,并且他发现了自己身为艺术家的使命。但是德勒兹指出,艺术符征的真理既非客观的现实性,亦非主观的联想,而是一种自我分异的差异(a self-differentiating difference)的真理,它显现自身并由此创造一个世界。艺术家、周遭世界和艺术作品皆是符征的非个人(apersonal)显现的一部分,创作完成的艺术品是一个乔伊斯式的"混沌宇宙"(chaosmos),是一次混沌-生成-宇宙(chaos-become-cosmos)的过程。因此,马塞尔的符征诠释不可避免地导向符征的艺术生产,在《普鲁斯特与符征》的第二部分,德勒兹向我们展现了《追忆》自身如何可被视为一部符征的生产器,一部真正的符征机器。他说现代艺术作品的功能远远超出其意义,正是在这个意义上它是一部机器。普鲁斯特的符征诠释是混沌宇宙展现的一部分,它从某个特殊视角中生发出来,将作者含纳其中但最终超越了作者,并使他只能成为混沌宇宙-机器功能运转的部件。普鲁斯特是一位伟大的符征诠释者和文化疾病的症状学家,但作为文化医生,他终究是一部庞大的文学机器的构造者和构造物。

第三章集中探讨德勒兹和瓜塔里于1975年在其合著《卡夫卡:为次要文学而作》(K)中所发展出的文学机器(literary machine)的概念。在《反俄狄浦斯》(AO)(1972)中,德勒兹和瓜塔里阐述了一种将自然视为流的"机器运转"(a "machining" of flows)的一般理论,他们也正是从这一相当宽泛的机器概念出发切近卡夫卡的作品。二者认为,卡夫卡的日记、书信、短篇故事和未完成的小说,都是一部写作机器的组成部分,这部机器的目的只是为了避免封闭并保持流的运动。德勒兹和瓜塔里并未将卡夫卡的生活与艺术割裂开，而是认为他的日记书信与其小说之间有直接交流，并且，他在故事和小说中处理了诸多作为现实世界之一部分的力。卡夫卡的通信记录了他逃避婚姻陷阱时所做的维持书信之流运转的徒劳努力。他的短篇故事充满了死亡结局，以及逃离家庭和社会约束的失败尝试。但是在小说中，卡夫卡找到了保持永动和维持写作机器运转的方式，也正因此，他的小说从未完成。特别是在《审判》（*The Trail*）一书中，当 K 从**法**（Law）的一个代理人奔向另一个时，小说尤其展现了文学机器朝向开放结局的运转。法本身就是一部庞大的机器，小说中的诸多人物、机构和地点作为机器的部件相互连接并相互作用。法除了其自身的运转外别无终极目的，K 对法的追求所导致的唯有一系列无结局的遭遇和无限制的延宕。对于德勒兹和瓜塔里来说，法的叙述并非纯粹的虚构，因为他们认为，卡夫卡在《审判》中通过展示奥匈帝国的内部倾向揭露了"未来的邪恶权力"（diabolical powers of the future）——纳粹主义和官僚资本主义。这些倾向是潜在而非现实之物，但它们是真实的，因而《审判》绝不仅仅是对**法**的社会机器的某种再现，它自身就是对现实的一次实验。

因此，《审判》直接地就是社会批判的机器和工具。就像萨德、马索克和普鲁斯特一样，卡夫卡是一名文化医生，他诊断未来的邪恶权力，指出逃离这些权力的路线。并且，与普鲁斯特相似，他是一部文学机器的构造者，这部文学机器自身是社会和物质机器的一个更大的复合体的组成部分。作为文化医生和机器的发明者，他践行某种同时具有政治性和实验性的写作形式，生产出德勒兹和瓜塔里所说的"次要文学"，第四章将讨论"次要文学"这一主题。德勒兹和瓜塔里从卡夫卡日记中提取出这一概念，卡夫卡在日记中概述了本土的布拉格捷克人的"次要文学"的特点。但是，德勒兹和瓜塔里认为，卡夫卡的次要文学概念并非指语言上或文化上的小族裔自身的某种文学写作,而毋宁说是从语言的某种次要使用(minor *usage*)中产生出的文学,这种次要使用意味着掌控语言的变量,使其失衡。对于德勒兹和瓜塔里来说,语言是一种行动,语言的规则性只是增强规则实践模式的权力结构的组成部分。当作家颠覆语音、句法和语义的习规时,他们便激活了内在于语言的不断变化的路线并由此瓦解了固化的权力关系的常规功能运转。德勒兹和瓜塔里将卡夫卡视作一位对权力的主要组构(major configuration)进行"次要化"(minorizes)的作家,通过词语进行游戏,开掘其语言处境的不稳定性和不规则性,发明其周围传播的言语-行为(speech-acts)的新语义用法。他们断定,卡夫卡的写作绝非那种绝望的自言自语,他是一位政治作家,引入语言的集体功能,试图创造一种人民和一条逃离未来邪恶权力的路线。

德勒兹在其论文《减法宣言》("One Less Manifesto")中对戏剧及其与"次要"之间的关系进行了延伸性探讨,从而拓展了次要文学这一概念。这篇文章与卡尔梅罗·贝内(Carmelo Bene)的戏剧《理查三世》(*Richard* Ⅲ)一同被收入《叠加》(SP)(1978年意大利文版,1979年法语版),在第五章中,我将对这部著作进行解读,尝试通过贝内的剧作和德勒兹的评论来勾勒"次要文学"的特点。贝内的剧作是对莎士比亚《理查三世》的实验性挪用和改编,他和德勒兹都将理查三世视为一个致力于"生成-女人"(becoming-woman)的"战争男人"(man of war)。战士生成女人这一想法是德勒兹从克莱斯特(Kleist)作品《彭忒西勒亚》(*Penthesilea*)中酝酿出来的。在贝内的剧作和德勒兹的论文中,克莱斯特剧作的人物原型被用于解读莎士比亚笔下恶棍的行动。尽管只有理查三世和莎士比亚笔下的女性人物出现在戏剧舞台上,但贝内戏剧中的对白是从莎士比亚那里摘录过来的。然而情节绝非莎士比亚式的,其目的在于剥夺莎士比亚历史剧中传统的权力标记,并揭示理查的背叛与其身边女性之间的关联。贝内的戏剧批判了莎士比亚原剧所表现的权力关系,但同时也动摇了传统戏剧形式,德勒兹将这一批判和实验的结合视为戏剧舞台的次要使用。次要戏剧将演出的所有要素——说话、姿势、服装、道具、舞台设置、灯光等等——置于变动中,并以某种变形的、对位的组合方式将它们结合起来,这并非颠覆传统的单纯练习,而是创造新生命样态和创造将要来临的人民的一种方法。

文学创造生命的新可能性,在其最后一部著作《批评与临床》(1993)中,德勒兹提出了作家实现这一目标的各种途径。第六章将集中讨论两种方式:生产"逃逸线"(lines of flight)和创造"视觉(visions)和听觉(auditions)"。德勒兹经常用"线"这一术语来从整体上讨论写作和生命,而且,正是在这一大语境中,其"逃逸线"概念的丰富意义才鲜明可见。逃逸线归根结底是生成-他者(becoming-other)的过程轨迹,是经常"在中间穿行"的线的进程。逃逸线既内在又外在于语言,它在语言不断超越自身的趋势中呈现出来。伟大的作家(即语言次要使用的践行者)在他们的母语中发现某种外语。他们使语言结巴,以此促成语言的生成-他者的过程。但他们还创造了"视觉和听觉",亦即那"唯有语言才使其成为可能"的视觉物和听觉物(CC q;lv),但它们自身是非语言的要素。视觉和听觉构成语言的外在表面,并构成"写作特有的绘画和音乐,就像色彩和声音升至词语之上的效果"(CC q;lv)。在后续对T. E. 劳伦斯(T. E. Lawrence)《智慧七柱》(*Seven Pillars of Wisdom*)和贝克特电视剧的研究中,德勒兹详细阐述了视觉和听觉的概念,最终认为文学的使命总是将语言推向外部,并且处于词语向世界敞开的进程中。

这本书是我论德勒兹与艺术的三部曲之一,另外两部分别是《德勒兹论电影》(*Deleuze on Cinema*)和《德勒兹论音乐、绘画和艺术》(*Deleuze on Music, painting and the Arts*)。每部独立成书,但三部共同构成一项整体研究。在本书中,我的首要目的是讨论德勒兹的文学思想，但我们很难将他对文学这门艺术的观点与他对一般艺术或整个哲学的理解割裂开。德勒兹对所有艺术学徒和艺术实践者的发论层出不穷，他在其文学分析中发展出来的概念大概同样会激起学界外的同仁的兴趣。因此，我尽力让专业人士和非专业人士都能理解我的论述，以期激发各种背景的读者不仅借助此书去探究德勒兹的众多文学论著，而且去涉足德勒兹讨论音乐、绘画、电影的著作。

过去几年来，英语和法语学界出现了一大批研究德勒兹的优秀著作。我从中受益良多，但我不再对这些著作进行详细讨论了，只引述那些对理解德勒兹特定论点有所助益的文本，特别值得指出的是本斯马伊亚（Bensmaïa）、邦迪斯（Boundas）和史密斯（Smith）开创性的论文，以及埃利耶（Alliez）、安塞尔-皮尔逊（Ansell-Pearson）、布坎南（Buchanan）、布伊登斯（Buydens）、科尔布鲁克（Colebrook）、科隆巴（Colombat）、古德柴尔德（Goodchild）、哈特（Hardt）、霍兰（Holland）、肯尼迪（Kennedy）、兰伯特（Lambert）、马苏米（Massumi）、梅（May）、奥尔科夫斯基（Olkowski）、帕顿（Patton）、赖赫曼（Rajchman）、罗多维克（Rodowick）、斯蒂韦尔（Stivale）和祖拉比什维利（Zourabichvili）等人的著作。对于任何乐于钻研德勒兹作品疑难之处的人来说，这些论著都值得一读。

最后说明一个方法论问题：任何人在撰写关于德勒兹的论著时都面临着一个无法解决的特殊困难。德勒兹最重要的四部著作是以哲学史上独一无二的合作方式与费利克斯·瓜塔里（Félix Guattari）共同撰写的。瓜塔里本身就是一位重要的理论家，而且其诸多著作值得仔细研读和讨论。毫无疑问，他在内容上和形式上都对合著贡献良多。与德勒兹或瓜塔里各自的创作不同，德勒兹-瓜塔里的合著显然充满着幽默、能量和胆识。但是我们不能在这些合著中把德勒兹和瓜塔里割裂开。当他们经历一次合作的历险后返回到各自的独立研究时,二者都将合著视为自己的作品。因此,我别无选择,只能将德勒兹的著作和德勒兹-瓜塔里的合著都视为德勒兹全集的组成部分。如果我撰写关于瓜塔里的书,那么我也会将他的著作和德勒兹-瓜塔里的合著纳入瓜塔里文集中去。我们决不能忽视瓜塔里在德勒兹思想发展中的重要贡献,尽管我并没有讨论这一主题。

第一章
疾病、符征、意义

在 1988 年的一次访谈中，当被问及一部文学专论的撰写计划时，德勒兹曾说他"梦想以《批评与临床》为总标题进行一组研究"（PP 195；142）。① 1993 年，这部著作终于问世——即德勒兹的最后一本书 *Critique et Clinique*（《批评与临床》）论文集。该书共收录十八篇论文——1970 年到 1993 年间已经发表的八篇旧文及十篇新作——其中大部分聚焦在文学领域，少数集中在哲学、精神分析学和电影等主题。事实上，德勒兹对文学的讨论始终贯穿其大部分著作，早在 1967 年出版的《萨克-马索克阐发：冷酷与残酷》（*Présentation de Sacher-Masoch: le froid et le cruel*，英译本书名为 *Masoch: An interpretation of Coldness and Cruelty*）中，他已阐明了"批评"和"临床"主题。德勒兹在该书中期望通过对萨德和马索克的考察，使得"*la critique*（文学意义上）和 *la clinique*（医学意义上）或可进入一种全新的关系，在此关系中，一方教导另一方，反之亦

---

① Critique 和 Clinique 均给翻译带来困难。"*La critique*"既有"批评"之意（如"文学批评""从事艺术作品、政策、行动的批评"），亦有"批判"之意（如"进行一次批判"，或康德的《纯粹理性批判》）。"*Le critique*"意指"批评家"，作为形容词 *critique* 可理解为"批评的""关键的""决定性的"。"*La Clinique*"可以指医学诊疗，但它同样指通过直接观察进行诊断的医学实践，以及医生指导学生的教学方法。Clinique 还可以作为形容词，如临床医学（*médecine clinique*）。

然"(SM 11；14)。德勒兹在《尼采与哲学》(1962)中对文学和医学的此种关联已有所触及，该书将诠释视为一种症状学和征候学(semeiology)。在本章中，我们将首先简要考察批评的概念，以及德勒兹视域下的尼采思想中的批评与医学的关系，继而对其关于马索克的论著中批评和临床之间相得益彰的关系进行阐发，最后讨论《意义的逻辑》一书中符征、症状(symptoms)与意义的关联。① 而探问德勒兹如何将文学和其他写作形式区分开并明确德勒兹赋予文学艺术作品何种特殊功能，这将是我们贯穿始终的关注点。

诠释和评价

德勒兹认为尼采完成了由康德开启的批判事业，而康德是"第一个认为批判作为批判必须是全面的和肯定的哲学家"(NP 102；89)。据此解读，康德在其批判哲学中质疑了对真理和道德的占有要求，但他未曾检验构成其根基的价值。"他将批判设想为一种力，这种力应该针对所有对知识和真理的占有要求而无须指向知识和真理本身，这种力应该针对所有对道德的要求而无须针对道德本身。"(NP 102；89)尼采将批判推向其终点并对包括真和善在内的所有价值进行重估。德勒兹在尼采的批判中区分了两种基本活动：意义[sens，意义或含义]②的诠释和价值的评价。两种活动均与力的评估有关，诠释关乎关系中的力的性质，评价则涉及显现在特定的力的关系中的权力意志的性质。

---

① 参见拙著《德勒兹与瓜塔里》(Deleuze and Guattari)中对《尼采与哲学》(15—34)、《萨克-马索克阐发》(44—45)和《意义的逻辑》(67—80)的简要梳理。
② 在英译引文中，作者经常以中括号注明重要术语和语句的法文或德文原文，中译本保留此用法。——译注

对象的意义源自"占有、利用、掌握它或将自身表达在它之中的力"(NP 3；3)。每个力都是对现实某个份额的占有，事物的历史就是曾拥有该事物的诸力的演替史。"一个单独的对象，一个单独的现象根据占有它的力而改变意义"(NP 4；3)。力总是多元的，因此诠释也必定是多元的。力还会将自己掩藏在此前占有相同对象的力的面具之下，所以"诠释的艺术必须同时是刺穿面具的艺术"(NP 6；5)。故此，"一个现象既非表象(appearance)亦非显现(apparition)，而是一个符征，一种在现存力量中发现其意义的症状。哲学作为一个整体是症状学和征候学。科学则是症状学和征候学的系统"(NP 3；3)。在《道德的谱系》中，尼采指出，奴隶将一个对象诠释为"善"在性质上不同于主人对这一对象的意义诠释。奴隶的"善"戴着主人的"善"的面具，但是这个词的两种意义源自不同的力的配置。奴隶的"善"来自受动的力之关系，而主人的"善"表达主动的力之关系。奴隶怨恨主人的优越性并将善设想为主人恶之力量的否定。相反，主人将善单纯地理解为对其自身存在的肯定。奴隶对一个对象的诠释与主人的诠释同样都是特定心智的症状，是特定力之关系的符征，并且诠释的艺术（即对奴隶和主人的诠释进行诠释）在于对赋予对象意义的诸力进行仔细辨别，这些力或主动或受动，或高贵或低贱。

然而，唯有与涉及权力意志的评价活动相结合，诠释才能获得其充分意义。德勒兹认为，对于尼采而言，世界是由彼此关联的动态数量的力所组成。力拥有特定的量，但如果将一个力与其他力脱离开来，就会曲解这个力的量。所有的力都与其他力相关联，并且没有任何两个关联的力具有相同的量；一个力总是强于另一个力，并且从诸力的量的差异关系中产生每个力的性质。就它们的量而言，力要么是支配的要么是被支配的；就它们的质而言，力要么是主动的要么是反应式的(NP 60；53)。但是如果诸力中没有产生关系的动态要素,则它们将绝不会彼此关联。尼采称这一要素为"权力意志"。权力意志"因此添加在力中,但它充当着差异的和起源的要素,充当着其生产的内部要素"(NP 57—58;51)。作为差异的要素,权力意志生产诸力的量差关系;作为起源的要素,它生产诸力的性质的关系。如果支配和被支配表示力的数量,而主动和受动表示力的性质的话,那么"肯定和否定表示权力意志的原初性质"(NP 60;53—54)。诠释就是"确定那赋予事物某种意义的力",评价则是"确定那赋予事物价值的权力意志"(NP 61;54)。因此,诠释就是评估一个力的或主动或受动的性质,评价就是评估那表达在给定诸力关系中的权力意志或肯定或否定的性质。

这种关于力、权力和支配的论调可能暗示着一个"强权就是正义"和"适者生存"的残酷机械世界,但是德勒兹提出了反驳此种解读的若干重要区分。首先,肯定性面具下的权力意志并非指一个权力意志压倒另一个。① 这是典型的奴隶式权力观,奴隶怨恨主人并意欲通过颠倒主人和奴隶的权力关系来复仇。主动力支配其他力,但支配"意味着通过开发环境来施加形式和创造形式"(NP 48;42)。肯定性的权力意志是变形的、自我转变的。"变形的力量[*puissance*],即狄奥尼索斯的权力[*pouvoir*]②,是主动性的首要定义"(NP 48;42)。其次,权力意志同时是感发(affecting)力和受感发(*being affected*)力。一个身体是一组与其他诸力相互关联的力。身体的潜能或能力,亦即其力量(*puissance*),不仅由其感发力所规定,还由其能够受感发的诸多方式所规定。身体的受感发并不必然

---

① 德勒兹在整部《尼采与哲学》中倾向于在 *puissance* 和 *pouvoir* 之间做出区分,前者指才能、能力、潜能、实力意义上的"力",后者指政治权力、权威、支配意义上的"力",并且一般而言,*puissance* 是积极的,而 *pouvoir* 是消极的(尽管这一区分并未贯穿始终)。值得注意的是,尼采的"*Wille zur Macht*"的标准法文译词是"*volonté de puissance*"。

② 法语的 *puissance* 和 *pouvoir* 英译皆为 power,故作者以中括号加注法语原文以示区别。中译据此将 power 译为"力量"或"权力",force 则统一译为"力"。——译注

是被动性的形式,而是"感兴性($affectivity$)、敏感性(sensibility)、感觉(sensation)"(NP 70;62)。因此,权力意志"将自己呈现为力的敏感性"(NP 71;62—63)。第三,肯定性的权力意志不仅是主动力,而且是施动于其受动的能力(NP 127;111)。所有的身体都由多种力组成并因此必然是主动力和受动力的结合体。每个身体都依次与多种力关联,这些力既是主动的也是受动的。故此,区分肯定性权力意志和否定性权力意志的标准并非身体内受动力的缺席或在场,而在于受动力展开其关系的方式。主人偶尔会遭遇更高等的力,但他们并不安居于其中。他们做出回应并继续前进。他们施动于其受动。相反,奴隶永远无法处理更高等的力。他们有着耿耿于怀的病态记忆,有着使其无法免于受动的患病器官。在他们身上,否定性的权力意志感染了全部力的关系并逐渐获得一种诸力的普遍生成-受动(becoming-reactive),通过这种生成-受动,力转而反对自身并使其无法实现自身的能力。

最终,德勒兹在肯定性权力意志中所发现的是一种艺术的敏感性——有意愿去塑造和创造,有意愿去增强感兴性,有意愿去引发和经历变形与转变。权力意志的哲学"拥有两个充满福音的原理:去意愿=去创造,意志=快乐"(NP 96;84)。只有奴隶才将主人设想为对他者的征服、对他者的麻木不仁,以及遭遇更高等力量时的刀枪不入和遗世独立。主人通过价值的创造性馈赠,通过增强的感发力和受他者感发的力,通过施动于其主动和受动的能力,来肯定其存在。然而正如尼采所发现的,问题症结在于人类历史是力的普遍生成-受动的历史。否定性权力意志的胜利无所不在,奴隶四处蔓延,这并非凭借力的优势数量或更多数量,而是通过坏良心(bad conscience)的疾病,它导致主人转而反对自身,限制自己的力量并阻止力量实现其能力。否定性权力意志开始凭借反应性和怨恨($ressentiment$),以及无所不在的对生命的憎恶感染所有人。否定性的疾病是普遍的疾病,正因如此,肯定性的哲学家必须是医生,既是恰当诠释疾病符征的诊断医生,亦是开出药方的治疗师。① 作为治疗师,医生为生命创造新可能性,在这个意义上充当肯定变形与转变的艺术家和创造新价值的立法者而发挥作用。因此"'未来哲学家'的尼采意义上的三位一体"(NP 86;75)乃是:医生哲学家、艺术家哲学家和立法者哲学家。

批判包括意义的诠释和价值的评定,但是诠释和评价首先都不是某种接受性活动。我们一般认为诠释者是阅读者,评价者即批评者,但是尼采的诠释者/评价者总是医生/艺术家/立法者,既是评价者亦是创造者。正如德勒兹所指出的,尼采一般从艺术家的位置而非受众的位置来看待艺术(NP 116—117;102—103),正如他从词语发明者的视角而非词语使用者的视角出发来对待语文学(NP 84—84;74—75)。因此,同理,批判本质上具有主动性而非接受性,是一个转变和创造的诠释与评价过程。它还是肯定性的,但需要强调的是,批判并不因此而意味着一概接受和全然拥护。对每一事物说"是"就是对否定性权力意志的所有疾病和毒药说"是"。接受象征着负重的野兽,是查拉图斯特拉(Zarathustra)的驴,每次给它的脊背增重,它都会"咿呀"地叫。② 批判就是创造,但它同样是愉快地对所有否定和反对生命的事物进行摧毁。肯定性批判的狄奥尼索斯式的"是""知道如何说不:它是纯粹的肯定,它已征服了虚无主义并且剥夺了否定中的全部自主权力……去肯定就是去创造,而非去承受、忍受、承担"(NP 213;185—186)。

---

① 尼采在《快乐的科学》中写道:"我仍然在期待一位富于哲理的医生,在这个词的特殊意义上的医生,一位研究民族、时代、种族和人举的总体健康的医生,期待他有朝一日鼓起勇气,将我的怀疑推向极致,并敢于直言:迄今的一切哲学研究根本与'真理'无涉,而是涉及别的东西,我们称之为健康、未来、发展、权力、生命……"(p.35)。

② 参见《查拉图斯特拉如是说》第四部《唤醒》:"他负着我们的重负,他具有奴仆形象,他有忍耐之心,从不说'否';谁爱自己的上帝,谁就惩罚上帝。/而驴子于此叫了一声'咿呀'。"(*Portable Nietzsche*,p. 424)

德勒兹将尼采的思想视为诠释和评价的批判哲学。未来哲学家同时是医生、艺术家和立法者,但首先是通过创造来肯定生命的艺术家。因此,艺术成为理解尼采哲学概念的一个典范,但是对于艺术可能充当的与哲学所不同的特殊角色究竟是什么,德勒兹在《尼采与哲学》中并未言明。不过,提请注意的是,德勒兹的确简要指出了文学和哲学在集作家和思想家于一身的尼采那里存在着密切关联,这可以从尼采同时作为作家和思想家的实践中看出。尼采"将两种表现手段即格言和诗歌融合在哲学之中,这些形式意味着一个新的哲学概念,一个新的思想家形象和思想形象"(N 17)。格言是片段,并由此而成为"多元论思想的形式"(NP 35;31)。其对象是"一种存在、一次行动、一个事物的意义"(NP 35;31)。格言自身就"能够表述意义,格言是诠释和诠释的艺术"(NP 36;31)。与此相似,诗歌是"评价和评价的艺术:它言说价值"(NP 36;31)。格言的意义源自规定着诸力之间或主动或受动的关系的差异要素,诗歌的价值则源自同一个差异要素,即肯定性的或否定性的权力意志。但是,这一差异要素尽管总是在场,它"同样总是隐含或隐藏在诗歌或格言中"(NP 36;31),因此需要加以进一步的诠释和评价。如此一来,格言是诠释,但它需要第二层诠释,正如诗歌是评价,但需要第二层评价。正是通过对总是在场但隐藏在格言和诗歌中的权力意志的差异要素的揭示,"哲学,在与诗歌和格言的本质关联中,构成了完整的诠释和评价,亦即思想的艺术、高等思想力或'反为力'"(NP 36;31)。① 文学似乎给尼采提供了第一层诠释和评价,然后他使这些诠释和评价服从于哲学的、第二层的诠释和评价。但尼采是否是一位将哲学和文学熔于一炉的哲学格言家/诗人,抑或,

---

① 德勒兹在为"哲学家"丛书撰写的简明学习指南《尼采》(N)中谈到格言和诗歌时说:"格言即诠释的艺术和诠释之物;诗歌即评价的艺术和评价之物。诠释者是生理学家和或医生,他将现象视为症状并以格言形式说话。评价者是艺术家,他斟酌并创造'视角',以诗歌形式发言。未来的哲学家是艺术家和医生——用一个词概括就是:立法者。"(N 17)

是否是一位为其自身哲学目标而改编文学格言和诗歌的哲学家,仍然模糊难辨。①

马索克和受虐恋

在《尼采与哲学》中,德勒兹自始至终都将关注点集中在哲学意义的批判上,他将批判划分为意义诠释和价值评价这两项相辅相成的活动。未来哲学家既是艺术家又是医生,从这个层面来看,未来哲学家对意义和价值的批判包含着艺术和医学的广义功能——创造和治疗。在其《萨克-马索克阐发》一书中,考虑到利奥波德·里特·冯·萨克-马索克(Leopold Ritter von Sacher-Masoch,1836—1895)②的小说既是关于受虐恋的文学作品,又是对受虐恋的临床研究,德勒兹将艺术和医学以一种更独特的方式结合在一起。德勒兹从"批评([critique]在文学意义上)和临床([clinique]在医学意义上)"(SM 11;14)的角度组织讨论,但是他的关注重点并非文学批评而是文学创造,他将后者视为一种思想样态。正如萨德与施虐

---

① 德勒兹和瓜塔里在《什么是哲学》的第63—65页和第65—67页对这个问题进行了简要讨论,他们区分了概念人物[personnages conceptuels]和美学形象。我不认为这种区分有如他们所认定的那样泾渭分明。关于这个论题参见拙著《德勒兹论音乐、绘画和艺术》的最后一章。

② 德勒兹与此前许多评注者一样将萨克-马索克的生年确定为1835年,不过也有其他人追溯到1830年。贝尔纳·米歇尔(Bernard Michel)在其1989年出版的萨克-马索克传记中处理了这个问题,以及关于马索克生平的一系列其他问题,他确凿地认为马索克出生于1836年。米歇尔称赞德勒兹将马索克与萨德分开的做法,以及对马索克作为一位小说家所取得的成就的关注。但是,他的确质疑了德勒兹对马索克《穿裘皮人衣的维纳斯》(Venus in Furs)的解读,米歇尔认为德勒兹对马索克的大量作品(许多作品只有法译文本)的认识并不完整,这使他未能充分理解《穿裘皮大衣的维纳斯》在马索克《该隐的遗产》(The Legacy of Cain)小说系列中的地位。他还质疑了德勒兹对马索克作品中的女性所做的三重归类,并否认巴肖芬(Bachofen)对马索克有任何影响。参见 Michel, pp.164 - 173。

恋的联系一样，人们已经将马索克的名字与受虐恋的心理现象联系在一起，而德勒兹在作家和性倒错之间的这种联系中发现了一个包含于其中的未经检验的预设，即他们的作品只是心理失序的无意识症状。但德勒兹认为，马索克和萨德既是伟大的作家，也是伟大的临床医生。也许他们"遭受"了人们所分析的病状，但"不管是'病人'还是临床医生，萨德和马索克同时都是伟大的人类学家，他们知道在其作品中引入关于人、文化和自然的完整观念——也都是伟大的艺术学家，他们知道萃取新的形式，创造感受与思想的新方法，创造一种全新的语言"(SM 16；16)。因此，马索克和萨德所分析的对象并非只是特殊的和个案的病理学。正如德勒兹在《意义的逻辑》中所诠释的，"艺术家是临床医生，这并非指个别病例甚或一般病例的临床医生，而是指文明的临床医生。从这个意义上说我们不能盲从某些人，这些人认为萨德没有就施虐恋说出什么本质性的东西或马索克没有就受虐恋说出什么本质性的东西"(LS 276—277)。简言之，马索克和萨德是尼采意义上的医生艺术家，亦即文明的症状学家，以及感受和思考之新方式的创造者。①

---

① 德勒兹在 1988 年谈及以《批评与临床》为题的文学研究计划时说道："这并不是说伟大的作家、伟大的艺术家是病人——甚至也不是卓越的病人——也不是说在他们身上找到神经症或精神症的标记，仿佛这个标记是他们作品中的秘密和线索。他们不是病人；相反，他们是某种相当特殊的医生……正如尼采所说，艺术家和哲学家是文明的医生。"(PP 195；142—143)尽管尼采在《快乐的科学》中呼唤能够解决"一个民族、时代、种族或人类的总体健康问题"的"富有苔思的医生"(Nietzsche, 1974, p. 35)，但"文明的医生"这个词语并未出现在尼采本人出版的著作中。在 1873 年 3 月 22 日致罗德(Rohde)的信中，尼采提到自己计划写一部论希腊哲学的著作 Der Philosoph als Artzt der Kultur(《作为文化医生的哲学家》[The Philosopher as Cultural Physician])，1901—1913 年 Nietzsches Werke(《尼采文集》)的编者以此为标题出版了一本尼采 1873 年笔记的简要选集。尼采对"文化医生"这一概念的最完整论述出现在《尼采文集》中以 Gedanken zur der Betrachtung: Die Philosophie in Bedrangniss(《沉思之思：艰难时代的哲学》[Thoughts on the Meditation: Philosophy in Hard Times])为题的 1873 年笔记条目的第 77 和 78 篇。

第一章　疾病、符征、意义

症状学是医学的分支,关乎符征的诠释(因此其传统名称为征候学)。它还是临床(*la clinique*)的根基或通过直接观察病人进行诊断的艺术。① 伟大的临床医生是对诸符征进行重新组合的症状学家,他们拆解此前的症状链,并在"某种深刻的原初临床图画[*tableau*]"(SM 15;15)中建立尚未关联的症状的新联结。在《神秘主义与受虐恋》(MM)(1967)这段关于《萨克-马索克阐发》一书的简短访谈中,德勒兹发现,与"病因学,或曰病因研究"和"治疗学,或曰治疗方案的探究及应用"均为医学之必要组成部分的情况不同,症状学占据了"一个中性点,一个界-点(limit-point),在医学之前(premedical)或医学之下(submedical),既属于医学又属于艺术"。它"几乎位于医学的外部,在一个中性点、一个原点的位置上,在此,艺术家与哲学家之间、临床医生与病人之间可以彼此相遇"(MM 12—13)。伟大的临床医生是艺术家,艺术家可能是伟大的临床医生。萨德就是这样一位艺术家-临床医生,马索克也是"一位伟大的临床医生",也许他"甚至超过了萨德"(SM 26;40)。

症状学家和作家均对诸符征的命名采取语言学和符征学的操作,但正是在心理学现象领域之内,医学和文学似乎尤为息息相关。德勒兹指出,"事实上,文学创造和症状组构之间有着某种共同基

参见 Nietzsche, Friedrich. *Philosophy and Truth: Selections from Nietzsche's Notebooks of the early 1870's*, translated and edited by Daniel Breazeale, "The Philosophy as Cultural Physician" (pp. 69-76), "Philosophy in Hard Times" (pp. 119-121),以及 Breazeale 的"Note on the Texts, Translation, and Annotation" (pp. Lv-lxv)。

① 在《对话》(D 143;152)中,德勒兹援引勒内·克吕谢(René Cruchet)的《论医学中的方法》(*De la méthode en médecine*)来讨论症状学。克吕谢辨识出医学的四个方向:症状学,对符征的研究;病理学,对病因的研究;预后学,对可能结果的研究;治疗学,对治疗方案的研究。他认为,对符征进行直接观察的临床是医学其他所有方向赖以建立的根基。他将一种疾病的特征描述为"若干符征的群组,它们总是以相同的给定顺序出现,使我们能够确定这一疾病"(Cruchet p. 61)。

础:幻想[le phantasme]"(MM 13)。① 但是在文学作品和疾病之间存在着一个重要差异,这一差异源自"对幻想采取的工作类型。两者的源泉——即幻想——相同,但由此开始的工作截然不同,彼此不可通约:艺术工作和病理学工作(MM 13)"。以萨德和马索克为例,他们的艺术工作是针对某种特殊类型的文学课题。德勒兹呼应了弗洛伊德(Freud)对写作、白日梦和幻想的论述②,他评论说:"对于大部分作家而言,幻想是其创作的源泉。"但是对萨德、马索克和一小部分作家(德勒兹提到罗伯-格里耶[Robbe-Grillet]和克罗索斯基作为例子)而言,"幻想还成为作品的关键性本身,并发挥着决定性的作用,仿佛整部作品映照着其自身的源泉"(MM 13)。

德勒兹在其马索克论著中处理的核心问题是那种将萨德和马索克归入一个单独的病种——施虐受虐恋——的做法。马索克一般被视为萨德的镜像,许多批评家已经开始研究萨德的作品并严肃对待其思想,尽管马索克在19世纪60年代到70年代已颇有名气和声望,但时至今日,他的大部分作品依然鲜有人阅读和品鉴。然而,德勒兹坚称马索克是一位与萨德平起平坐的作家和症状学家,并认为施虐恋和受虐恋是两种根本不同的现象。施虐受虐恋并非疾病而是综合征(*syndrome*),即共用同一名字而来源不同的

---

① 弗洛伊德的 *Phantasie* 给法语和英语译者带来很大的问题。正如拉普朗什(Laplanche)和蓬塔利斯(Pontalis)在《精神分析的语言》(*The Language of Psycho-Analysis*)中所观察到的,法语的 *fantaisie* 有"突发奇想(whimsy)、古怪念头(eccentricity)、琐屑(triviality)等含义"(p.314),这与弗洛伊德的 *Phantasie* 相抵牾。因此,许多法国精神分析师诉诸 *fantasme*(或 *phantasme*)来对译 *Phantasie*。英语中也有类似问题,大多英国精神分析师建议在日常意义上的 fantasy 与技术层面和精神分析层面意义上的 phantasy 之间进行区分。我选择用 phantasy 来翻译德勒兹的 *le phantasme*。关于这一术语之复杂性的富有启发意义的讨论,参见 Laplanche, Jean, and J. B. Pontalis. "Phantasy (or Fantasy)", in *Language*, pp. 314 - 319。

② "Creative Writers and Daydreaming"(1908), *Standard Edition*, IX, pp. 141 - 153. "创造性作家之所为与游戏中的儿童之所为大同小异。他创造了一个幻想世界,他严肃对待它——即他投注了大量情绪——同时将它与现实明确区分。"(p. 144)

虚构符征群。① 一旦人们真正阅读马索克,"就会意识到他的世界与萨德的世界毫不相干"(SM 11;13)德勒兹的目标是在这两个世界之间做出区分并揭示出组织它们各自符征领域的逻辑。

萨德在其全部作品中寻求一种纯粹否定的理性谵妄(rational delirium)。德勒兹沿着克罗索斯基的分析路径区分了萨德作品中的两种本性:作为第二本性的摧毁和创造,这是一种诞生、变形、死亡的混合物;以及作为原始本性的纯粹否定,这是一种"原初的谵妄,一种仅由狂乱的和撕碎的分子所组成的原始混沌"(SM 25;27)。这种原始本性在现实中从未被给予;它是一个理念(Idea),诚然是谵妄的,但这是"一种理性特有的谵妄"(SM 25;27)。萨德的目的是创造一个原始本性的世界,在这个世界中,一种残酷秩序以毫不留情的暴力逻辑演示的理性被强加。母亲作为生育者与第二本性相连,父亲与原始本性相连——因此父亲的核心幻想是"其自身家庭的毁灭者,驱使女儿折磨并谋杀母亲"(SM 52—53;59)。当父亲形象使他臣服于自身的暴力原则,就有了某种特定的"受虐恋",但这是萨德世界特有的受虐恋,是对纯粹否定机制的极端贯彻施行。残酷的冷漠无情(apathy)在此占据支配地位,仿佛与第二本性相关联的所有感情都荡然无存。虽然爱欲(eros)的形式依然存留,但它是纯粹否定的力比多化的非个人的理念。

德勒兹在马索克那里同样发现了两种本性,但与萨德笔下的两种本性互不通约。马索克的第二本性由两极构成,其代表者分别是"引发放荡行为的名妓或阿佛洛狄忒(Aphrodite)"(SM 42;47)的

---

① 德勒兹论述道:"医学区分了综合征和症状:症状是某种疾病的特定符征,而综合征则是将截然不同的因果线和变动的语境(contexts)聚合在一起的交汇点或交叉点。"(SM 11)我们应该注意,克吕谢只是将综合征的特征描述为"符征的并发"(Cruchet, p. 99)。按照克吕谢的表述,所有疾病都是综合征,因此,在症状学中首要在真实综合征和虚假综合征进行区分。

女性形象和萨德式折磨者。在这个世界上,男人和女人处于永恒的战争中。名妓水性杨花,通过与诸多伴侣的私情制造骚乱,萨德式女人则通过色情暴力支配男人。在第二本性中,"暴力与欺骗、憎恨与毁灭、放荡与色情无处不在地发挥作用"(SM 49;54)。马索克的原始本性呈现在第三种女性形象即口腔母亲(oral mother)中,她"冷酷,具有母性,严苛"(SM 45;51)。受虐恋的梦想是一种脱离色情兴奋的本性,充满了一种冷静的、超越感官的感伤性和一种严格的、宣泄的秩序,这一秩序净化并实现了一个新人的神奇单性生殖(parthenogenesis)。如果说在萨德那里是父亲处于支配地位,那么在马索克这里则是母亲处于支配地位。在受虐恋的幻想中,当母亲规训儿子,由此成功使儿子自我蜕变、获得重生并与母亲联合,从而实现男人和女人的和解时,浮现的正是被母亲打败、羞辱和摧毁的父亲形象。与源自谵妄的理性否定的萨德式冷漠无情不同,马索克的冷酷反映出扬弃[*dénégation*]现实的想象。① 扬弃同时是对现实性的否定和接纳,是对现实的想象性"悬搁"(suspension),突出体现在恋物癖(fetishism)中(对受虐恋至关重要,但对施虐恋并非如此)。在弗洛伊德的分析中,恋物(fetish)作为男性阳物的替代品使得主体可以同时承认和否认女性阉割。德勒兹将扬弃视为想象力的职能,并且他还在马索克的第一本性的幻想中发现了对第二本性之混乱暴力的悬搁,一种使新世界得以展露的对现实的理想化中性化(idealizing neutralization)。

---

① 拉康(Lacan)和其他法国精神分析学家曾详细讨论了弗洛伊德的 *Verleugnung*(在英语中既译为 disavowal 又译为 denial,在法语中既译为 *déni* 又译为 *dénégation*)、*Verneinung*(各种译本中的译名有 negation, denial, *négation*, *dénégation*)和 *Verwerfung*(foreclosure, repudiation, *forclusion*)之间的区别。参见 Lacan, *Ecrits*, "Introduction au commentaire de Jean Hyppolite sur la '*Verneinung*' de Freud","Réponse au commentaire de Jean Hyppolite sur la '*Verneinung*' de Freud"(pp. 369 - 399),以及 "Appendice I:Commentaire parlé sur la *Verneinung* de Freud, par Jean Hyppolite"(pp. 879 - 887)。

在德勒兹看来,马索克作为症状学家最具原创性的贡献在于他对受虐幻想中契约的重要性的强调。受虐者对其惩罚者进行训练,游说并教导她(施虐者从不教导而只是示范),并且在成文契约中正式确立女主-男奴关系,此契约作为一种防御抵抗着任何来自外部世界的对幻想的干扰。受虐的契约看上去尊重法律,但契约的后续修改常常增强了女主的专制力并且使法律变得荒唐可笑。非但如此,通常施加痛苦且禁止快感的法律在此反而使惩罚成为快感的诱因和保证。与以嘲讽态度超越法律并强加某种普遍否定的残酷制度的施虐者不同,受虐者以幽默的态度遵守那颠覆法律观念的契约并由此使第二本性变得空洞无效。最终,契约建立了一个仪式实践的区域并以此方式给受虐恋提供一条通道,使个人幻想领域通达至普遍神话领域(特别是冷酷、感伤和严苛的母亲的第一本性的领域)。"从契约到神话,经由法律的中介:法律从契约中而生,但将我们抛入仪式中……受虐者通过契约在某个特定时刻短暂建立的东西亦是通过仪式永恒地包含在受虐恋的象征秩序中的东西。"(SM 89;102)

在《神秘主义与受虐恋》一文中,我们会回想起,德勒兹将文学和批评之间的差别定位在对幻想所采取的工作上。那么,文学的独特工作是什么呢?虽然德勒兹并未在《萨克-马索克阐发》一书中直接探明此问,但全文的字里行间还是暗示了一个回答。在一篇再版附在《萨克-马索克阐发》后的简短回忆录中,马索克讲述了一个让他魂牵梦绕的女性形象。他说,一个孕育出其文学创作所有后续形象的"问题"从该"形象"中出现了。德勒兹评论道:"在界定小说艺术时,马索克说我们必须从'形象'走向'问题':必须从魂牵梦绕的幻想出发,以便提升到问题,提升到问题由之而出的理论结构。"(SM 47—48;53)换言之,艺术家首先从个人幻想出发,即从构成神经症、性倒错或其他心理学固着(fixation)一部分的某个魂牵梦绕的"形象"出发,但随后要通过确定其结构并征用此结构作为艺术创作的质料，而使"形象"转变为适当的艺术"问题"。在马索克对"形象"的虚构工作中，幻想"发现了它所需之物，即一种理论的、意识形态的结构，这一结构赋予它某种人类本性和世界的一般概念的价值"(SM 47—48；53)。德勒兹认为马索克像萨德一样创造了一个分离的"宇宙"(SM 11；13)，一个分离的"世界"或"环境"(*Umwelt*)(SM 37；42)。施虐者和受虐者各自"上演了一部充足完整的戏剧，二者的人物互不相同，使二者彼此交流的东西——无论是内部还是外部——均付之阙如"(SM 40；45)。在萨德和马索克那里，文学所追求的并非对世界的命名而是对"一个能够集暴力和充溢于其中的复本世界(SM 33；37)"进行命名。精神分析学从一种共通的施虐受虐的内容层面切近萨德和马索克，此内容要么是一种力比多的快感/痛苦的基本"身体"，要么是一种罪与赎罪的道德因素，但他们忽略了施虐恋和受虐恋的不同形式，而正是从它们的形式、理论和意识形态结构中才生发出两个不同世界的连贯统一。"受虐恋的本质既不在于身体也不在于道德，而在形式，完全在形式。"(SM 66；74)受虐恋的特有形式包括扬弃、悬搁和恋物的形式，以及契约和仪式的形式，还有一种特殊的"时间形式"(SM 63；71)的形式，这是一种等待[*attente*]的复杂时间，两个时间之流在此时间中得以共存，其中一个承诺着等待中的快感，另一个给予期待中的惩罚，二者都保持在某种永恒的悬搁状态中。

因此，"扬弃、悬搁、等待、恋物和幻想组成了受虐特有的概念星丛"(SM 63；72)，但最重要的是幻想。① 扬弃使现实进入幻想，悬

---

① 关于幻想概念的简要介绍，参见 Laplanche and Pontalis, *The Language of Psycho-Analysis*, pp. 314 - 319. 对德勒兹的幻想观发挥核心作用的是苏珊·艾萨克斯(Susan Isaacs)的经典研究《幻想的本质和功能》("The Nature and Function of Phantasy", 1948)和拉普朗什与蓬塔利斯颇具影响的论文《原初的幻想、起源的幻想、幻想的起源》("Fantasme originaire, fantasmes des origines, origine du fantasme", 1964)。我们应注意，在《反俄狄浦斯》之后的著作中，德勒兹鲜明地拒绝了精神分析学的幻想概念。例如，他在《对话》中说："永远不要低估幻想在助长食指和由此及彼的、相互之间的诠释方面对写作造成的伤害(它甚至侵入了电影)。"(D 59；47)

搁将理想置于幻想之中,等待是"现实和理想的合一,是幻想的形式或时间性"(SM 63;71),而恋物则是幻想的典型目标。同样,在其他方面,"受虐恋是幻想的艺术"(SM 59;66)。首先,幻想一般"游走于两个系列、两个极限、两个'边缘'之上,在这两者之间建立了一种构成幻想的真正生命的共鸣"(SM 59;66)。在马索克那里,边缘是名妓和施虐者这两极,居间的则是幻想的口腔母亲,她"冷酷,具有母性,严苛"。其次,幻想是梦和白日梦的基本要素。施虐者试图将一种暴力的幻想理念投射到现实中,受虐者则致力于"对现实进行中性化并且在幻想的纯粹内部中对理想进行悬搁"(SM 65;72)。从这个意义上说,施虐者相信他没在做梦,即便他在做梦也如此;受虐者则相信他在做梦,即使他没有做梦也如此。最后,幻想是一种想象的场景,并且在马索克的小说中,现实趋向于变为一部戏剧,化为一系列动人心弦的戏剧场景。在萨德那里,色情场景周而复始的出现伴随着暴力而机械的重复。而在马索克那里,幻想的形象等同于静止的艺术对象——雕塑、肖像、照片——这些是在冻结图像(frozen images)的时断时续的序列中不断重复的场景的组成部分。萨德追求持续运动的暴力并因此放弃静止的艺术对象,而马索克则渴求一个悬搁和等待的世界,并且因此将现实美化(aestheticize)为一系列生动的图画(*tableau vivants*)。

德勒兹认为,如果色情文学是"浓缩为若干命令[*mots d'ordre*](做这个,做那个……),然后进行色情描写的文学"(SM 17;17)的话,那么萨德和马索克与其说是"色情文学家"(pornographers),不如说是"色情学家"(pornologists),因为他们为命令和描写创造了新的功能。在萨德那里,命令暴力地展现着某种谵妄的理性,描写则加速重复着某种无情的淫秽;在马索克那里,命令作为理想化想象的劝诱式教导发挥作用,描写则作为情欲气氛浓郁的重复图景发挥作用。就像所有作家一样,萨德和马索克从幻想开始,但与许多作家又不一样的是,他们将幻想视为创作的对象,特别是马索克,他使自己的艺术成为幻想的艺术。他们都试图抓住个人的痴迷物并将其转变为艺术创作的材料。他们通过否定或扬弃而创造一个世界的复本,创造反对现实的一套结构复杂的形式。借助这种对世界的反对,他们都通过阐明和强调其结构来诊断文明的疾病,都通过反讽地或幽默地扭曲和转变这些结构来打开新的生命可能性。与色情文学家一样,他们涉足暴力和情欲的领地,但作为色情学家,他们试图"将语言置于与其自身界限的关系中,与某种'非语言'([non-language]无法表达的暴力、未说出的色情)的关系中"(SM 22;22)。这是通过"语言内部的两分"(SM 22;22),通过创造命令和描写的新功能而实现的。因此,德勒兹断定,萨德和马索克不仅创造了一个复本世界,而且"在语言中形成了某种能够直接作用于感官的语言复本"(SM 33;37)。①

最后,批评与临床之间究竟存在着何种关系? 症状学是一个原点,"艺术家与哲学家之间、临床医生与病人之间可以彼此相遇"(MM 13)。与病人以间接和未经分析的方式来言说疾病不同,萨德和马索克这类作家言说世界的方式能够使其形式和结构展现出连贯性。就像哲学家一样,他们引入一种思想的样态,但其思想的形式是命令和描写,是场景、戏剧、仪式和动作,是世界和语言的复本。与精神分析学家一样,萨德和马索克都对性倒错颇有兴趣,不过,是由文学来引导精神分析学,而非相反。受虐恋的本质在于形式,"并且性倒错的世界一般要求精神分析学真正成为一种形式的精神分析学,几近推论式的,这种精神分析学首先将步骤的形式主义视为

---

① 德勒兹在另一处说道:"对马索克和萨德而言,似乎语言在直接作用于感官[*sur la sensualité*]时承担了其全部价值。"(SM 17;17)但德勒兹并未解释语言如何直接作用于感官。绘画对感官的直接作用是德勒兹在其弗兰西斯·培根(Francis Bacon)研究著作中的核心关切。拙著《德勒兹论音乐、绘画和艺术》第五章讨论了此问题。

小说要素"(SM 66;74)。因此,在症状学领域,文学之思应该引导医学之思,文学作品表达的世界诸形式使真正的症状和虚假的症状区分开。并且,如果萨德和马索克自己就是病人,那么他们的疾病则是文明的某种条件,而他们对此条件的批判性分析乃是设想生命的其他可能性的途径。他们展示了世界的复本,这个复本或许被视为疾病,但它同样以反讽或幽默的态度打断现实并为新事物廓清道路。

意义和表面

在《意义的逻辑》(1969)第十三节《论精神分裂和小女孩》中,德勒兹重返批评和临床这对概念,考察孩童、疯子[le fou]同作家刘易斯·卡罗尔及安托南·阿尔托(Antonin Artaud)之间的关系。德勒兹将阿尔托对《伽卜沃奇》的准译注作为切入点,阿尔托说这是一首"我从未喜欢过"(引自 LS 113;92)的诗。卡罗尔的无意义诗行经常被归为儿童文学一类,阿尔托的诸多文本阅读起来则像语无伦次的精神病谵语,但是《伽卜沃奇》两个版本之间的差异在小爱丽丝和精神分裂症的对立中是找不到的。德勒兹提醒我们不能混淆诗歌、童谣和疯语,即使三者偶尔都运用相似的技艺,如混成词(portmanteau words)。"一位伟大诗人可能在与他曾经所是的孩子和他喜爱的孩子之间的直接关系中写作;一个疯子可能随身携带着最富诗意的作品,与他曾经是和从未停止是的诗人之间有着某种直接关系。但这决不能证明孩童、诗人和疯子奇异的三位 体的合理性"(LS 101;82—83)。卡罗尔和阿尔托在他们的伽卜沃奇中处理了不同的问题,而这些问题与儿童歌谣和疯子呓语中的问题不同。"问题乃是临床的问题,亦即从一个组织向另一个组织滑移的问题,或一种渐进性的和创造性的去组织化的形成问题。问题同样也是批评的问题,亦即确定诸差异层级的问题,在这些差异层级中,无意义改变形态,混成词改变其本质,整个语言改变其维度"(LS 102;83)。德勒兹认为,卡罗尔和阿尔托二者之间的对立呈现出来的临床问题乃是表面(*surfaces*)和深处(*depths*)的问题,二者之间的对立揭示出来的批评问题也是带有表面和深处双重特征的语言学要素问题。卡罗尔的表面和阿尔托的深处带给我们诸多关于婴儿神经症和精神分裂症分离的启示,但唯当由批评指引临床,由文学创造指引精神分析理论时,这些启示方才可能。

在《意义的逻辑》一书中,德勒兹神奇地将刘易斯·卡罗尔的作品和斯多亚学派的思想并置互释,发展出一种关于意义或含义(meaning)的理论。① 在《爱丽丝梦游仙境》(*Alice in Wonderland*)、《镜中奇遇记》(*Through the Looking-Glass*)及其他作品的无意义话语和悖论(paradoxes)中,德勒兹指出,卡罗尔重新发现了斯多亚学派在其非身体理论中所说的神秘的意义表面。② 对斯多亚学派而言,唯有身体真实存在(尽管"身体"是在最广泛的意义上来理解的,甚至包括诸如灵魂这样的实体)。与植物和动物等有机生物类似,身体被理解为生长的、自我形成的实在物。它们是自身的原因,并且尽管它们相互作用,但并不进入因果关系之中。毋宁说,他们是彼此之间的原因,因为所有的身体归根结底都是宇宙或神这个单独的身体的一部分。身体相互渗透和相互融合,就像当某人喝酒或刀切入肉中时的情形一样,但身体的施动(actions)和受动(passions)只是彼此互为原因,而非原因和效果的关系。刀并不是导致肉中出

---

① 对《意义的逻辑》:鞭辟入里的解读参见 Lecercle, *Philosophy through the Looking-Glass*, pp.86 – 117.
② 德勒兹对非身体的论述主要援引的是布雷耶(Bréhier)的《古代斯多亚学派的非身体理论》(*La Théorie des incorporels dans l'ancien stoïcisme*)。由于留存的古代证据都是断编残简,所以斯多亚派关于这一主题的诸多思想在学界仍然聚讼纷纭。

现切口这个效果的原因;毋宁说,刀和肉在上帝的宇宙身体的自我引发的展开(self-causing development)中相互交融。

尽管效果并不属于身体的世界,但它们仍然存在。它们是表面现象,并无真实的存在,而仅仅是"驻存"(insist)、"持存"(persist)、"留存"(subsist)。它们是非身体(asomata)之物。斯多亚学派从常识性的观察出发,例如,当一只狗走在路上时,走路并没有给狗的身体添加任何东西。但他们进一步认为树的"正在变绿"同样也是非实体的,是由树的身体自我引发的展开所产生的纯粹表面效果。身体无处不在地产生效果,它们是游弋在身体之上的表面散发物,就像雾气或光晕。这种有其自身时间性的非身体效果就是事件(events)。唯有现在才有真实的存在,且身体存在于永恒的现在。身体的绵延可被理解为延展的现在,亦即包含在神的身体的**宏大现在**中的时间整体。德勒兹将这一时间称为"次序时间"(Chronos)。而过去和未来,即记忆之维和期待之维,并无真正实存,但它们持存或驻存,并且在事件的时间中显现,这一事件的时间被德勒兹命名为"永恒时间"(Aion)。永恒时间是不定式的时间,亦即处于未分化和未定形时态的动词的时间性,这是一种扩展至过去和未来,却从未进入现在时刻的时间。这是一种早报着事件的纯粹生成的时间,而身体则寓居在纯粹现在生成的时间中。① 最纯粹的事件乃是战

---

① 德勒兹将"次序时间"和"永恒时间"粗略对立起来的做法多少是一种对斯多亚派思想在这一论域中所固有的棘手问题的简单化处理。他对斯多亚派时间理论的论述主要依据的是布雷耶的《古代斯多亚学派的非身体理论》(Bréhier, pp. 54 - 59)和戈尔德施密特(Goldschmidt)的《斯多亚学派的体系和时间观念》(Le système stoïcien et l'idée de temps)。塞克斯都·恩披里柯(Sextus Empiricus)说斯多亚派辨识出四种非身体之物,即可言说物(lekton)、虚空(kesos)、场所(topos)和时间(chronos),尽管他似乎的确在作为过去之物的时间和作为当下的时间(假如我们真的可以抓住它,它将具有实在性)之间进行了区分。但只有到了以马可·奥勒留(Marcus Aurelias)为代表的晚期斯多亚派阶段,"永恒时间"这一概念才被系统地引入对时间的讨论中。里斯特(Rist)对这一问题的复杂性做了简明扼要的阐述,参见:Rist, "Three Stoic Views of Time," *Stoic Philosophy*, pp. 273 - 288。

斗(LS 122—123；100—101)。身体与其他身体无处不在地在战场上相遇，彼此刺穿、切割、撕裂和渗透，但"战斗"从不发生在某个指定地点而总是发生在别处。战斗从身体中发出，像雾气一样萦绕在身体周围。它作为效果由身体产生出来，但它作为诸身体相遇的可能性的条件已然先于身体而存在。

因此，事件是身体的属性，它是存在的方式，最好将其作为动词来思考，而身体的真正特征则是性质(qualities)，亦即名词中固有的形容词。尽管事件和身体拥有各自的语言对应物，但语言自身与事件之间有着特殊的关系。"事件与生成共存，而生成自身与语言共存。"(LS 18；8)斯多亚学派认为最重要的非身体之物就是 lekton，即"意指物"(significate)，"可表达物"(expressible)或"有含义之物"(thing meant)。① 当一个希腊人向一个外邦人说话时，后者完全无法理解，但另一个希腊人听到相同的话则心领神会。在这两种情况中，说话者发出的声音体是一样的，但在第二种情况中，物理声音上添加了某种东西，这就是表面的意义效果。这种语言效果就是 lekta，亦即从身体表面发出并使词与物之间的划分得以可能的"可表达物"。词语表达某种意义，但被表达物是事物的属性，亦即事

---

① "根据斯多亚派，有三样东西彼此关联：(1) 能指物(significans)，或符征；(2) 意指物(significates)；(3) 实存物。能指物是声音，例如'迪翁'(Dion)的发音。实存物是外部实存的事物，例如迪翁这个人。这两者——声音和实存物——是身体，或身体性的事物。但是，第三个因素不是身体。它被描述为'由声音指示或揭示出的并且被我们理解为与我们思想共同[亦即在我们思想中]存在的现实体(actual entity)'(Sextus Empiricus, Adv. Math. Ⅷ, 12)。它是当外邦人听到希腊语时无法理解的那个东西。斯多亚学派以专名 lekton 称呼它，字面上可以直译为'有意谓的东西'(that which meant)"(Mates, Stoic Logic, pp. 11)。德勒兹发现经院学派的概念"可意指的复合物"(complexe significabile)与斯多亚派的 lekton 极为相似，于贝尔·埃利(Hubert Elie)在里米尼的格列高利(Gregory of Rimini)和讷沙托的安德烈(André de Neufchâteau)的著作中详细追溯了这一概念。埃利还将经院学派的"可意指的复合物"与迈农(Meinong)在19世纪末和20世纪初所发展的对象(objectives)理论关联起来。埃利对迈农的论述主要援引的是芬德利(Findlay)的著作《迈农的对象和价值理论》(*Meinong's Theory of Objects and Values*)。德勒兹在《意义的逻辑》中对经院学派和迈农的论述则主要依据埃利的著作。

件。lekton 既是词语的声音体的表面,又是事物的表面属性。这是居于词与物之间的表面,是意义-事件的一个单独的表面。词与物之间的表面-边界"既未混合二者,亦未合并二者(既非一元论亦非二元论),毋宁说是它们的差异的联结(articulation):身体/语言"(LS 37;24)。

德勒兹称这一表面为 sens,即意义或含义,在《意义的逻辑》中,他自始至终都在论证语言意义的悖论是一种伴随着事件和生成的悖论的悖论。词语产生了作为次级效果的意义,但这是以如下方式达成的,即意义作为语言在其中得以发生的要素先于词语存在。"正如柏格森所言,人们不是从声音到形象,再从形象到意义[sens];人们'从一开始'就置身于意义之中。意义就像我们为了进行可能的指称乃至思考其条件而已然置身于其中的领域。"(LS 41;28)从这个方面说,含义既在语言之前,又在语言之后,既是语言的可能性条件,又是语言余存的效果。但是意义也从来不会被完全呈现,因为意义虽然可能在某个特定的陈述中被表达出来,但是彼意义唯有在第二个陈述中才能被意指出来,而第二个陈述的意义相应地必须在第三个陈述中才能被意指出来,以此类推。因此,意义带来了意指的无限后退,无法被穷竭或被盖棺定论。正如事件一样,意义同时寓于过去和未来中,但从不在现在实存。意义还将无意义包含在内,因为想象之物(狮身鹰首兽)、不可能之物(方形的圆)乃至临时词的组合("'Twas brillig, and the slithy toves...")都有意义,只不过不是良知(good sense)。事实上,德勒兹认为,良知,即 le bon sens,只是被限定的意义,只是在某个单一方向上的意义(sens 在法语中还有"方向"的含义,例如 sens unique,"单向街")。在无意义中,因果关系经常被颠倒,时间顺序经常被忽略,身份经常被混淆。无意义的悖论属于柏拉图极其不信任的"生成"(*Philebus* 24 a-d, *Parmenides* 154 - 155),属于那种既更热又更冷、既更年老和又更年轻、既更大又更小的东西。爱丽丝比她曾是的爱丽丝更大,而她曾是的爱丽丝(爱丽丝 A)则比她变成的爱丽丝(爱丽丝 B)更小。因为变大的爱丽丝(爱丽丝 A 变成爱丽丝 B)还是同一个爱丽丝(但她在 A 或 B 点是否还是相同的爱丽丝?),爱丽丝在同一时间内(或者毋宁说,在同一生成即永恒时间之内,而绝非在同一当下时刻即次序时间中)既变大又变小。很简单,在无意义中,世界在相同的永恒时间中沿着所有方向生成。

卡罗尔的无意义话语绝不是意义的阙如,它是良知从中产生的意义多向领域(multidirectional field),并且德勒兹认为,真正的无意义是广阔的意义领域从中产生的生产性要素。在《猎杀蛇鲨记》("The Hunting of the Snark")中,"蛇鲨"(Snark)可能看上去只是一个由"鲨鱼"(shark)和"蛇"(snake)拼接而成的混成词,但它产生出两个分叉的要素系列。

> 他们用顶针搜寻它,他们细心寻找它,
> 他们带着叉子和希望追捕它;
> 他们用铁路股份威胁其生命;
> 他们用微笑和肥皂引诱它。①

蛇鲨是一系列身体(顶针、叉子、肥皂)和一系列非身体(细心、希望、生命、铁路股份、微笑)的接合点。它的无意义是意义(两个系列)从中起源的差异要素。如果将这两个系列设想为几何学中由诸多点组成的分叉的线,那么"蛇鲨"就是一个"随机点"(LS 72;56),它看上去同时在两条线上,却绝非在某个确定时刻的任何单个点

---

① 原文为:"They sought it with thimbles, they sought it with care, They pursued it with forksand hope; They threatened its life with a railway-share; They charmed it with smiles and soap."——译注

上。作为随机点的蛇鲨就像爱丽丝在羊照料的商店里遇见的东西(*Through the Looking-Glass*, 175 - 176):它绝不是她看的地方,而是总在架子上方或下面。这是一个没有其自身位置的空无的空间,是确定性要素从中得以产生的不固定要素。按照德勒兹的理解,随机点与它所处的两个分叉系列构成了所有结构的最基本要素,并且正如意义领域乃是通过无意义的随机点的运作才得以产生,同样,事件领域也来自随机点的运作,因为归根结底,随机点扮演的就是差异——一种自我分异的(亦即生产性的)分异(通过歧异的规定)与自身相异(自身从不固定,从不稳定,或从不拥有一个单独的身份)——的形象。

卡罗尔《伽卜沃奇》的无意义话语则属于意义的一种表层运作,属于混成词,它们通过伽卜沃奇的追逐和征服展露出词语的分叉系列。

  'Twas brillig, and the slithy toves
    Did gyre and gimble in the wabe:
  All mimsy were the borogoves,
    And the mome raths outgrabe.①

正如矮胖人(Humpty Dumpty)所做的解读,brillig 指"下午四点钟——即你开始烧烤(*broiling*)晚餐的时候",slithy 意为"柔软和黏滑"(lithe and slimy);tove 则是"像獾之类的东西——它们是像蜥蜴之类的东西——它们是像螺丝锥之类的东西"(Carroll 187 - 188)。下午四点/烧烤、柔软/黏滑、獾/蜥蜴/螺丝锥:它们是通过伽

---

① 作者在这首诗中生造了许多英语中并不存在的混成词,下文引用的阿尔托对这首诗的译文同样如此,无法翻译成汉语,并且,德勒兹恰恰认为这首诗表达的正是作为意义之起源的无意义,故此处保留原文。——译注

卜沃奇随机点而产生的多重系列,是词与物之间的表面上的意义-事件。但是在阿尔托关于卡罗尔这首诗的"译文"中,德勒兹发现了完全不同的另一种无意义:

> Il etait roparant, et les vliquenx tarands
>   Allaient en gibroyant et en brimbulkdriquant
> Jusque là où la rourghe est à rouarghe a rangmbde et rang-
> mbde a rouarghambde:
> Tous les falomitards étaient les chat-huants
>   Et les Ghore UK'hatis dans le Grabugeument.
> (Cited in LS 103; 342)

我们当然可以以矮胖子的思路来解读这一文本,的确,阿尔托自己也认为 *rourghe* 和 *rouarghe* 将 *ruee*[猛冲]、*roue*[车轮]、*route*[道路]、*règle*[规则],*route à régler*[字面义:有待修直的道路。比喻义:有待澄清的事情]融合在一起。但德勒兹说,以 *rourghe* 对译 *slithy* 犯了一个严肃的批评和临床意义上的错误。在卡罗尔和阿尔托之间或许存在着接触地带,例如在那些阿尔托的语言发明保持在意义表面的情况中便是如此,但在诸如 *rourghe*、*rouargh*、*rangmbde*、*rouarghambde* 这一连串词语中,随着词语变成声音体,在充满着无拘无束的融合、交织和渗透的身体领域中与其他身体相互交融,意义的表面便溶解并崩塌了。德勒兹发现,精神分裂者经常将词语体验为刺入肉体中的具有撕扯力和迫害力的东西。这些就是"受动词"(passion-words),是与精神分裂的身体相结合的碎片,但精神分裂的身体也不是连贯统一的有机体,而是充满可渗透孔洞的身体-筛子(*body-sieve*),是由异质碎片组成的碎裂式身体(*fragmented body*),是内部和外部之间没有障碍的分离式身体

(*dissociated body*)(LS 107；87)。受动词在一个令人惊骇的领域中相互交融,这个领域无休止地上演着野蛮的肢解、溶解、吞并和驱逐。但是,精神分裂的身体有时候也会达至一个完满的整体,此时它不是有机体,这个身体"没有部分,它的所有活动都通过注入、吸出、蒸发、流动传输来实现(阿尔托笔下的高级身体,即无器官的身体)"(LS 108；88)。这种神奇的身体对应的则是"施动词"(action-words),即形成不可溶解的声音物质簇团(blocks)的声音体。与被动遭受的受动词将语言符征原子化为碎裂的语音要素不同,主动享受的施动词承担着一种"无联结的语言(language without articulation)"的"全然的声调价值"(exclusively tonic values)(LS 108—109；88—89)。阿尔托所说的呼喊-呼吸(*cris-souffles*)就是这种施动词,它们是将辅音和元音融合在不可分割的声音混成物中的呼喊词和呼吸词。受动词和施动词是意义的空白,但它们的无意义是身体的无意义而不是非身体的表面的无意义。"它们指涉着两种无意义,一种是被动的,另一种是主动的:前者是被褫夺了意义的词语分解为诸语音要素,后者是诸声调要素构成一种同样被褫夺了意义的不可分解的词语。"(LS 110—11；90)在阿尔托的《伽卜沃奇》中,表面的无意义让位给受动词和施动词的无意义,恐怖的身体碎片和荣耀的无器官身体,语音碎片和声音混合体。

已经有精神分析学家指出了卡罗尔作品中的精神分裂主题,例如爱丽丝变形的身体、她对食物的痴迷、身份的含混、致幻的角色(三月兔、帽匠、柴郡猫等),但这种解读使"我们既损害了精神病学的临床方面[*l'aspect clinique psychiatrique*],又损害了文学的批评方面[*l'aspect critique littéraire*]"(LS 113；92)。德勒兹说道,精神分析学必须首先是"地理学的"(geographic),因为它必须区别表面和深处。我们或许还记得,在区分卡罗尔和阿尔托时,德勒兹最初将临床问题表述为"从一个组织向另一个组织滑移[*le glissement*]

的问题,或一种渐进性的和创造性的去组织化的形成问题"(LS 102；83)。卡罗尔在语言中引发了一次从良知向无意义的滑移,但词与物之间的表面在滑移中继续维持。良知的组织化的规则性被破坏,无意义的组织化的形式取而代之,这些形式是由横穿诸分叉系列的随机点的运作所构造而成的。相反,阿尔托致力于对词语进行渐进而富有创造性的去组织化处理,将符征溶解为语音碎片和声调簇团,它们是非句法和非语法的声音体,这些声音体与其他身体在碎裂的部分与融合的积层（accretion）共存的一股流中相互交织（无器官的身体）。由此我们可以看出为何卡罗尔和阿尔托提出的批评层面的问题是"确定诸差异层级的问题,在这些差异层级中,无意义改变形态,混成词改变其本质,整个语言改变其维度"(LS 102；83),这是因为在卡罗尔的表面上,语言保持着其组织,无意义维持着其构造奇异的意义,而在阿尔托的深处,语言消失在恐怖而神奇的身体的深不可测的海洋之中。

"孩童、诗人和疯子奇异的三位一体"(LS 101；83)之所以会浮现在人们脑海中,是因为孩童就像卡罗尔一样与语言的非身体的表面效果（在童谣、无意义话语中）进行游戏,而疯子就像阿尔托一样遭受及享受着身体深处的声音之流的运动。但是,作家以语言进行实验的方式与孩童及疯子的做法不同,因为作家的创作展现出孩童和疯子所没有的自主性、非个人性和分析的明晰性。卡罗尔不仅创造了有趣的无意义话语,而且揭示出一整套"意义的逻辑",它综合了从斯多亚学派经由经院学派直到迈农和胡塞尔（Husserl）这一传统的所有思想成果。阿尔托不仅溶解语言,而且对其不可联结的受动和施动进行联结,将呼喊词和呼吸词转化为一部残酷戏剧。当德勒兹在《意义的逻辑》中将作家作为"文明的临床医生"(LS 277；237)进行讨论时,他将神经症者和作家居于表面的两种方式进行对比。神经症者被"家庭小说"（弗洛伊德提出的 *Familienroman*,即法文中的 roman familial, 字面义为"家庭小说")支配, 而作家从表面萃取一个"纯粹事件", 这个事件被去个人化(depersonalized), 继而通过特定艺术作品的人物和行动得到呈现。① 类似的艺术自主性和非个人性使作为诗人/小说家的卡罗尔与孩童(患神经症的已长大的孩子)之间判然两分。同样, 作为诗人/戏剧家的阿尔托也不止揭露了精神病症状。德勒兹在精神分裂者路易斯·沃尔夫森(Louis Wolfson)的写作中获得了有助于理解阿尔托艺术创作的启发, 但是沃尔夫森文本的"瑰丽与厚密""仍然停留在临床层面", 并且他的天赋"与阿尔托的天才相去甚远"(LS 104; 84)。沃尔夫森的症状将他写进一个单独的冗长的故事中, 而阿尔托的呼喊-呼吸在各种场景中呈现出多种形式。②

《意义的逻辑》是德勒兹讨论语言最为宏富的一本书, 但从某些方面看, 这本书在其著述中的位置却有违常理。表面与身体之间的

---

① 我认为这就是德勒兹关于小说家和神经症者的详细注释所表达的基本要点(LS 278; 359): "那么在这样一种生活的、神经症的及'家庭的'小说[roman vécu, névrotique et "familial"]与作为艺术作品的小说之间有什么区别呢? 小说总是在处理症状, 但小说有时规定着症状的实现[effectuation], 有时却相反, 它从症状中分离出在虚构人物身上反实现[contre-effectue]的事件(关键不在于人物的虚构性, 而在于展开虚构的东西, 即纯粹事件的本质和反实现[contre-effectuation]的机制)。例如, 萨德和马索克能够用来创造出小说艺术作品的东西, 施虐者和受虐者即便写作, 也只能将这种东西转化为一种神经症的和'家庭的'小说。德勒兹在《意义的逻辑》第二十一系列中阐发的"反实现"概念将事件的无人称的展露过程(反实现)与当身体采取个体形式时的具体现实化(实现)进行了对比。一部文学作品中诸差异的"展开"或"展露"将是下一章讨论普鲁斯特的核心关切。
② 在为路易斯·沃尔夫森 1970 年出版的《精神分裂与语言》(Le schizo et les langues)所撰写的序言(再版时以《路易斯·沃尔夫森或方法》[Louis Wolfson, ou le procédé]为标题收入《批评与临床》)中, 德勒兹对沃尔夫森的语言实验和小说家雷蒙·鲁塞尔(Raymond Roussel)的语言实验进行了比较。然而, 德勒兹评论道: "沃尔夫森的书不属于文学作品, 也没有自称为诗歌, 鲁塞尔的方法之所以成为艺术作品, 是由于原句和变句之间的间距被增生的奇妙的故事所充满, 这些故事总是将起点越推越远并最终完全将其隐藏"(CC 21; 10)。相反, 沃尔夫森的方法缺乏自主性; 它生产着总是充满鲜明而急迫起点的单个故事。

对立尽管得到了如此析精剖微的阐释,但在《反俄狄浦斯》及其后来著作中旋踵即逝——诚然,人们可能会说,表面和深处最终结合成《反俄狄浦斯》中的欲望机器(desiring-machine),而无器官的身体则由《千高原》中一致性平面(planes of consistency)上的装置取而代之。① 在《意义的逻辑》第二部分,德勒兹运用了弗洛伊德和拉康的整套术语,对语言表面起源于身体深处的过程进行了复杂的精神分析学描述,但到了《反俄狄浦斯》,他对精神分析学发起了正面攻击并在随后几乎舍弃了精神分析学的语汇。《意义的逻辑》认为意义专属于表面而非身体,并且在斯多亚学派的宇宙论中,非身体的事实/事件与身体的力量判然两分,但正如我们所见,在《尼采与哲学》中,诠释的意义是由力的关系和权力意志所决定的。而德勒兹在其大量著作特别是《反俄狄浦斯》《千高原》和《福柯》中同样表达了对力和权力的重视,认为它们是所有符征系统的决定性因素。最后,在《意义的逻辑》一书的若干处,德勒兹似乎提倡一种以语言为中心的事件观,例如他认为事件"与生成共外延(coextensive),并且,生成自身与语言共外延"(LS 18;8),"事件本质上属于语言,它与语言处于某种本质性关系中"(LS 34;22),"事件-效果并不存在于表达它们的命题之外"(LS 36;23)。但事件的特征(第十五节《论奇异性》["Of Singularities", LS 122—32;100—108]对此做了精彩总结)从本质上来说就是《千高原》中概括的"生成"的特征,而《千高原》显然认为生成能够存在于语言之外。事实上,正是由于语言和

---

① 德勒兹最初发表在《批评与临床》中的《刘易斯·卡罗尔》一文对《意义的逻辑》的观点进行了扼要重述,他在文中表示,甚至在卡罗尔的著作中,表面和深处之间的对立都趋于消失:"卡罗尔的第三部小说《西尔维娅和布鲁诺》(Sylvie and Bruno)仍然取得了进步。我们可以说此前的深处自行变得平坦,变成了一个在另一个表面旁边的表面。因此有两个表面共存,在两个表面上书写出两个毗邻的故事,一个是大故事,另一个是小故事;一个是大线索,另一个是小线索"(CC 35;22)。然而,在《意义的逻辑》中,德勒兹并未对《西尔维娅和布鲁诺》做此断言,而是始终坚称卡罗尔全部作品呈现出表面和深处之间的对立结构。

事件之间可以相互分离才让德勒兹可以发展出一种艺术理论,赋予每种艺术处理事件的自主方式。

德勒兹对文学意义的批评和医学意义的临床之间关系的兴趣在他潜心研究精神分析学理论的时期达至顶点。在《萨克-马索克阐发》中,他对比了萨德和马索克这两位症状学家,他们的小说分别表现了施虐恋和受虐恋这两个病种的形式,在《意义的逻辑》中,他又对比了卡罗尔和阿尔托,将他们分别视为性倒错表面的符征学家和精神病深处的符征学家。随着德勒兹与精神分析学渐行渐远,他不再探究文学和临床医学之间的特殊联系,但遍阅其著述,他仍在宽泛意义上将作家视为尼采意义上的符征诠释者和文明的医生。在其论普鲁斯特的著作中,德勒兹对写作进行了考察,将其视为符征的展开和生产,在其卡夫卡论著中,他认为"次要文学"作家是文化的诊断医生。正如德勒兹在 1988 年访谈时所说,普鲁斯特的"《追忆》是一种普遍的符征学,一种世界的症状学,卡夫卡的作品是对所有等待着我们的邪恶力量的诊断。尼采说过,艺术家和哲学家是文明的医生"(PP 195;142—143)。在后面三章中,我们将详细讨论普鲁斯特的世界的症状学和卡夫卡对邪恶力量的诊断,同时在这两部论著中尝试对德勒兹归之于文学的特殊功能进行辨析。

第二章
普鲁斯特的符征机器

在《普鲁斯特与符征》(1976)第三版序言中，德勒兹解释说，该书第一部分，即1964年以《马塞尔·普鲁斯特与符征》(*Marcel Proust and Signs*)为标题出版的文本，其关注点在"符征的辐散和诠释"，而第二部分，即1970年再版增补并在1976年版中划为若干章节的文本，主要从"从《追忆》谋篇布局的视角出发关注符征自身的生产和增殖"。在两个部分中，德勒兹所要处理的乃是普鲁斯特《追忆似水年华》(*À la recherche du temps perdu*)——这部对逝去的时间(以及第七卷中重获的时间[*temps retrouvé*])进行气势恢宏的追寻、探索、研究的鸿篇巨制——的统一性问题。如果一部小说以本质上无法进行整体把握的东西——时间——作为其主题，那么这部小说的一体性在哪里呢？什么是"属于(*of*)这一复多物、属于这一复多性的统一性，充当一个属于这些碎片的整体；**一**或**整体**不是充当原理而是充当复多物及其分离的诸部分的'效果'"(PS 195；144)？从符征辐散和诠释的角度看，《追忆》讲述了在符征中的"学习生涯的故事"(PS 10；4)，但必须同时从两个视角把握它，一方面理解为持续的发现过程，另一方面理解为符征真理在艺术作品中的最终显现。从符征的增殖和生产的角度来看，《追忆》是一部生产"统一效果"并在读者那里产生变化的机器。时间是叙述者的探究对象,以及探究得以发生的中介,但时间还是施动主体,生产出《追忆》的符征和整体效果。因为"拥有力量[*puissance*]去成为这些部分的整体[*le tout*]而不必对其进行整合,以及成为这些部分的统一体而无须对它们进行统一的叙述者的尺度,这就是时间"(PS 203;150)。

符征的辐散和诠释

德勒兹的基本目标之一是要挑战一个普遍观点,这种观点认为无意记忆和主观联想是解读《追忆》的关键钥匙。马塞尔的玛德莱娜糕点(madeleine)是小说的一个重要元素,但它只是一种符征,而通过对第七卷《重获的时间》的仔细辨读可以清晰地发现,符征所展露的真理不仅仅关乎单纯的心理状态。德勒兹认为,对普鲁斯特而言,符征是谜(enigmas),是抵抗现成译解的秘符。符征既显现又遮蔽,并且就其作为符征发挥作用而言,它们拒绝被直接理解并且引发间接破译的过程。符征的内容裹藏在符征之中,被卷起,被压缩,被掩蔽,诠释符征就是打开它们,阐发它们(拉丁语 *explicare*:展开、铺开)。从这个层面来说,玛德莱娜糕点的确是符征的典范,因为正如普鲁斯特说,这一符征的展开就像"日本人自娱自乐的一种游戏,他们将碎纸片浸入装水的瓷碗中,这些纸片在入水前大同小异,一俟被水浸湿就延展折曲,并显现出色彩和独特轮廓,变成花朵,变成阁楼,变成人形,它们立体饱满,清晰可辨"(Proust I 51)。

然而,玛德莱娜糕点只是四种符征中的一种。这四种符征中,首先是社交符征(*worldly sign*),包括社会的习俗、礼貌的对话、得体的形式、礼仪规范、端庄典雅之态等。社交符征产生许多谜题:为什么一个个体认可特定的圈子而另一个不认可,什么可以划分不同圈子的界限,闪烁其词、偷瞄或突然脸红意味着什么？这些符征最终不关涉任何东西,而仅仅是"占据"一次行动或某个思想的"位置"。它们枯燥乏味且古板客套,"但是此种空洞性赋予它们某种在其他地方发现不了的礼节的完美和形式主义"(PS 13；7)。第二种是爱恋符征(signs of love),这是被爱者表达某个未知世界的符征。"被爱者蕴含、包裹、幽禁着一个必须被破译亦即被诠释的世界"(PS 14；7)。事实上,被爱者身上裹藏着多重世界,去爱就意味着去阐发和展开那仿佛从被爱者双眸散逸出的隐匿的神秘风景。然而,其中某些被裹藏的世界必定让爱恋者无法触及,正因此,嫉妒和失望占据着爱的真理。被爱者的言论不可避免地具有欺骗性,因为他们总是裹藏着爱恋者无法知晓的世界。"被爱者的谎言是爱的秘符。对爱恋符征的诠释必然是对谎言的诠释。"(PS 16；9)第三种是感官符征(sensual signs),就像玛德莱娜糕点、威尼斯凹凸不平的石子路、盖尔芒特府邸(hôtel de Guermantes)中的折叠僵硬的毛巾。这些都是著名的无意记忆符征,借助这些符征,蕴含着的世界从某个突然的、未曾预料的感觉体验中铺展开。正如马塞尔在谈论玛德莱娜糕点时所言:"在某个时刻,我们家花园与斯万家公园中的所有鲜花和维沃讷(Vivonne)的睡莲,连同村庄的善良村民,以及他们的小屋和教区教堂,加上贡布雷的一切和周围景物,显现出形态且立体饱满,城镇和花园一道,全都我的茶杯中喷涌而出。"(Proust I 51)这些符征带来莫大的喜悦,并迫使思想进入行动,召唤着诠释和阐发。它们不止揭示了观念的联想或回忆的汇集,因为它们展露出超越任何感觉经验或回忆的本质——贡布雷、巴尔贝克、威尼斯的本质。然而,这些符征仍然是物质性的,显现在它们中的本质转瞬即逝,很少且很难留存。唯有在第四种符征即艺术符征(signs of art)中,本质才能去物质化(dematerialized)并因此被赋予自主性且能自我留存(self-sustaining)。无意记忆的符征至关重要,但它们自身并不是终点,而是作为通道走向艺术符征,在艺术符征中,本质以其充分和完整的形式得以显现。

普鲁斯特"追寻逝去的时间"就是追寻真理——符征的真理——但真理不是通过善良意志(good will)和有意的行动获取的。符征冲击思想,引发平衡的丧失和方向的迷失。在对凹凸不平的石子路的感觉的反思中,马塞尔指出,正是"此感觉和彼感觉在其中得以相遇的偶然出现且必然出现的方式证明了它们带回生命中的过去的真实性"(Proust Ⅲ 913)。仅由智识所构想的观念"不过是一种逻辑的和可能的真理,它们是被任意挑选的。唯有其秘符之图案并不由我们所描绘的书才是真正属于我们的。这并不是说我们为自己所构想的观念在逻辑上不能是正确的,而是说我们无法知道它们是否真实"(Proust Ⅲ 914)。因此,真理既是偶发的又是必然的,并且真理的探索过程是通过与符征的偶然相遇进行的,这些符征挑选了被探索的真理。追寻真理就是诠释符征,但阐发符征的活动,展露其隐匿意义的活动,与符征自身的展露,与其自身的自我发展密不可分。在这个意义上,对真理的追寻总是暂时的,"并且真理总是一种时间的真理"(PS 25;17)。因此,德勒兹区分了时间的四重结构,每重结构都有其真理,马塞尔就是在符征的学习生涯中遭遇了这四重时间结构。"过去的时间"是一种"逝去的时间"[*temps perdu*],它是变更的、变老的、衰朽的和毁灭的时间。社交符征不仅在各种社会人物显而易见的身体衰朽的形式中,还在占据礼仪社会的变化的样式和风尚中来展露这种时间。时间的过程在爱恋符征中同样显而易见,而这不仅仅是因为被爱者变老。"如果爱恋符征和嫉妒符征带来它们自身的改变,这也是出于一个简单的原因:爱永无止息地筹备着自身的消失,模仿着自身的破裂。"(PS 27;18)同样,在感官符征中亦可感受到时间的衰朽,例如在《索多姆和戈摩尔》(*Sodome et Gomorrhe*)中,马塞尔移动皮靴并想起他死去的祖母时所感到的极度痛苦(Proust Ⅱ 783)。唯有在艺术符征中,过去的时间才被克服。逝去的时间还会呈现为"遗失的时间",即在世俗消遣中、失恋中乃至对诸如玛德莱娜糕点味道之类的琐碎事物的感官沉溺中所荒废的时间。但关注更严肃的事物并不必然导向真理,因为辛勤工作和深刻目标属于意志,而真理是通过与符征的偶然相遇而自我显现的。在社交符征、爱恋符征和感官符征中所荒废的时间最终必定是马塞尔学习生涯的一部分,这是符征教育得以进行的神秘途径。"我们永远不知道一个人是怎样进行学习的;但是,无论以怎样的方式习得,总是通过符征的中介作用,总是在失去其时间的过程中达成,而非通过对客观内容的理解来实现。"(PS 31; 21—22)第三种形式的时间是"寻回的时间"[le temps qu'on retrouve],这种时间唯有通过智识才能把握。普鲁斯特看似贬低智识在追寻真理时的作用,但这仅仅当智识单枪匹马地运思,未建立在与符征相遇的必然性的基础上寻求逻辑真理时方才如此。当智识在与符征相遇之后运思时,它是唯一能够萃取符征真理并因此萃取时间真理的官能。"印象之于作家相当于实验之于科学家,其差别在于,在科学家那里,智识的运思先于实验,而在作家那里,它在印象之后来临。"(Proust Ⅲ 914)通过回溯式的分析,智识揭示出空洞的社交符征遵循一般法则,欺骗性的爱恋符征重申一个反复的主题,无意记忆的短暂符征呈露出非物质的本质。从这个意义上来说,逝去的、荒废的时间变成了重获的时间。而第四种形式的时间存在于艺术作品之中,它是"重获的时间"[le temps retrouvé],是纯粹的时间,其真理转变了所有社交的、爱恋的和感官的符征。只有当马塞尔在其追寻的终点才能发现这一纯粹的时间。

马塞尔的学习生涯包含四种符征——社交符征、爱恋符征、感官符征和艺术符征,并且其追寻过程由四种形式的时间即过去的时间、遗失的时间、寻回的时间和重获的时间构成。在混淆和失望的必然模式中同样能发现其复杂的节奏。马塞尔不可避免地以两种方式误解符征。首先,他假定符征的对象以某种方式保存着真理。他反复捱着茶点,好像能在茶杯中发现贡布雷家族的秘密。他不断发出"盖尔芒特"这个词的语音,仿佛音节自身留存着盖尔芒特女士的声望。在他与世界相遇的初期,"他相信那些发出符征的人同样也是那些理解和掌握其密码的人"(PS 38;27)。这种混淆不可避免,因为知觉自然而然地会将符征的性质归于它们其来有自的对象。同样,欲望假定对象自身是可欲求的,并且正因此,爱恋者试图占有被爱者。在真理必定被表述和交流这一信念下,智识也呈现出朝向客观性的内在趋势。正是这一偏见使得一个人通过对话、友谊、工作和哲学——即通过传统话语思想的善良意志和有意行动——去寻求真理。但如果符征指示对象,它所意指的也总是其他东西。所以,马塞尔始终对他所追求的对象感到失望,对符征的指示物感到失望。正因此,他频频转向一种补偿性的主观主义,而这构成他学习生涯的第二个谬误。他认为,如果符征的秘密并不在其所指示的对象中,那么它或许寓于主观联想之中。但是"所有事物都可进入联想活动中"(PS 48;35),任何事物都能和其他事物相互关联。似乎无意记忆提供了主观联想主义的启示,但倘若如此,玛德莱娜糕点将无法向马塞尔呈现出任何关于艺术的东西,除非玛德莱娜糕点的力量和凡德伊奏鸣曲(Vinteuil sonata)的力量都归属于一个极其怪异的人格本性的随心所欲而转瞬即逝的联想之中。然而情况并非如此,因为符征的秘密既不在指示对象上亦不在诠释主体上,而是取决于裹藏在符征中的本质。

艺术符征和其他符征的区分标志在于,艺术中的符征是非物质的。诚然,凡德伊奏鸣曲的乐句是由小提琴和钢琴所发出,但艺术符征是一个本质、一个理念,而非物质实体,尽管它的传达借助了声音媒介。① 在社交的、爱恋的和感官的符征中,我们是从他物中发现符征的意义,而"艺术赠予我们真正的统一性:非物质的符征与完满的精神意义的统一"(PS 53;40—41)。德勒兹认为对于普鲁斯特而言,本质乃是"差异,最终的和绝对的*差异*"(PS 53;41)。德勒兹在马塞尔的下述评论中发现了与这一观点相似的第一次表达:"风格之于作家相当于色彩之于画家,它不是一个技术问题而是一个视界(vision)问题:它是启示,不可通过直接的和无意识的方法实现,它是性质差异的问题,是方式的独一性,在这一方式中,世界向我们每个人呈现,它是差异,如果没有艺术,这种差异将永远保持为每个个体的秘密。"(Proust Ⅲ 931—932)每个个体从各自特殊的视角表达世界,"视点就是差异本身,内在的绝对的差异"(PS 55;42)。但这不会沦为主观主义,因为被表达的世界并不是表达主体的功能。主体并不生产世界及其内在的绝对差异;主体和世界通过差异的展露而共同显现。"并非主体展开本质,毋宁说是本质将自身蕴含、包裹和收卷在主体之中。"(PS 56;43)每个主体就像莱布尼茨的单子(monad),在自身中包纳整个世界,尽管其包纳方式隐晦幽蔽。世界在单子中展露和阐发自身,世界裹藏、蕴含在每个单子之中,个体单子对世界的表达被其特殊视角的光源所规定。正如莱布尼茨经常说的,世界就像一座城市,而单子为其市民,他们对城市的各种视点(views)就是关于整体的不同视点。但在普鲁斯特那里,不存在"预定和谐"(preestablished harmony)来确保世界及其单子的统一性。每个主体都表达了一个不同的世界,并且唯有在艺术中,这些

---

① 关于斯万对凡德依奏鸣曲的第一反应,普鲁斯特是这样描述的:"这样一种印象,在一刹那间,可以说是'无物质的'印象。当然这时我们听到的音符,按照它们的音高和时值,会在我们的眼前笼罩或大或小的空间,描画出错综复杂的阿拉伯式的图案,给我们以广袤或纤小,稳定或反复无常的感觉。然而这些感觉在我们心中还没有牢固地形成,还不足以被紧接而来的,甚至是同时发出的音符所激起的感觉淹没以前,就已经消逝了。"(Proust Ⅰ 228)

世界才能彼此沟通。正如马塞尔所说:"唯有通过艺术我们才能从自身中显露出来,才能知悉其他人所看见的是什么样的世界,那个世界迥异于我们自己所看见的世界,并且倘若没有艺术,那个世界的风景就像天外仙境一般遥不可及。多亏有艺术,我们不止看见自己的世界,还知道世界的自我增生,有多少位原创艺术家,我们就拥有多少个世界,而这些世界之间的差异更甚于浩瀚苍穹中日月星辰之间的差异。"(Proust Ⅲ 932)

当听到凡德伊奏鸣曲中钢琴和小提琴的对奏时,斯万思忖道:"仿佛世界的开端,大地上只有它们两个,或者毋宁说在这个对所有其余物闭锁着的世界,它被其创造者的逻辑以如此方式塑造,乃至在其中本应该永无他物而只有它们自身:即这首奏鸣曲的世界。"(Proust Ⅰ 382)德勒兹认为,对于普鲁斯特而言,每件艺术作品都是一次世界开端,"一次根本的、绝对的开端"(PS 57;44)。在每件艺术作品中我们都可以找到马塞尔在少女面容中所辨认出的东西,那是"不稳定之力的一部戏剧,这部戏剧让我们不禁想起面朝大海时所凝神静思的自然的原初元素的生生不已的再创造"(Proust Ⅰ 967)。但是除了原初自然的诸不稳定之力的戏剧之外,世界的开端关乎时间的开端,这是呈露在艺术作品之中的时间——性质上迥异的时间,诸本质的重获的时间,le temps retrouvé。德勒兹指出,一些新柏拉图主义哲学家以"叠合"(complicatio)一词来表达世界在创世展露前的原初状态,"叠合将多包裹在一之中并且肯定了多中之一"(PS 58;44)。叠合处于常规逻辑时间之外,但它并不是无时间(timeless);毋宁说,它是"时间自身的叠合状态"(PS 58;45)。叠合是裹卷在自身中的时间,是时间的纯粹形式,它随后在创造过程中在各种维度的现实时间经验中展露自身。因此,就艺术作品中显现的本质引发"自然的原初元素的生生不已的再创造"这一意义而言,以及就本质分有(partakes)一种重获的时间、叠合的时间,或者说分有作为纯粹形式、作为时间之可能性条件的时间这一意义而言，艺术作品是世界的根本而绝对的开端。

德勒兹进而追问，本质如何在艺术作品中具身化呢？本质在艺术作品的物质质料中显现自身，但"艺术是物质的一种真正转化"（PS 61；46），而艺术借以转化物质的途径是风格。在《重获的时间》中，马塞尔斟酌着特定时刻的异质感觉和联想将当下刺激与过去记忆结合在单个经验中的途径。他表示，作家可能会事无巨细地描述特定场景的个别对象，"但唯有当他描述两个不同的对象，说明它们之间的联系——艺术作品中的这种联系类似于科学世界中因果律所规定的独特联系——并将它们封装在一种匠心独运的风格的必然关联之中时，他才能获得真理；唯有当我们通过对比两种感觉共通的性质，在一个隐喻中成功萃取出它们的共通本质并将它们相互结合，使它们从时间的偶然性中解放出来时，真理——还有生命——才能被我们捕获"（Proust Ⅲ 924—25）。因此，从最基本的层面上而言，风格即隐喻，因为它在不同对象之间创造了"必然关联"。但风格远不止是单纯的词语游戏。不同对象之间的关联在于共通性质，后者是一个本质的表达，"在这一发光的物质中被石化，投入这一折射的环境中"（PS 61；47）。一个本质是"一个原初世界的性质"（PS 61；47），并且通过风格的"必然关联"，艺术家可以从不同对象中"萃取"出"它们的共通本质"并将它们"从时间的偶然性中"解放出来。但德勒兹进一步认为，如果风格是隐喻，那么"隐喻本质上乃是变形"（PS 61；47）。如果艺术在物质之内通过共通性质创造了必要关联，那么它同样引发物质的某种变形。正如在埃尔斯蒂尔（Elstir）①的画作中，海洋变成陆地，陆地变成海洋，水状的陆地成形，地质的海洋波动，就像被展开的力所贯穿的大团柔韧物那

---

① 普鲁斯特在《追忆似水年华》中虚构的一位画家。——译注

样运动。风格,"为了使物质精神化并使其适合本质,生产着不稳定的对立,生产着原初的叠合,生产着构成本质自身的原初元素的斗争和交流"(PS 62;47)。

如果本质是世界的开端,那么它同样也是持续的创造力量。本质既是原初差异又是个体化之力,这种力"自身个体化并且规定着它体现于其中的物质,就像它封装在风格之关联中的对象一样"(PS 62;48)。本质是一种重复自身的差异,一种自我分异和自我个体化的持续进程,这一进程通过展露在艺术作品中的世界来实现。差异和重复非但不相互对立,反而"是本质的两种力量[puissances],密不可分,紧紧相连"(PS 63;48)。差异,作为某个世界的性质,"唯有通过一种贯穿不同环境并联结各种对象的自动重复(auto-repetition)才能肯定自身;重复构成了一种原初差异的程度,但多样性亦构成了一种同样根本的重复的层级"(PS 63;48)。因此,本质是世界的开端,是叠合时间中的原初元素和不稳定之力的一部戏剧,不仅如此,本质还是由它所引发而展开的世界的不断再开端(re-beginning)中持续重复自身的一次开端。在艺术作品中,物质被转化,被去物质化并得以适合本质。因此,艺术的符征是透明的;其意义是通过它们展现出来的本质。作为将符征封装在必然关联中和对物质进行转化的艺术力量,风格与本质共存,是对一个世界进行展露的差异和重复的力量。"作为风格的符征与作为本质的意义之间的同一:这就是艺术作品的特色。"(PS 64;49)布封(Buffon)说过"风格即人"(le style, c'est l'homme même),但风格不仅仅是艺术主体的发明。风格是自我分异的差异,它在一个世界中展露其自身,这个世界将主体作为视点包含在内,必然穿过主体,但绝非起源于主体,而只是使主体成为那个世界的组成部分。在这个意义上,"风格不是人;风格是本质自身"(PS 62;48)。

符征的再诠释

　　如果说马塞尔在符征中的学习生涯引导他从物质的社交符征、爱恋符征和感官符征走向非物质的艺术符征，那么他对艺术的充分理解反过来又使他对感官、爱恋和社交符征产生新的理解。这尤其体现在无意记忆符征的情形中，但只是到《追忆》最后一卷才得到充分解析。最初，似乎无意记忆仅仅涉及观念的无意识联想，涉及现在感觉和过去感觉之间的相似性。但是马塞尔体验到的极度欢愉远超出与童年回忆相遇所带来的结果。首先，这是一种不同形式的时间的显露，这种时间即"过去的存在本身"（PS 72；56）。德勒兹认为在这个意义上，普鲁斯特是柏格森主义者。[①] 柏格森指出，如果现在只是时间中的一个点，那么它绝不会流逝。为了使现在能够朝向未来运动，在任何当下时刻和刚刚过去的时刻之间必定存在着一种连续性，现在和过去在持续运动中必定共存。由此，柏格森总结道，在现在的每个时刻都存在着一个与之共存的过去时刻，但他进一步断定，过去时刻是一个单独的过去的一部分，这个单独的过去包含着所有过去时刻，呈现为一个持续的共存的整体。过去就像一个圆锥体，其基底在时间中向后无限拓展，椎体顶端则是过去与现在共存的点。但如果过去与现在共存，二者则以性质上不同的方式存在。过去是潜在的存在，而现在是现实的存在。二者都是真实的，但潜在的过去绝不是现实。因此，我们在回忆时并不是将曾经存在并已然坠入过去之中的某个时刻的踪迹带到现在。相反，我们

[①] 德勒兹在《柏格森主义》第3章（特别是第45—57页，第51—61页）对柏格森的潜在过去做了详细讨论。

实现了性质上的飞跃,跃入潜在过去的领域,在这个领域,所有过去的事件在一个单独的时间维度中彼此共存。德勒兹认为,柏格森的这种潜在过去与马塞尔通过无意记忆探索的过去异曲同工。"过去的某个时刻,我说过吗?它难道不是也许具有更多的内涵:过去和现在共同拥有的东西,比二者中的任何一个都更具本质性?"(Proust Ⅲ 905)。在纯粹的现在,感官衰竭枯萎。"但是,让曾经听过的声音或闻过的气味在现在被再次被听到或被闻到,与此同时也在过去中被听到或闻到,这是未成为现实的真实、未变得抽象的理想,并且,事物那永远而惯常被隐藏的本质立刻被解放出来"(Proust Ⅲ 905—906)。无意记忆就像柏格森的过去,是"未成为现实的真实、未变得抽象的理想",是一种"在现在并同时在过去中"存在着的时间性维度的经验。通过无意记忆,某个时刻"从时间秩序中获得解放"(Proust Ⅲ 906);"纯粹状态中的时间碎片"(Proust Ⅲ 905)中已经包含着通达之路。

但是,普鲁斯特的无意记忆并非仅仅揭示潜在过去。它还将本质作为被裹藏和展露的差异而呈现出来。无意记忆并非简单地在两种感觉之间制造相似性,而是呈现"某种严格的同一性:两种感觉共通的性质的同一性,或者说现在和过去两个时刻共通的感觉的同一性"(PS 74;58)。当马塞尔品尝玛德莱娜糕点时,它的味道是两个不同时刻的共通性质。但是他所体验到的远不止贡布雷和玛德莱娜糕点味道之间的单纯联想。在记忆的有意活动中,糕点味道和贡布雷彼此临近,但这是外在的相邻。然而,借助无意记忆,玛德莱娜糕点过去被品尝的情境成为现在经验的内在部分。无意记忆"使情境内在化,它使得先前的情境与现在的感觉密不可分"(PS 75;58)。在玛德莱娜糕点的现在味道中,贡布雷喷涌而出。从这个意义说,在共通性质的同一性——玛德莱娜糕点的味道——中,差异被内在化,过去的贡布雷成为现在在场。但贡布雷自身就是差异,这里指的不是过去中被经验的贡布雷,而是指贡布雷的本质,它可能永远不会被经验:"并非在现实中,而是在其真理中;并非在其外在的和偶然的联系中,而是在其内在化的差异中,在其本质中。"(PS 76;59)因此,无意记忆是艺术的类似物(analog),因为两种不同事物之间的必然关联通过将它们的差异内在化的共通性质被创造出来。共通性质成为将世界展露出来的某种本质和"纯粹状态中的时间碎片"。但无意记忆的符征与艺术符征在若干方面相互区别。它们具身化于其中的物质比艺术中的物质更加晦暗,柔韧性更低。它们与诸场所——贡布雷、巴尔贝克、威尼斯——和特定感觉对象紧密相连,并且它们稍纵即逝,难以存续。它们呈露的时间指向艺术中的叠合的(complicated)原初时间,而无意记忆的时间并非艺术的"重获的时间",它"在已然展布和发展的时间中突然产生。在流逝的时间的核心处,它重新发现了包裹的中心,但这仅仅是原初时间的图像"(PS 78;61)。最终,在艺术作品中,不同要素的选择和关系"完全被某种本质所规定,这一本质将自己体现在柔韧的或透明的媒介之中",而在无意记忆中,关系取决于偶然的联想。"因此本质自身不再是其体现、其选择的主宰,而是根据外在于它的给定物来被选择。"(PS 80;63)

符征的真理是"偶发的和必然的"(Proust Ⅲ 913),是无意的而不是任意挑选的,是必然的而非偶然的。在艺术中,符征和意义等同;本质根据其内在必然性而展露,它所揭示的世界不是艺术家所挑选的,而是将艺术家呈现为那个必然发生的世界的一部分。而且,在符征和意义的这种等同中,本质奇异化(singularizes),因为它产生了一个奇异的视点,这个视点是"个体的甚至个体化的"(PS 77;60)。尽管感官符征在很大程度上是"偶发的和必然的",但它们比艺术符征更具偶然性和普遍性。感官符征所呈现的本质取决于供它们挑选的外在环境,并且它们揭示的世界是两个时刻之间的共通世界,其普遍性程度略高于奇异的艺术世界。

在爱恋符征和社交符征中,本质以越来越偶然的和普遍的形式呈现出来,在极限处趋于一种"法则"。本质在爱恋符征中作为一个主题展露自身,这是一个一般性主题,它穿过爱恋的诸时刻并将这些时刻组织成一个序列。马塞尔对吉尔贝特(Gilberte)、盖尔芒特女士、阿尔贝蒂内(Albertine)的爱构成了"一个序列,其中的每个项都包含了微小的差异"(PS 85;67)。每次爱恋内也包含着一系列分支,马塞尔爱着多重系列的阿尔贝蒂内,他的感情也经历了一系列相互差异的阶段。并且,跨主体的(transsubjective)系列还将各种爱恋关系关联起来,斯万对奥黛特(Odette)的爱除构成了包括马塞尔及其母亲的复杂系列的一部分外,还构成了包括马塞尔、吉尔贝特、盖尔芒特夫人在内的系列的一部分。但是爱的一般法则,其最广义的系列真理,在性别退隐中才得以显现,在索多姆和戈摩尔的世界分隔时得以显现。爱恋符征裹藏着诸隐匿世界的秘密,并且阿尔贝蒂内的女同性恋秘密向马塞尔揭示了戈摩尔世界中同性恋关系的一个增殖系列。夏吕斯(Charlus)与朱潘(Jupin)的相会也以类似方式呈现出索多姆世界的平行系列。但是在每个个体内同样存在着性别的退隐,这是一种将索多姆和戈摩尔世界的法则普遍化的原初雌雄同体(hermaphrodism)。每个个体包含着两个性别,就像雌雄同体的植物或蜗牛,它们的受精只能通过外在的偶然的要素才能发生。甚至在异性恋中,女人为了男人而发挥着男性的功能,男人为了女人而发挥着女性的功能。

因此,一个普遍主题穿过爱的序列,穿过相同爱情中的诸时刻的流泻,并穿过荡气回肠的爱的跨主体网络;但在总体层面上,此主题回荡在同性恋的重复系列中,这一系列同时在社会和每个个体中将性别分离开。本质揭示自身,但它是以一种含混的、偶然的形式进行揭示的,并且唯当爱恋者不再身处爱河时,它才能被理解。嫉妒的痛苦迫使爱恋者诠释爱恋符征,但唯当爱已湮灭成灰,理解的欢愉方才悬临。本质仍然是爱情中的无意识主题,并且"体现在爱恋符征中的本质的选择相比在感官符征中要更加依赖外在的条件和主观的偶然性"(PS 93;73)。的确,正是主题或理念"规定着我们主观状态的系列,但也正是我们主观联系的机遇规定着理念的选择"(PS 93;73)。

在社交符征中,本质找到了其最具普遍性和偶然性的体现,不是在系列中,而是在"群体的普遍性"(PS 100;79)中。在《追忆》的结尾,叙述者提到在他对社会礼仪的描述中,批评家认为他们看到了对细节的事无巨细和谨小慎微的检视,"当相反那是一台我用来观察诸事物的望远镜时,这些事物对于裸眼而言的确非常细微,但只是因为它们距离遥远,这些事物的每一个自身都是一个世界。我试图在其中抵达普遍法则的经历就像对细节的学究式的调查"(Proust Ⅲ 1098—1099)。多重事件,无论它们是政治的、历史的、文化的或家庭的事件,都占据了礼仪社会的时间,但世界的符征最终沦为空虚。它们只是占据着思想和行动的位置,代表着情绪和观念。它们最终沦为愚蠢的符征。"最愚蠢的人们,在他们的姿势、他们的谈吐、他们在无意中表达出的情感中,呈现出诸法则,他们自身并没有感知到这些法则,但艺术家对这些法则感到惊讶。"(Proust Ⅲ 938)繁文缛节风行于世,并且本质随着它松散而广泛地将自身显现在世界中而表现出一种特定的喜剧力量。个体重复彼此的思想,并且他们的俗套意见表明了群体的心智,即艺术家/分析家可以抽取的隐藏的亲近感。"存在着一种普遍性的感受,在未来作家那里,这种感受自身挑选出普遍之物并能由此进入艺术作品之中。而这使得他唯有在他们(即使他们可能愚蠢或荒谬)通过对相似性格之人的惯用说辞的鹦鹉学舌般重复而将自身转变为预兆之鸟和心理法则的代言者时才倾听他们。"(Proust Ⅲ 937)

社交符征开启了马塞尔的学习期,但是它们的意义仅仅在追寻结束时才彰显出来。符征需要双重阅读,首先是前进式的理解,其次是回溯式的领悟。德勒兹在马塞尔的符征学习生涯中发现了《追忆》的统一性。正如他逐渐展开乏味的社交的交流符征、欺骗而妒忌的爱恋符征、引人注意的无意记忆符征和非物质的艺术符征,他渐渐开始将符征视为蕴含的本质。在他对符征的真理的探求中,他还发现了不同形式的时间,衰朽的时间,荒废的时间,在一种感觉经验中被解放的"纯粹状态中的时间碎片",艺术的叠合的、原初的时间。由于错误地将符征的真理定位在它们所意指的对象或感知它们的主体上,他经历了各种失望和幻灭。然而一旦艺术符征被领会,其他符征将被转化。所有的符征蕴含、裹藏着本质,尽管这些本质以不同的普遍性和偶然性的程度表达在不同的符征中,表达在具有不同程度的韧性和抗性的物质上。在艺术作品中,一种个体化的、奇异的差异在转化的物质上重复自身,呈现出一个自主的世界和视点。在感官符征中,共通性质将本质的局部差异和潜在的过去内在化。在爱恋符征中,一个普遍的主题在个体的激情序列中,在特殊关系的分支中,在情状的跨主体之网中和在退隐的性别的平行系列中重复自身。而在社交符征中,本质在礼仪形式的普遍法则中和宽泛的群体亲近感中显现自身。

从某种意义上说,德勒兹勾勒的统一性是一种主题的统一性,即《追忆》中的"思想"或"内容"的统一性。但从另一个意义上说,符征学习生涯的统一性构成了《追忆》在其"形式"和结构上的特征。对符征的诠释就是对裹藏着的、蕴含着的差异进行展露和阐发;但对符征的诠释只是遵循着符征自身的运动路径。"因为符征在被诠释的同时也在发展、铺展自身。"(PS 110;89)马塞尔符征学习期的展开就是《追忆》的符征的展露,就是揭示一个奇异世界和视点的艺术符征的展露。本质通过转化的物质自我分异,将社交的、爱恋的和感官的符征转化为艺术符征,将它们封装在风格的必然关联中。小说结尾处呈现给马塞尔的诸本质的世界就是在其追寻符征的真理过程中已经展开的《追忆》。这是一种时间之中的真理,一种逐渐显现的过程,一种在其多重伪装下的关于时间的真理,并且是一种属于时间的真理,一件在其自身叠合的、原初的时间中展露的艺术作品。"多亏有艺术,我们不止看见自己的世界,还知道世界的自我增生,有多少位原创艺术家,我们就拥有多少个世界。"(Proust Ⅲ 932)《追忆》就是其中一个这样的世界。

符征的繁衍与生产

1970年,德勒兹在普鲁斯特论著中增补了第二部分,他说这部分将关注点从符征的辐散和诠释转向符征的繁衍与生产。在第一部分中他阐述了《追忆》的统一性并不在于无意记忆而是基于马塞尔符征学习的故事。但这一论述可能引发诸多误解。《追忆》只能算一部其连贯性源自叙述轨迹的"成长小说"(Bildungsroman)吗?除非我们的意思是小说的形态源自学习经历的某种必然和逻辑的序列。德勒兹将马塞尔遭遇的符征种类、时间形式和幻觉类别进行了系统划分,但马塞尔朝向理解的活动过程呈现出断断续续、东奔西窜、反反复复、间或跳跃和偶尔打转的形态。而且,他在艺术启示指引下对符征的回溯式的重新诠释除了迫使我们重读《追忆》以外,提供的并非所穿越区域的单一地图,而是繁复的可能变道。那么《追忆》是否由一种符征系统贯穿统一?除非我们牢记于心,符征是裹藏着差异的秘符,符征以偶发却必然的方式冲击思想,并且符征呈现的并非普遍交流的共通世界,而是奇异的艺术世界。最后,《追忆》在事实上是统一的吗?一个本质可能是重复自身的个体化差异,并且它展露的世界可能是奇异的,但本质和那个世界是同一物吗?如果符征的本质如德勒兹所描述的那样被给定,那么谈论《追忆》的符征的统一体究竟意味着什么呢?

德勒兹认为普鲁斯特的思想是反逻各斯(antilogos)的。逻各斯是支配西方哲学传统的思想,它总是预设一个整体,这个整体包含着诸部分和一种尚未被解密的真理。"将每个事物当作一个整体来观察,继而按照其法则将其思考为一个整体中的部分,这个整体自身通过其理念而显现在每个部分之中。"(PS 127;93—94)在逻各斯中,智识总是先行(comes first),而且无论思想采取何种道路通向真理,思想所发现的都只是从开始就已然在此的东西。相反,在普鲁斯特那里,智识是后到的(comes after),并不存在有待思想去发现的预先存在的真理。然而,德勒兹指出,在普鲁斯特那里存在着某种意义的柏拉图主义,但二者之间的差异是富有启发的。他们都关注记忆和本质,并且都承认真正的思想源自无意记忆。在《理想国》第七卷中,苏格拉底注意到,思想只有通过矛盾的感知才能被激发或唤醒,例如坚硬度和柔软度,大的程度和小的程度,借助这种矛盾的感知,我们可以说同一物既坚硬又柔软,既大又小。① 但是这种诸性质的抵牾式融合被认定为对象的某种状态,它们在或大或小的程度上摹仿了理念。回忆的终点是理念,这是某种稳定的**本质**,将矛盾的诸性质分离开,并且此终点在思想开始遭遇矛盾感知之时已经被预设出来。相反,在普鲁斯特那里,矛盾的感觉是内在的,并不在对象或世界中。回忆之所以介入是"因为性质不能与主观联想链相互分离,当我们初次体验它时,是无法自由地进行实验的"(PS 132;97)。但是被发现的本质并不是主观的。它不是某种

---

① *Republic*,Ⅶ,523a - 524b。关于相互矛盾的诸感觉,另见 *Philebus* 24d 和 *Parmenides* 154 - 155。德勒兹在《柏拉图与拟像》一文(《意义的逻辑》附录,LS 292—307;253—266)以及《差异与重复》(DR 180—186;138—143)中讨论了上述柏拉图文本。

被观看到的东西,"而是一种更高的视点。一种不可还原的视点,它同时意味着世界的诞生和一种世界的原初特征"(PS 133;98)。观看视点并非个别主体的视点,而是一种个体化的原理。"普鲁斯特式回忆的原创性恰恰在于此:它从某种灵魂状态和联想序列的状态出发,抵达某种创造的或超越的视点——而不再是像柏拉图那样从某种世界的状态到达被观看的客观性。"(PS 134;98)

如果普鲁斯特式回忆抵达了本质,那么这一本质并非预先存在的秩序。德勒兹认为,柏拉图所提出的客观性和同一性的问题在普鲁斯特作品中获得了某种"现代的"阐述,它对现代文学至关重要。对于现代作家而言,无论世界的状态,抑或可供世界摹仿的本质或理念都毫无秩序可言。世界是碎片的和混沌的,唯有在艺术作品中才能获得特定的连贯性。"正是因为回忆从主观的联想抵达某种原初的视点,客观性就只能存在于艺术作品之中:它不再存在于作为世界状态的有含义的内容之中,也不存在于作为稳定本质的理想含义之中,而仅仅存在于作品的意味深长的形式结构之中,亦即,存在于风格之中。"(PS 134;98—99)在普鲁斯特式回忆中,联想链冲击着主体。联想链在其断裂前被追寻,随后出现了向主体之外的一次跳跃,由此建立了一种个体化的视点,从这一视点中回溯式地孕育出一个包含着主体和联想链的展开的世界。

德勒兹指出,一个部分或一个碎片具有价值是因为它指向某个整体,"或相反,由于并不存在与它相对应的另一部分,故而不存在它能够进入的总体,也不存在它已从中挣脱并能够回归其中的总体"(PS 136;100)。一件关于**时间**的作品不能将碎片关联到整体,因为时间是不可被总体化的(untotalizable)。事实上,德勒兹认为最好将时间界定为碎片和部分:"或许,这就是时间之所是:那些不能相匹配的、具有不同的尺度与形式的部分是根本性的存在,它们不以同一种节律发展,而风格之流也无法以同样的速度带动它们。"

(PS 137；101)如果在艺术作品中存在着某种统一性,那么它来自作品的形式结构,没有外在的参照,并且产生作品之统一性的要素本身就是一个部分。在《重获的时间》中,马塞尔在夏多布里昂(Chateaubriand)《墓畔回忆录》(*Mémoires d'Outre-tombe*)的一句话中发现了关于无意记忆的启示:"蚕豆花盛开的一小块田中散逸出甜美清新的天芥菜芬芳;那不是由我们家乡的微风带来的,而是来自纽芬兰的狂野的风吹来的[*par un vent sauvage de Terre-Neuve*]。"(Proust Ⅲ 959)使主体和天芥菜相互接触的东西与植物无关——新世界吹来的一阵风。这是将其他部分彼此关联的一个异常部分,不归属于一个整体。这里包含了普鲁斯特的现代回忆概念:"一个异常的联想链只能由一个创造性的视点来进行统一,后者自身在整体中扮演着异常的角色。"(PS 138；102)德勒兹指出,创造性的视点就像一个晶种("就像一块规定一次晶体化过程的碎片"[PS 138；102])。特定的化学溶液在个别晶体添入溶液之后就不再是液态。在某些情况下,按照添加晶种的本性,溶液可以形成不同的晶体。一旦初始晶体被添加,晶体化过程就开始了,并且个体化的流泻将亚稳定的、无形式的媒介转化为某种稳定的固态晶体。① 贝戈特(Bergotte)对维米尔(Vermeer)《代尔夫特风景》(*View of Delft*)的钦佩之处并不在于其统一性,而是"一小块顶部倾斜的黄色墙壁"(Proust Ⅲ 185);斯万和奥黛特聆听凡德伊奏鸣曲时所珍视的是"小小的"一个乐句(Proust Ⅰ 238);马塞尔关注的是雕刻在巴尔贝克大教堂中心的龙的细节。如果在这些艺术作品中存在着某种统一性的话,那么它并非来自某种预先被理解的计划

---

① 吉尔贝·西蒙东(Gilbert Simondon)在其《个体及其物理生物学起源》(*L'individu et sa genèse physio-biologique*)中以晶体作为个体化过程的范式。西蒙东强调,个体化先于个体的实存,成形的实体只有在个体化完成后才能走向实存。德勒兹频繁引述西蒙东,参见 LS 125—126；103—104；DR 316—317；246—247；MP 508—510；408—410。另参见 FB 86。

或有机的必然性,而是来自异常部分,它们就像晶种一样引发某种转化和重组的过程。

德勒兹认为,对《追忆》的分析不能关注**整体**,而应从其部分入手:"《追忆》诸部分之间的不一致性、不可公度性和破碎性,以及那些确保其根本多样性的断裂、间隙、空白、间断。"(PS 104;103)两个基本形象表现了作品诸部分之间的关系特征:箱子和封闭的容器,前者关乎内容-容器的关系,后者则涉及部分-整体的关系。符征就像携带着秘密内容的未开启的箱子,它们的秘密被封装,被包裹,被裹藏于其中。这就是德勒兹在其研究的第一部分所详尽探讨的蕴涵(implication)和阐发的形象。但在第二部分,他强调的是内容和容器之间共同尺度的阙如,以及在诠释过程中同时影响内容和容器的碎片化。将被开启的箱子包括物品、人和名字——例如玛德莱娜糕点、阿尔贝蒂娜这个人、巴尔贝克这个名字。玛德莱娜糕点的箱子事实上并非玛德莱娜糕点自身,而是它的感官性质、它的气味,并且其内容不是围绕着贡布雷的联想链,而是贡布雷的本质,仿佛它从未有过生命。尽管内容从容器中被开启,作为本质的贡布雷的涌现使联想链发生断裂,并使某个不属于经验主体的纯粹视点自发地出现。贡布雷的回忆时如此遥远,乃至倘若它重新复归,事实上也是一次新的创造,从这个创造中诞生出一个新生的自我。因此,作为本质的贡布雷与它所从出的箱子之间是不可通约的。阿尔贝蒂娜的箱子包含着巴尔贝克的风景,与此同时,巴尔贝克的风景也封装着阿尔贝蒂娜。但同样,"联想链只有在与某种将会打破它的力量相关联时才会实存"(PS 145;107),因为叙述者,即打开箱子的自我,发现自己被他开启的世界所捕获,被置于风景之中,且被倾空了自我。正如包含着阿尔贝蒂娜、风景和遭到剥夺的马塞尔的世界展露出的那样,一个高级的、无人称的视点从联想链的断裂中应运而生。巴尔贝克的箱子中包含着这个地方的秘密,但当马塞尔将此内容投射到真实的城市上时(他必定如此),音节和它们隐藏的秘密之间的关联被打破了。① 在所有这三个例子中,内容与容器都是不可通约的:"一个遗失的内容,我们在复活了一个过去自我的一种本质的光辉中重新发现它;一个被倾空的内容,它把自我带入死亡;一个分离的内容,它将我们抛入一种不可避免的失望之中。"(PS 147;108)在每种情形中,内容将容器爆裂,但内容也同样随着它的开启而破碎。甚至在伟大的艺术作品中,诸如凡德伊七重奏那里,内容维持着诸部分之间的分歧:"一种哀怨的玫瑰般的乐句回答着它,但如此幽眇,朦胧,沉潜,生机盎然,发自肺腑,乃至无法分辨它是一个主题还是一次神经症伤害。此刻这两个动机在一次激烈交锋中共同战斗[*les deux motifs luttèrent ensemble dans un corps à corps*],交锋过程中,其中一个可能完全消失,从而只有另一个的碎片隐约可见。"(Proust Ⅲ 262)

德勒兹描述的第二个形象是封闭的瓶子(*vase clos*)的形象,这个词在法语中代表一种化学试管,或密封的玻璃瓶子。马塞尔评论道,梅塞格利丝路(Méséglise way)和盖尔芒特路(Guermantes way)"在不同的下午,彼此形同陌路,彼此隔绝不通[*inconnaissables l'un à l'autre, dans les vases clos et sans communication, entre eux d'après-midi différents*]"(Proust Ⅰ 147)。在《重获的时光》中,马塞尔观察到与某种给定的感觉密不可分的多重联想,"最简单的动作和姿势仍被幽闭,好像在成千上万个密封瓶子中[*comme dans mille vases clos*],每个瓶子中的事物在色彩、气味、温度上彼此全然不同,此外,这些在我们有生之年(这期间我们不断变化,要是只发

---

① "……就巴尔贝克来说,我一走进这座城市,就好像把一个本应密封的地名打开了一条缝。这里,一列有轨电车,一家咖啡馆,广场上来往的人群,贴地银行的分店,无法抗拒地受到外部压力和大气力量的推动,一下子涌进了这个地名各个音节的内部。这些东西进去以后,这几个音节又关上了大门,现在,它在这些事物镶嵌起波斯式教堂的大门,再也不会将这些事物排除在外了。"(Proust Ⅰ 710)

生在我们的梦中和思想中就好了)被处理的瓶子位于各种各样的道德高度上,给予我们异常多样的气氛的感觉"(Proust Ⅲ 903)。封闭的瓶子"标志着一个部分和另一个不共通的邻近者[*un voisinage sans communication*]之间的对立"(PS 149;110),每个瓶子就像梅塞格利丝路或盖尔芒特路一样,是与其他要素相邻的一个截然不同的要素,密闭地被封存和分离,但通过非交流的关系而各得其位。尽管封闭的瓶子是自我封闭的,但它自身并不构成一个整体。每个瓶子能够分裂成其他瓶子,每个世界分裂为子世界(subworlds),每个阿尔贝蒂娜分裂成微型阿尔贝蒂娜,每个自我分裂成诸多自身。因此,某个给定的封闭的瓶子的同一性"只是统计学意义上的"(PS 152;112),由某种特殊的混合物中支配性的聚合要素的比例所规定。但是,尽管每个容器在"无交流的毗邻"中存在,然而瓶子之间通过贯穿能够实现运动,"在一片森林中,从四面八方延伸过来的路在那些星状的十字路口相互交汇,我们的生命同样如此"(Proust Ⅲ 1082-1083)。梅塞格利丝路和盖尔芒特路对马塞尔而言是彼此分离的世界,"然后在这两条路之间建立起了一个贯穿的网络"(Proust Ⅲ 1083)。但是贯穿并不整合或统一;毋宁说,它们打开了肯定差异的诸通道。正如马塞尔谈到一次火车旅行时所说,"一次旅行吸引人的特殊之处并不在于当我们疲惫时可以在途中一起下车停留,而在于它不是尽可能难以察觉而是尽可能强烈地对离开和到达进行区别"(Proust Ⅰ 693)。因此,旅行是诸地点的贯穿,是一条赋予诸多地点之间差异最大强度的通道。

　　对作为箱子的符征进行诠释就是去打开它们并展露其内容,而对密封瓶子符征进行诠释则是从这些通过贯穿而联系着的瓶子中进行选择,"挑选、选择一个非交流的部分、一个封闭的瓶子,以及置身于其中的那个自我"(PS 154;113)。这一选择的最纯粹形式发生在一个人从睡梦中醒来的时候。睡眠是连接多重时刻,使得多重世界和自我在睡眠者周围的圆圈中旋转的那种贯穿。当睡眠者醒来时,他选择了一个自我和世界。"我们不再是一个活人。可是,当我们像去寻找遗失物那样去寻找自己的思想和人格时,我们为何总能重新找回自我而非他者呢?当我们重新开始思考时,表现在我们身上的为什么不会是某种与此前不同的人格呢?我们看不出是什么在操控着这种选择,在我们可能成为的无数个人中间,为什么偏偏选中了前一天的我。"(Proust II 86)谁来选择?并非被选择的自我来进行选择。毋宁说发生的是一种无人称的选择,一种纯粹的诠释行动。"继而我们在黎明时分从那些深度睡眠状态中苏醒,不知道我们是谁,谁也不是,仿佛新生儿,怎么样都可以,大脑清空了此前生命的所有过去……然后,从我们似乎已经经受过的黑色风暴中(但我们甚至都不能说我们),我们平躺着出现了,没有任何思想,这是一个倾空内容的我们。"(Proust II 1014)"倾空内容的我们"是诠释者,不仅是挑选一个封闭的瓶子和身处其中的自我的选择,而且还是确认某种连接封闭的诸瓶子但不统一它们的贯穿的选择。"《追忆》的'主体'最终不是任何的自我,而是缺乏内容的'我们',正是它对斯万、叙述者和夏吕斯进行分配,它对他们进行分配或选择,但并未对他们进行整合。"(PS 156;114)

  箱子是容器和内容的不可通约性的形象,却使得内容寓居在容器之中;封闭的瓶子是非交流的形象,却使得瓶子彼此毗邻。不可通约性的力将容器和内容保持在一起,非交流的力将瓶子毗邻式地关联在一起。这两种力都是时间之力,"这个非空间的距离的系统,这个相邻者自身或内容自身所特有的距离,没有间隔的距离"(PS 156;115)。逝去的时间在邻近者之间引入距离,正如当一个人遗忘并再也无法将曾经关联之物放置一起。重获的时间将相距之物带入相邻,正如当一个人复活了一个长久逝去的记忆并将其复活到当下。但在这两种情况中,一个邻近的距离被保持,一个没有间隔的距离,并且这正是贯穿之所是——肯定某种差异的没有间隔的通道。因此,时间作为没有间隔的距离的系统,是真正的诠释者和伟大的贯穿:"时间,最终的解释者,最终的解释行为,拥有一种奇妙的力量,它同时肯定那些并不在空间中构成一个整体的碎片,同样,这些碎片也不通过时间中的持续而构成一个整体。时间就是对于所有可能空间的穿越,其中也包括时间的空间。"(PS 157;115)

机器

在一个箱子-符征的内容的展开过程中,联想链发生了断裂,并产生了一种无人称的视点,自我和世界正是从这个视点中展露出来。在对封闭瓶子的选择中,一种"无内容的我们"挑选并呈现出一个贯穿的网络。无人称的视点和"无内容的我们"都产生出某种东西,即归属于符征但在它们展开之前并不预先存在的真理。诠释既非去发现已然在此的东西,亦非从虚无中(*ex nihilo*)创造某物;毋宁说,诠释是去产生效用,去使某物发生。从这个意义上说,现代艺术作品"本质上是生产性的,生产某些真理"(PS 176;129)。德勒兹说,在这个方面它本质上是生产性的,现代艺术作品是一部机器,由于它有所作为,所以其功效大于含义。"与逻各斯相对立的,与那些我们必须从其所属的整体之中去发现其意义的器官和工具相对立的,正是反逻各斯、机器与机器装备,它们的意义(所有那些我们意欲的)只依赖于功能运转,而其功能运转,只依赖于相互分离的部分。现代艺术作品不存在意义层面的问题,它只有使用层面的问题。"(PS 176;129)

《追忆》是一部机器,一部真理的生产器,并且真理通过符征的诠释而被生产出来。诠释就是通过符征的无定向的冲击(disorienting impingement)去生产思想中的思想,将思想置于运动中。"想象、反思能力[la pensée]自身可能是绝妙的机器,但它们同样会迟钝。受苦触发他们运动。"(Proust Ⅲ 946)符征产生思想,激发诠释,而诠释转而生产无人称的视点,真理正是从这个视点中出现。在《追忆》中,这些真理是时间的真理。德勒兹在其论著第一部分辨识出四种时间,两种是逝去的时间——流逝的时间和失去的时间——两种是重现的时间——一个人重新获得的时间和重获的时间。然而,在第二部分,他认为文本的运动迫使我们离析出三种时间秩序:在爱恋符征和社交符征的增生系列与普遍法则中显而易见的失去的时间,呈现在艺术作品和无意记忆中的本质的重获时间,以及"普遍的变化、死亡与死亡观念,以及灾变的产生(衰老、疾病和死亡的符征)"(PS 179;132)的时间。

每种时间秩序及其真理秩序都对应着一部机器。第一部机器产生失去的时间的真理,普遍的系列和法则的真理,但它唯有通过对象的碎片化,通过异质的箱子和封闭瓶子的生产才能实现,"一种对于部分对象的生产,这种对象正如它们在前面被界定的那样,乃是不成总体的碎片、分解的部分、无交流的瓶子,以及分隔的景象"(PS 180;133)。因此,第一部机器生产部分对象,以及系列和群体的相关真理。第二部机器生产共振(resonances),特别是在无意记忆中当两个时刻彼此共振时,以及在艺术中,如凡德伊奏鸣曲中当小提琴和钢琴彼此共振时,或凡德伊七重奏中当乐器彼此"交锋"(corps-à-corps)时。然而,第二种机器并不依赖第一种机器,因此只是将第一种机器的部分对象置于振动的交流中。每部机器形成其自身的碎片,以及其自身的真理秩序和时间秩序。第一部机器伴随着部分对象生产诸系列和诸法则,而第二部机器生产"奇异的**本质**,高于两个共振时刻的**视点**"(PS 183;134),以及相互作用的片段和充满在它们之中的全部时间。第三部机器通过某种使得时间自身变得可感的受迫运动来生产普遍衰朽的真理和死亡的观念。在《追忆》的末尾,马塞尔在不可避免的衰朽和死亡的无处不在的灾变中发现了其艺术课题的最大挑战,即某种时间秩序,它似乎完全是非生产性的,而且能抹除另外两部机器生产的所有东西。然而,马塞尔最终所发现的是死亡的观念和第三种时间经验。在凝神思考他相识几十载的年老的男人和女人时,他已记起的这些人的过去形象被推回"到遥不可及的几乎无法想象的过去",被推回到使他"想到如此巨变之前必定消逝的洪荒岁月能够在一张面容中完成"(Proust Ⅲ 982-983)的过去,马塞尔就感受到了时间的突然膨胀。过去和现在经历了某种相互排斥的强迫性运动,而在这一膨胀的时间的广袤空间中出现了一片无法区分生与死的模糊地带,"在这些垂暮之年的领域,死亡无处不在地发挥着效力并同时变得更加模糊不清"(Proust Ⅲ 1025),生与死之间的不确定性使生者和死者成为永恒死亡过程中的同一物种。但是这种时间的居民由于占据这种膨胀的时间而同样占据越来越大的比例,"因为与此同时,就像巨人沉入岁月之中,他们触碰到被缓慢积累的岁月所完全分离开的诸时代"(Proust Ⅱ 1107)。而"习惯上本不可见"的时间突然"变得可见"(Proust Ⅲ 964)。那么,普遍的衰朽并不像它看上去的那样完全是非生产性的灾变,因为第三部机器的确生产着某些东西——死亡的观念,作为极限膨胀受迫运动的时间的可感显现。

德勒兹认为,普鲁斯特的伟大成就并不仅仅在于发现这三部机器及其各种真理秩序和事件秩序,而在于将它们的效用和运作内化(internalized)入艺术作品之中。这尤其体现在第二部机器的情形中,因为普鲁斯特之外的众多作家已经开始关注感官的迷狂(ecstasies)和超越性的启示时刻。而在普鲁斯特这里,第二部机器并不仅仅是作为工具对转化的感官体验进行离析,而且还是一部彻底的文学机器。在《追忆》的结尾,无意记忆开始奔逸绝尘,凹凸不平的石子路、勺子的叮当声和硬毛巾的感觉打断了马塞尔的思考,仿佛第二部机器最后能够行云流水般地运转。增生的无意记忆不仅是将作家和文学之外的体验关联起来的手段,而且是文学作品之内的诸效用。"正是艺术作品在其自身之中并对其自身产生了其特有的效用,它自身充满着这些效用并从中汲取营养:它从它所产生的真理之中汲取营养。"(PS 185;136)如果情况确乎如此,那么就没必要有艺术了,因为无需艺术作品来为这种作为无意记忆的迷狂经验添加什么东西了。但是艺术所提供的乃是一种自主的和自我规定的对共振的生产,一种生产过程,这种过程不依赖于外在环境,不依赖于使之延续的非意愿强加行动。"然而,在结尾之处,我们看到了艺术能为自然添加什么:它自身产生共振,因为风格使得两个任意的对象发生共振,并从中形成一个'珍贵的图像',它把无意识的、自然的产品的确定的条件替换为一种艺术生产的自由的条件。"(PS 186;137)

  普鲁斯特的文学机器不仅仅养育它们自身并因此创造内在效用,还作用于外部世界,在读者那里产生效用。马塞尔计划写的书将使其读者成为"他们自己的读者,我的书只是一种放大镜,就像贡布雷的眼镜商向顾客提供的那种——它是我的书,但借助它,我可以向他们提供基于他们内心的阅读方法。因此,我不用请他们赞美我或审查我,而仅仅告诉我,是否'它真的是那样',我应该问他们,他们从自己内心读到的东西是不是和我写下的文字同符合契"(Proust Ⅲ 1089)。伟大的画家或伟大的作家"沿着眼科医生的道路前进",马塞尔在另一处发现,甚至我们周围世界"呈现给我们的与旧的世界全然不同,但明净而清澈"(Proust Ⅲ 338)。雷诺阿(Renoir)一度难以诠释,但在此处我们可以将世界视为一幅雷诺阿的画作。"女人走在街上,与我们此前所见的不同,因为她们是雷诺阿画作中的女人,是那些我们拒绝视为女人的雷诺阿画作中的女人。马车也是雷诺阿画作中的,还有水,还有天空……这就是刚刚被创造出来的新的可朽世界。"(Proust Ⅱ 338-339)因此,《追忆》是一部生产效用的机器,这些效用既作用于自身又作用于其读者,它生产着其自身结构的质料和另一个世界的质料,这个普鲁斯特式宇宙"与旧的世界全然不同,但明净而清澈"。

三部机器在《追忆》中运转,分别是部分对象机器、共振机器和受迫运动机器,三部机器一起生产内在的、自我生产的效用和作用于读者的外部效用。但究竟是什么将诸机器聚合在一起,什么赋予这种诸机器的装置统一性呢?德勒兹说,关键之处"在于《追忆》的各个部分始终是破碎状的,碎片式的,不缺乏任何东西"(PS 193;142—143)。如果我们为《追忆》的**本质**寻找统一性,那么我们只能找到添加的部分,因为本质即视点,这些"个体化的视点高于个体自身,它脱离了后者的联想链条,出现在这些链条旁边,化身在一个封闭的部分之中,与那些它所支配的东西相邻,与那些它所展示的东西毗连"(PS 194;143)。进一步说,艺术作品的本质乃是一种不断重复自身的差异,是在对自身进行个体化的过程中分裂成多重视点的一个视点。《追忆》的统一性也不能在其风格中寻找,因为风格就是"符征的阐发,按照不同的展开速度,遵循每个符征特有的联想链,使每个符征抵达那个作为视点的本质的断裂点"(PS 199;147)。风格是符征的展露的过程,并且它通过三部机器产生效用,生产部分对象、共振和受迫运动,但风格自身并不是一种总体化的力量。《追忆》的确具有某种统一性,但它是一种关于其碎片的特殊装置的统一性,是"**一**和**整体**,它作为效用,作为机器的效用发挥作用,而非作为原理行动"(PS 195—196;144)。马塞尔在《女囚》(*La prisonnière*)中评论道,十九世纪的伟大作品"总是未完成的"(Proust Ⅲ 157),但它们多多少少具有一种回溯式的统一性。巴尔扎克(Balzac)的《人间喜剧》(*Comédie humaine*)由众多单篇作品构成,并无总括的计划和组织的必然性,但在写作过程结束时,巴尔扎克回顾其毕生作品,决定"最好将它们归并成一个相同人物在其中重复出现的循环系列,并以快笔润色了其作品,这是最后的和最伟大的崇高。一种隐秘的统一性,但并非出于人为……并非人为,或许事实上这种统一性因为具有隐秘性并诞生于一个热情洋溢的时刻(在这个时刻,仅需将诸碎片归并在一起就能发现它的存在)而更加真实;一种未意识到自身的统一性,因此是活生生的统一性而非逻辑的统一性,但这不会禁绝多样性,压抑创造性。它的出现(但在此刻适用于作品整体)就像单独组成的某个碎片"(Proust Ⅲ 158)。统一的效用是一种后发效用(aftereffect),是产生回溯式统一性的画龙点睛之笔,它作为一个晶种引发晶体化过程,将亚稳定化学溶液转化为特殊稳定形态的组配。画龙点睛之笔就像一种个体化的本质,就像风格(因为在艺术作品中本质和风格完全等同),即建立复多性的统一性的后发效用的一个添加部分。但是,促使这一效用得以实现的是诸部分的相互联系,此乃非共通的封闭的瓶子和包含不可通约的内容的箱子之间的沟通途径。德勒兹认为,在现代艺术作品中,由于世界以碎片式混沌的方式实存,因此"不可简化为任何'统一性'的非常特殊的统一形式"只能诞生于"艺术作品的形式结构中,就其不指向任何其他东西而言"(PS 201;149)。但是此形式结构由一个贯穿的网络组成,这个贯穿的网络亦即对它们连接的差异进行确证的无间隔的距离。① 它们贯穿连接着梅塞格利丝和盖

---

① 马塞尔回忆起一次火车旅行,途中,他从窗户中看到了一片美丽的粉色天空。随着火车的转向,这片天空消失了,但是他在相反方向的一扇窗户中再次看到了它,这时它变成了红色,"结果我就将时间花在从这一面窗奔向那一面窗之中,为的是将我美妙的、火红的、三心二意的清晨断断续续的片段连接起来,将画面裱装起来,以便有一个全景和连续的画面"(Proust Ⅰ 704-705)。德勒兹评论道:"这一文本的确造成了一种连续性和总体性,但关键在于知道这些发生在哪里——既不在视点中也不在看见的事物中,而是在横穿中,从一个窗户到另一个窗户"(PS 153;153)。

尔芒特,但并未将它们融合在一起;它们连接了两种性别,但是雌雄同体个体保持着他或她的退隐的性别;它们连接着碎片的系列、共振的感觉时刻和艺术时刻,以及衰朽的膨胀空间,但并未消解它们的差别和区分。"新的语言规则,作品的形式结构,就是贯穿性,它贯穿全部语句,它贯穿整部著作中的字里行间,它甚至将普鲁斯特的著作与那些他所热爱的作家结合在一起,内瓦尔(Nerval)、夏多布里昂、巴尔扎克……因为,如果一件艺术作品与一群读者形成沟通乃至促使这群读者产生,如果它与同一位艺术家的其他作品形成沟通并促使其产生,如果说它与其他艺术家的其他作品形成沟通并促使它们产生,这始终是在这个贯穿性的维度中发生的,在这个维度中,统一性和总体性为其自身而被建立,但并未将对象或主体加以统一和总体化。"(PS 202;149—150)

德勒兹的普鲁斯特论著的第一部分与第二部分之间的差异,亦即"符征的辐散与诠释"与"符征的繁衍与生产"之间的差异,可归结为程度上和侧重点上的差异而非实质上的差异。第一部分强调的是人们所认为的读者的活动,即接收和处理符征的活动,第二部分则似乎强调作家生产和组配符征的活动。但符征的诠释等同于符征的展露,而展露只是遵从着符征自身的阐发。诠释者对某个符征的阐发是由这个符征对诠释者的冲击而激发出来的,通过艺术作品对符征的最终诠释涉及一种无人称的视点的确立,一个将诠释者作为组成部分而包含在内的世界从这个视点中展露出来。因此,我们可以说,符征引发了诠释的开始,产生了诠释过程的每一时刻,并将诠释者作为一个阐发之世界的要素孕育出来。因此,下述情况似乎不可避免,即符征的学习过程不仅使艺术的显现成为符征的真理,而且使诠释者成为艺术家,成为符征主动的和自主的生产者。但如如果德勒兹在整部《普鲁斯特与符征》中是在谈符征的生产，那么他在第二部分补充了一个有助于消除可能误解的关键概念——机器的概念。诠释通常涉及含义，并且尽管德勒兹在第一部分强调诠释不是解码而是展露，但人们总是倾向于把阐发视为一种对符征深层的和隐匿的意义的发掘。不过，借助机器这个概念，德勒兹可以清晰地表明，符征没有深层的意指而只有功能，并且这种功能除了运转和产生效用之外没有其他目的。在《追忆》中的确存在着符征的真理及其时间的秩序，但这些是由机器生产出来的——部分对象机器、共振机器和受迫运动机器。一个符征的"含义"可能属于它所从出的无人称视点，但是这一"含义"最终只是一种重复自身的差异，一种个体化和分异的力量——归根结底还是一部机器。

如果符征的生产有某种目的的话，它似乎存在于艺术作品中，因为对于现代艺术家来说，世界是碎片式的混沌，而其整体性和统一性只能在艺术中才能得到建立。但德勒兹并不倡导任何艺术救赎论，也不赞同传统的审美主义或形式主义。艺术作品并不是与世界对抗的独立创造物。它是通过参与对世界符征的展露而产生出来的，并且它是作为一部效用生产机器而在世界中发挥作用，这部机器将读者转变为"自身的读者"，并孕育出一个世界，这个世界"与旧的世界全然不同，但明净而清澈"。也许艺术作品拥有某种统一性，但这是一种给定的复多性的统一性。统一性是由添加部分所产生的某种效用，这种添加部分——画龙点睛之笔、无人称的视点、晶种——回溯式地产生某种作为结果而非原因的整体。这一整体的形式原理是横贯性，即无间隔的距离，这种距离使不可通约的和非共通的诸部分相互联系并强化而非压制它们的差异。因此，艺术的秩序不是遁世，而是一种实质性的回应，是一个世界的生产，这个世界横贯性地将从某种自我重复的差异中展露出的诸碎片联系在一起。现代艺术作品是一种乔伊斯式"混沌宇宙",一种混沌-生成-宇宙,不过这是一种根据混沌的形式原理而构成的特殊宇宙,是艺术家的奇异的个别的宇宙,但这个宇宙由以产生的复多性的展开过程正是遍布在混沌世界中的相同的复多性的阐发过程。

第三章
卡夫卡的法律机器

在《普鲁斯特与符征》的第二部分,德勒兹认为《追忆》是一部机器,由此强调这部作品作为一种生产力量的功能。《追忆》生产真理,但这既非发现预先存在的真理,亦非从虚无中创造真理,而是通过对现实进行实验来产生真理;《追忆》还在作品自身和读者中产生效果。在《卡夫卡:为一种次要文学而作》中,德勒兹和瓜塔里进一步发展了机器的观念,将卡夫卡的全部作品视为一部"文学机器,一部写作机器或表达机器"(K52;29)。不过,《卡夫卡》的关注点更侧重文学机器在现实中的效果问题,而非复多性的横贯统一性问题。德勒兹和瓜塔里认为,卡夫卡是"次要文学"的践行者,这种文学具有直接的社会性和政治性,受到语言的高度解域化的感发,它是陈述的集体装置的表达。卡夫卡的文学机器是一部次要机器(minor machine),其组件包括日记、书信、短篇故事和小说,这部机器的功能是揭示"将要来临的邪恶力量或将被塑造的革命力量"(K 33;18)。它同时也是一部欲望机器,其增生系列、连接器和阻碍物传递着诸流和诸强度,引发运动并开启逃逸线。在本章中我们将考察机器的概念——欲望机器、单身机器、法律机器、写作机器。下一章将转而讨论次要文学的概念。

欲望机器和欲望生产

在《普鲁斯特与符征》1970 版的增补部分中,德勒兹指出,和其他现代艺术作品一样,《追忆》的功能大于其意义:"现代艺术作品没有意义的问题,只有使用的问题。"(PS 176;129)分析者应致力于对作品的构成部分及其运转进行描述,而非揭示作品的隐藏意义。在这个意义上,艺术作品是一部机器,似乎并没有深度或灵魂,只是一部要么工作要么不工作的器具而已。机器概念并非德勒兹在《普鲁斯特与符征》中的核心关切,只有到了《反俄狄浦斯》,这一概念才得到拓展性的阐发。在这部著作中,不唯艺术作品,世间万有皆被视为机器。"机器无处不在,这绝非从隐喻意义来说:它们是机器的机器,相互配接,相互连接。一部器官机器接通一部源泉机器(source-machine):其中一部机器发出一条流,另一部机器则切断它。"(AO 7;1)这些机器是"欲望机器",是"欲望生产"一般进程中的组件,而欲望生产这一概念被德勒兹和瓜塔里用来指代一种弥漫着感兴的无所不在的活动。① 弗洛伊德将灵魂划分为本我、自我和超我,对此,德勒兹和瓜塔里以带着几分戏谑的方式进行了回应,他们辨识出欲望生产的三个基本组件,即欲望机器、无器官的身体和游牧主体,每个组件与欲望生产的特定阶段相联结——生产的生产

---

① 德勒兹和瓜塔里借助"欲望机器"这一概念将弗洛伊德的欲望和马克思的生产结合起来,但这种结合也是对二者的修改。他们对生产的强调包含了普遍的活动过程和能量流通中商品的生产、交换、分配和消费等传统概念。他们之所以认为欲望无处不在是因为他们没有将欲望描述为匮乏,而是描述为感兴或强度,一种诸元素的相互感兴,借此,力比多化的物质、能量和信息之流在彼此之间穿行。关于欲望生产的富有启发的论述,特别参阅 Massumi, Goodchild, *Deleuze and Guattari: An Introduction to the Politics of Desire*,以及 Holland, *Deleuze and Guattari's Anti-Oedipus: Introduction to Schizoanalysis*.

(欲望机器)、刻写(inscription)的生产(无器官的身体)和消费/完成(consumption/consummation)的生产(游牧主体)。婴儿吮吸母乳便是欲望机器的一个简单模型。嘴巴机器与乳房机器相配接,母乳之流穿越乳房机器到达嘴巴机器。婴儿的嘴巴机器转而与消化道的各种机器相配接(食道机器、胃部机器、肠道机器、尿道机器、肛门机器),营养之流逐渐转换为婴儿体内诸旁系欲望机器的各种能量回路(血液循环的、神经的、荷尔蒙的等等),最终呈现为排泄物之流。从乳房机器自身而出的奶水之流来自营养回路,这个营养回路上溯至母亲嘴巴机器摄入的诸多营养物。因此,欲望机器在诸流横穿而过的链条和回路中相互配接,每一个回路延伸至其他回路,后者又扩散成不断拓展的活动网(如母亲营养生产活动中所固有的诸多回路,婴儿排泄物分解活动包含的微生物回路)。

然而,婴儿的嘴巴机器并不仅仅是饮食机器。它还是呼吸机器、吐痰机器、呼喊机器等等。在这个意义上,每个欲望机器都有"一种设置[machiné]并储备于其中的编码"(AO 46;38),它是对特定回路进行规定的转换机制,这种机制于特定时间在特定回路中发挥作用。进而言之,任何欲望机器的回路都无法与其他回路分离而单独存在,例如,婴儿的营养回路与视觉回路相连(如婴儿的眼睛机器注视着卧室的台灯),与嗅觉回路相连(鼻子机器与厨房气味之流配接),与触觉回路相连(皮肤机器接触热量、纤维、肌肤、薄雾、气流)。如果我们把所有这些回路进行刻画,就像众多的线条在单个表面上,网状的表面将会构成一具无器官的身体,这是关于共存的诸回路(在所举例子中,这些回路就是营养、视觉、嗅觉和触觉回路)和交互且分离的诸回路(消化、呼吸、叫喊回路)的单幅地图。需要指出的是,无器官的身体不可与某个统一的通灵身体图像(a unified psychic body image)相混淆。首先,它的回路无限地拓展,超越任何经验性身体轮廓。例如,假使我们宽泛地谈论"婴儿的"无器官的身体,我们必须将母亲的乳房、卧室的台灯、厨房的气味、使食物转化为营养物和排泄物的微生物等等纳入这具无器官的身体之内。其次,它不构成任何通常意义上的统一体。它包含着结合和分离,后者亦即在某些情况下共存协作而在其他情况下相互接替、取代或对抗的异质性回路。欲望生产"是纯粹的复多性,即不可简化为统一性的肯定",如果我们在无器官的身体中遇到一个"整体",这也是一个"与部分并行的总体性,这是属于诸部分却不整合它们的整体,是属于诸部分但不统合它们并且作为分开构成的新部分添加给它们的统一体"(AO 50;42)。① 第三,它不是纯粹的幻想或心灵图像。毋宁说,它是潜在实体,即未成为现实的真实物。在某种意义上,它被欲望机器作为后发效果生产出来,但在另一种意义上,它是先于欲望机器运转的可能性状态,即任何给定的欲望机器之链在某个特定时刻可能将之实现出来的潜在回路之网。

从欲望机器和无器官的身体的相互作用中诞生出两种复合机器,我们称之为"偏执狂机器"(paranoiac machine)和"神迹化机器"(miraculating machine)。无器官的身体并非没有器官,而是没有规则的和固定的有机组织。它是一种反有机组织、一种分离式综合,是一部持续损坏、卡壳、冻结和崩解,从而拆分和打断欲望机器回路的反生产的机器,但同时也是一部将各种欲望机器彼此关联在复多的以横贯方式连接着的诸回路中的机器。当欲望机器将无器官的身体作为某种迫近的总体性,作为某种迫害性秩序而加以排斥时,就产生了偏执狂机器。当欲望机器吸引无器官的身体,仿佛它们是

---

① 《反俄狄浦斯》鲜明地阐发了无器官的身体的统一性与普鲁斯特《追忆》的统一性之间的关系:"因此普鲁斯特说整体是被生产出来的,它自己是作为诸部分旁边的一个部分而被生产出来的,它既不统合也不整合,它自身之所以适合诸部分只是在于它在非交流的瓶子之间建立越轨的通道,在诸要素之间建立横穿的统一性,这些要素在它们各自维度上保留着它们全部的差异。"(AO 51;43)

其神奇表面的散发物时,就出现了神迹化机器。① 由于无器官的身体既生产分离又生产综合,既生产分解又生产组合,因此偏执狂机器和神迹化机器作为欲望生产的无限摇摆状态而共存,持续不断地彼此反馈。

第三种欲望机器是游牧主体,"一种奇异的主体,没有固定身份,游荡在无器官的身体中,总是伴随着欲望机器,由其从被生产物中取出的份额所规定,无处不在地聚集着某个生成或某个化身(avatar)的报偿(reward),从它消费的状态中诞生并伴随着每个新状态重生"(AO 23;16)。如果将无器官的身体视为一个被欲望机器的回路划分为网的表面,游牧主体则是沿着刻写于表面上的各种路径而在各处闪现的出格点(errant point),它是附属的消费机器(法语的 consommation 既指经济上的消费,又指力比多的完成)。② 游牧主体通过第三种复合机器——"单身机器"——的形成而被创造出来。单身机器是"欲望机器和无器官的身体之间的一种新联合,它产生出一种全新的人类或光辉的有机体"(AO 24;17)。单身机器所产生的是"纯粹状态中的密集的量(intensive quantities),这种量级达到几乎令人无法承受的程度——遭受到最高点的单身的痛苦和光辉,就像一次悬搁在生与死之间的叫喊,一种紧张过渡(intensive passage)的感受,被剥夺了其形态和形式的纯粹状态和原始内张度"(AO 25;18)。无器官的身体构成了某种零度(zero-

---

① 德勒兹和瓜塔里从丹尼尔·保罗·史瑞伯(Daniel Paul Schreber)著作中取用了"神迹化"一词,后者在其《我的神经疾病回忆录》(*Memoirs of My Nervous Illness*)一书中描述了其身体被上帝之光"神迹化"的各种方式,例如,他"在没有胃、肠,几乎没有肺,食道撕裂,没有膀胱,肋骨破碎的情况下存活了很久。"(引自 AO 14;8)。

② "无器官的身体是一个卵:它被轴线和阈值、维度、经度、测地线所横穿,被标记着生成和通道的梯度所横穿,这些梯度是它在那里发展的终点……只有强度带、潜能带、阈值带和梯度带。"(AO 26;19)。这一通道的语言取自胚胎学中对胚胎沿着其表面的能量差异所规定的测地线自我分裂的描述。德勒兹经常引述达尔克(Dalcq)的《卵及其组织活力》(*L'Oeuf et son dynamisme organisateur*)作为这些概念的出处。

degree)强度,欲望机器在其运转过程中标记感兴强度的各个层级。在偏执狂机器中,欲望机器和无器官的身体彼此排斥,在神迹化机器中,它们相互吸引,但在上述两种情形中,欲望机器都确定了正的强度层级。在排斥和吸引的摇摆中,产生了诸强度层级中的差异,产生了从一个紧张状态到另一个紧张状态的过渡,而在每个过渡中都出现一个游牧主体,欲望机器和无器官的身体随之进入一种新的关系之中,一种新的功能运转也随之而生,它通过单身机器的形成而对偏执狂机器和神迹化机器之间的排斥和吸引进行"调解"(reconciles)。①"质言之,吸引力和排斥力的对立产生了诸强度要素的某种开放系列,它们都是积极的,绝不表达某个系统的终极平衡,而是表达某个主体横穿而过的无数固定的亚稳态。"(AO 26;19)

何谓机器?

让我们回到单身机器这一概念,不过我们首先需要进一步探究机器这个概念本身。在描述完欲望生产的三个组成部分之后,德勒兹和瓜塔里追问道,"在什么意义上欲望机器是真正的机器,而非任何隐喻意义上的机器?"(AO 43;36)。他们认为,一部机器"由切割系统[système de coupures]来界定"(AO 43;36),欲望机器的三个组成部分拥有三种不同的切割类型:欲望机器的抽取切割[coupure-prélèvement],从中产生无器官的身体的拆离切割[coupure-détachement],以及孕育着游牧主体的余存切割

---

① 在《弗兰西斯·培根》中,德勒兹同样将"临时器官"界定为一个强度层级向另一个强度层级的通道(FB 35)。游牧主体和临时器官的等价应该反对任何将游牧主体等同于传统的灵魂或意识的做法。

[*coupure-reste*]。① 每部机器首先"与它切入其中的持续的物质之流($hylè$)发生关联"(AO 43；36)。例如，婴儿的嘴巴机器切入奶水之流中，其肛门机器切入排泄物之流中。尽管我们把机器和流说成相互分离的实体，但事实上它们构成一个单独的过程。以婴儿的嘴巴机器作为视角，母亲的乳房机器是流的源泉，同样，对于胃部机器而言，嘴巴机器是流的源泉。"简而言之，每部机器就其与它所连接的东西而言是流之中的一次切割，但就它与[下一部]与其相连接的机器而言，它自身也是一条流或流的产物。"(AO 44；36)因此，德勒兹和瓜塔里谈到了"分隔流"(cut-flows)或"分裂流"(schiz-flows)的系统，它们是被流之中的各种中转站和处理站不时打断的物质流的诸回路。此物质流便是 $hylè$[希腊语：质料]，一种理想的"持续无限之流"(AO 44；36)，它显然不限于实证层面的无生命物质之流，而是同样包括能量之流(如在某些生态学范例中)、信息之流(如在特定形式的信息论和系统论中所界定的情况)及符征之流(如在各种符征学尤其是皮尔士符征学的范例中)。每种流之所以是理想的是由于它必须被理解为"纯粹的连续性"(AO 44；36)，即一个无始无终的单一而持续的流；还由于它的连续性与切割活动并无抵牾，因为切割活动"表明或规定了其所切割之物乃是理想的连续性"(AO 44；36)。这意味着，切割活动发挥着连接式综合的功能，由此通过一个共同的流而使诸要素彼此关联，一个要素排出一条流，第二个要素切割此流并借此排出一条流，彼流又被第三个要素切割，以此类推，不一而足。流-切割(flow-cuts)的序列构成了一种理想的、开

---

① 正如《反俄狄浦斯》的英译者所指出的，*prélèvement* 在英语中没有真正的对译词："这个法语词意蕴丰富，包括：撤去或排出；抽取一定数量作为样本或为了检测；整体的一个部分或份额；从一笔存款中扣除一部分。"(*Anti-Oedipus*, p. 39)英译者一度将 *coupures-prélèvement* 译为"切削的断裂"(breaks that are a slicing off)，由此联系到德勒兹和瓜塔里最初对欲望机器的切割功能特征的描述，即"像一部火腿切割机[*comme machine à couper le jabon*]"(AO 43—44；36)。

放的诸要素联动装置(linkage),其本质完全是添加物([additive]a+b+c+x……,"继而,继而,继而……"[AO 44;36])。因此,机器的第一种分隔即抽取切割[*coupure-prélèvement*]发挥着悖论性的功能,它通过切割来进行连接,通过某种断裂,即单一而无限的过程中运转着的多元要素的分裂流,来建立连续性。

  第二种分隔,拆离切割[*coupure-détachement*],创造了一种分离式综合,一种"a 或 b 或 c 或 x 或……"的关系类型,乃至拆离与其说是排外不如说是包纳,没有一个选项排除另一个,每个要素因区分出来而得到肯定。这些包纳性分离共同构成了无器官的身体的网。我们还记得,每部机器都拥有各种不同的功能并参与到诸多活动网中;因此,每部机器都包含着"一种设置[*machiné*]并储备于其中的符码"(AO 46;38)。嘴巴机器切割着各种不同的流——食物、饮料、空气——并且每次切割活动都可能以不同方式与其他内在和外在过程相关联。如果嘴巴机器在某个确定时刻切割着一条食物之流,一套复杂的运转链将会在嘴巴机器的食物切割活动之中被注册和编码。在前文给婴儿喂奶的例子中,台灯的闪烁、厨房的气味、织物的褶皱等等,或许构成了编入婴儿嘴巴机器运转中的关联链的一部分。台灯回路、气味回路、各种触觉回路和营养回路的关联链共同组成了某种功能运转的"簇团",伴随着每种规定嘴巴机器——无论是食用机器、呼吸机器还是饮用机器——一特定运转过程的分离活动,诸关联回路的簇团会被启动,并且此簇团与其他可能的回路网相互分离。从这个意义上说,拆离分隔"关涉异质链条,并且通过拆离的片段、移动的零件向前运行,就像飞翔的簇团或砖块一样"(AO 47;39—40)。因此,机器使得连接性切割活动处于质料之流中,然而同时发挥着分离性的切割作用,对诸关联功能的链条或簇团进行拆离,但在此种拆离方式中,诸种簇团被包纳性地分离开,诸种拆离式簇团共同在无器官的身体之表层标画网格的刻写。

第三种切割,余存的切割[*coupure-reste*],创造残存物,即被遗留之物。它生产的是"一个与机器相伴随的主体,一个与机器相毗邻的碎片"(AO 48;40)。我们已经看到,这种主体是没有固定的身份的,是某种穿越无器官的身体之网强度的游牧式闪现(flicker)。它是伴随机器而被生产出的一部分,但它自身还是"被分为部分的……一个部分[*une part……partagée*]",以"与链条的拆离和机器带来的流的抽取相对应的部分"(AO 49;40—41)作为标记。但是,如果主体是"由诸部分组成的一个部分,诸部分的每一个在某个时刻填满无器官的身体"(AO 40;41),有人可能会说主体将诸部分聚集起来,将它们联结在一起但并不对其进行统合。在这个意义上,第三种切割发挥着某种联结式的综合作用,产生出某个总结性时刻,在这个时刻中,连接性流和分离性链条的诸异质性要素在某个附加部分中合并在一起,这个附加部分"消耗着它穿过的诸状态,并且从那些状态中重生"(AO 49;41)。

因此,机器是切割的系统,每种切割活动都发挥着悖论性综合的功能。抽取切割既中断一条流又在相加序列中连接其他机器,由此生产一股由分离却连接的诸要素组成的分裂流。拆离切割在链条之间制造分离,但这是包纳性分离,容许其他回路以某种方式共存。余存切割生产出支离破碎的残存主体并将这些支离破碎的部分在某个总结性的时刻合并在一起。最终,所有这三种综合都是理解复多性的方式,即理解未被简化为一个总体或统一体且协同运转的诸异质实体的方式。连接式综合创造了相关欲望机器的一条未被统合的流,分离式综合创造了拆离的联结链的一张非整合性的网;联合性综合产生了某种非整合性的附属部分,这一附属部分将在其形成过程中发挥作用的诸部分聚集在一起。

仍有两个问题有待追问:如果欲望机器是机器,那么无器官的身体和游牧主体是什么呢? 此处,"切割系统"的阐述用什么方式证明了——如德勒兹和瓜塔里所说——欲望机器是真正意义上的机器而非隐喻意义上的机器？第一问部分属于术语层面的问题。在《反俄狄浦斯》最初的部分中，德勒兹和瓜塔里辨识出欲望生产的三个组件，即欲望机器、无器官的身体和游牧主体，但在该书后半部分，他们认为这三个组件分别指部分对象（partial-objects）①、无器官的身体和游牧主体，将三者都说成"欲望机器"。② 因此，对第一问的简要回答为，无器官的身体和游牧主体都是机器。三个组件的本质在某种程度上可以为这种术语滑移提供合理的解释。部分对象（亦指"器官-部分对象"和"部分器官"）将无器官的身体作为后发效应生产出来，将作为附属部分的游牧主体生产出来。在部分对象和无器官的身体之间存在着某种真实的区分，但二者在相互协同运作过程中是作为一个单一实体而运转：

> "说到底，部分器官和无器官的身体是一个单一的和相同的事物，是一个单一的和相同的复多性，必须通过分裂分析（schizo-analysis）才能对它如此理解。部分对象是无器官的身

---

① 精神分析学术语"部分对象（partial object）"或"部分-对象（part-object）"（德语，Partial-objekt；法语，objet partiel）最初由梅兰妮·克莱因（Melanie Klein）提出。在《精神分析的语言》一书中，拉普朗什和蓬塔利斯将部分对象界定为"一种对象，朝向这一对象的作为组成部分的本能无须作为一个整体的某个人被视为爱恋对象。在主要的部分-对象中有身体的或真实或幻想（乳房、排泄物、阴茎）的诸部分及它们的象征等价物。甚至一个人也可以将他自身认同为或被辨识为一个部分-对象"（p. 301）。德勒兹和瓜塔里则认为部分对象"绝不可能指这样的一个有机体，它在幻想层面作为将要来临的遗失的统一体或整体而发挥作用"。如果部分对象属于"情欲的身体"（erogenous body），这样一种身体"不是碎裂的有机体，而是前个体和前人称的奇异性的散发物，一种散播的和无秩序的纯粹繁复性，没有统一性或总体性，并且其诸要素的汇聚一体是由真实的区别或关联的阙如来实现的"（AO 387；324）。

② "部分对象和无器官的身体是精神分裂式欲望机器的两个物质要素。"（AO 390；327）"因此，这就是欲望机器——以及：它们的三个部件，运转的部件、固定的马达、毗邻的部件；它们的三种能量，力比多、魔力（Numen）、欢愉（Voluptas）；它们的三种综合，部分对象和流的连接式综合，奇异性和链条的分离式综合，强度和生成的结合式综合。"（AO 404；338）

体的直接力量,无器官的身体则是部分对象的赤裸裸的物质。无器官的身体是物质,这物质总是将空间填充到如此这般程度的内张度,而部分对象就是这些程度,是这些以强度'0'作为起点开始在空间中生产真实物的诸内张度部分。"(AO 390;326—327)①

在部分对象和无器官的身体之间相互排斥时,无器官的身体"标记着由[部分对象]自身所构成的纯粹复多性的外在界限",而在相互吸引时,"器官-部分对象紧贴着它,并且在其上参与到包纳性分离和游牧式联结的新综合中"(AO 389;326)。部分对象"就像工作部件",而无器官的身体"就像静止的发动机"(AO 390;327),二者作为一部单独的机器运转。游牧主体仅仅是这一单独机器在其运转过程中所经过的诸状态的消费和自我享受(或自动感发[autoaffection])。因此,在某种意义上,我们可以笼统地说部分对象本身及欲望机器的全部三个组件都是"欲望机器",因为部分对象作为工作部件总是意味着静止发动机的存在和机器运转时所经过的诸状态的存在。

第二问涉及德勒兹和瓜塔里关于欲望机器并非仅仅是隐喻意义上的机器而是真实机器的断言。通过将机器界定为诸流中的"切割系统",德勒兹和瓜塔里消解了实体之间的通常区分,并认为这个世界充满了唯有通过普遍切割过程才能相互关联的复多的流和生成。流无处不在,机器随处可见。但最重要的在于,切割的系统就是综合的系统。在《反俄狄浦斯》的最后一章,德勒兹和瓜塔里详尽

---

① 德勒兹和瓜塔里进一步阐述道:"无器官的身体是斯宾诺莎意义上的内在实体(immanent substance),部分对象就像其最终的诸属性,这些属性之所以属于它正是由于它们是真正有区别的并且不能由此而相互排斥或反对。"(AO 390;327)在《斯宾诺莎:实践的哲学》一书中,德勒兹表示,"真正的(形式的)差别的属性因此被肯定为绝对独一的实体",关于德勒兹对斯宾诺莎的实体、属性和真实区分的阐释的详细讨论,参见 Hardt, pp. 56 - 85。

讨论了诸部分对象是分散的、未被统合的且无固定关联的,随后他们追问道,究竟是什么使得诸异质部分的非整合性协同运作成为可能,是什么使得诸异质部分"形成机器和机器装置"(AO 388;324)?德勒兹和瓜塔里说,"在综合活动的被动特征,或与此相同,在考虑过的相互作用的间接性特征中"(AO 388;324)可以找到答案。综合活动之所以被动,乃因为它们是无意识和自动的,不受任何预先存在的秩序或指引性智识的控制。[①] 综合活动之所以间接,是因为它们不卷入诸部分按照一个统合的整体而进行的彼此协同规定的活动。一个部分对象切割一条确定的流,其自身接着排出一条流,但并未对下一个切割此流的部分对象进行规定。一股流中的部分对象序列的是以间接方式形成的,每个阶段都是一次对某个部分的开放式无定向附加。随着诸多流的重叠,包纳性分离以间接方式使诸流在联结链的一张网上相互关联。一旦诸流重叠,诸部分对象的置换(permutation)变得可能,形成一条由未定的间接的路径引导前进的横穿关联链条之网的从一个状态到另一个状态的通道。"通过二元性[连接式综合]、重叠[分离式综合]和置换[联结式综合]来实现的所有这些被动综合都是一个单一的和相同的欲望机器"(AO 388—389;325)。

最后,这一点还表明的是机器是"综合者",即间接被动综合的生产者。机器是通过间接过程而形成连接式、分离式和联结式关系的异质分散部分,这些部分能够运行、互动、工作、运转——但在此期间仍然是部分。"机器"既指将诸部分置入彼此非统合性关系的东西,又指被置入关系中的东西。在这个意义上,机器"以机器装

[①] 在《差异与重复》中,德勒兹阐发了时间的三种"被动综合"。德勒兹通过"被动综合"所要表达的意义部分可以从下述关涉第一种时间综合的文段中获得理解:"无论如何,这一综合必须被命名为:被动综合。尽管它是建构性的,但绝不是主动的。它不是由精神做出的,但发生在沉思的精神中,先于所有记忆和反思。时间是主观的,但这是一种属于被动主体的主观性。"(DR 97;71)

配"(machine)出它们自身,在其运转过程中将它们制作为机器。"欲望机器并不是一个隐喻;它是根据这三种方式进行切割和被切割之物。"(AO 49;41)宇宙中除了诸流和诸切割活动,相互连接、重叠和交换的诸分裂流,以及将自己装配为进阶机器的诸机器,别无他物。机器之为真实而非隐喻是因为在现实界除了机器之外别无他物。机器的本质在于它的活动,在于它的"机器运转"(machining),这种运转在复多性的诸部分之间生产着动态的关系。

单身机器

当部分对象和无器官的身体之间的排斥吸引活动被游牧主体的生产所"调解"时,一部"单身机器"就被创造出来,这是继偏执狂机器和神迹化机器之后的第三部复合机器。德勒兹和瓜塔里的"单身机器"一词借自米歇尔·卡鲁热(Michel Carrouges)的论著《单身机器》(*Les Machines Célibataire*),该书研究了十九世纪到二十世纪早期若干文学作品中出现的奇异机器和类似于机器的装置,这些文学作品包括爱伦·坡(Poe)的《陷坑与钟摆》("Pit and the Pendulum",1843)、洛特雷阿蒙(Lautréamont)的《马尔多罗之歌》(*Les Chants de Maldoror*,1869)、维里耶·德利尔-阿达姆(Villiers de l'Isle-Adam)的《未来的夏娃》(*L'Eve future*,1886)、儒勒·凡尔纳(Jules Verne)的《喀尔巴阡城堡》(*Le Château des Carpathes*,1892)、阿尔弗雷德·雅里(Alfred Jarry)的《超男性》(*Le surmâle*,1902)、雷蒙·鲁塞尔的《孤独之地》(*Locus solus*,1914)和卡夫卡的《在流放地》(*In the Penal Colony*,1914;1919年出版)。卡鲁热的论述并未对德勒兹和瓜塔里的游牧主体概念产生直接影响,但他对卡夫卡流放地行刑机器的讨论有助于阐释德勒兹和瓜塔里如何将卡夫卡的作品视为文学机器，有助于阐释他们对机器的一般观点。

卡鲁热首先注意到卡夫卡的行刑机器与马塞尔·杜尚（Marcel Duchamp）的伟大艺术作品《新娘，甚至被单身汉剥光了衣服（大玻璃）》(La Mariée mis à nu par ses célibataires, même (Le Grand Verre), 1912—1923) 之间有着惊人的相似性，由此酝酿其研究计划。随后他发现其他一些文学和艺术作品中所描绘的机器之间也存在着类似的机器上的联系，这使他设想存在着一个现代神话，他称为"单身机器的神话"，这个神话中刻写着"我们时代的四重悲剧：机械、恐怖、色情、宗教或反宗教的干预的难解之结"(Carrouges 24)。尽管他并未在每部作品中明确地发现这四重主题，但通过将卡夫卡的机器与杜尚的机器并置互释，他能够在二者作品中并继而在其他诸多作品中辨识出这些主题的在场。

卡鲁热首先描述了《在流放地》中的酷刑机器。故事中的军官解说道，这个"非凡的装置"拥有三个部分，每个部分"都获得通俗的称呼。底下的部分叫作'床'［das Bett］，最高的部分叫作'绘图师'［der Zeichner］，在中间能上下移动的悬吊部分叫作'耙子'［die Egge］"(Complete Stories 142)。受刑犯被剥光衣服，面朝下趴在铺着棉花的床上。耙子上携有嵌入玻璃的齿状尖针，可在受刑者身体上刻写他所违犯的戒条（在最初的例子中是"尊敬你的上级！"）。在戒条刻写过程中，床和耙子同时微颤，二者的复杂运动由绘图师进行协调，后者是一个位于床上方两米处的黑色木箱，内有齿轮装置，可将流放地前任指挥官精巧的设计图纸转换成受刑者肉身上的伤口图案。行刑过程超过十二个小时。最初受刑者经受的只有疼痛，但超过六个小时后他开始通过自己的伤口辨认刻写上去的文字图案。"可是大约到第六个小时的时候，他变得多么安静啊！最迟钝的傻瓜恢复了理智。先从眼睛周围开始。然后从那里扩散开。在某一刻，人们不禁会想要亲自躺在耙子下面。"

(Complete Stories 150)

卡鲁热评论道，行刑装置将人与机器结合在一个单独的结构中，恐怖的刑法自上而下地从特制的机器装置施加到身体。大量宗教典故表明机器曾残酷而有效地启示了神圣的诫命，但随着前任指挥官之死，机器的受刑者经受的只有无启示性的（unenlightening）痛苦（就像军官一样，他自愿承受机器的行刑，但死去的时候，他的面容中却不带任何"承诺的救赎"的征象）。因此，卡鲁热在卡夫卡的故事中发现了"上帝已死的悲剧"（Carrouges 48），但这一悲剧与技术恐怖的神话结合在一起。此外，由于机器的刺刻对象是受刑者赤裸的身体，并且耙子的玻璃边框可让人观看行刑过程，卡鲁热注意到了其中潜藏的窥视癖式的性欲。

在杜尚的《新娘，甚至被单身汉剥光了衣服（大玻璃）》中，卡鲁热同样发现了机器、恐怖、宗教和性欲这几个主题，而且还发现杜尚的机器组件和卡夫卡的机器组件之间存在诸多类同。《大玻璃》或许是有史以来最为复杂的艺术作品之一，这不仅由于它构件众多，还因为它包含着大量指涉其他作品的视觉典故，以及杜尚收集的作为作品补充部分的丰富文献。① 杜尚对《大玻璃》的各种对象进行命名，并在令人眼花缭乱的怪诞评注中详细说明了它们的功能关系。组件由两大版面构成，上方的新娘区域和下方的单身机器[*Machine Célibataire*]（或单身装置[*L'Appareil célibataire*]，或简

---

① 关于《大玻璃》的一般介绍，请参阅 Golding, 1972. 关于《大玻璃》中技术和科学典故的详尽研究，请参阅 Henderson, 1998. 杜尚关于《大玻璃》的笔记可参阅 Duchamp, *Salt Seller: Writings of Marcel Duchamp*, 1973，以及阿图罗·施瓦茨（Arturo Schwarz）编辑翻译的 *Notes and Projects for The Large Glass*, Duchamp, 1969. 杜尚对《新娘》的第一份笔记，即一个包含十五个文档的盒子，通常被称为《1915 年盒子》。1934 年杜尚在《绿盒子》中收集的 94 份文档提供了关于《新娘》的最为丰赡的评论。1967 年杜尚出版了第三个文档集，名为《以不定式》（[À l'Infinitif]另以《白盒子》知名），包括最初未收入《绿盒子》中的笔记，其中的 41 份被收集在一个名为"色彩"（Couleur）的蓝色文件夹中，38 份收集在一个名为"透视"（Perspective）的绿色文件夹中。

称为单身者[*Célibataire*])。新娘通过三个草绘的活塞([*Draft Pistons*]作品顶部被名为"银河"[The Milky Way]的一朵云所包围的三个水平排列的方格)以一个三重密码的形式从她的区域向单身汉们传达指令。并且正如卡夫卡的机器将上方的刻写图案传送到下方的身体,卡鲁热在新娘下方的针状附属部件中辨识出与行刑机器的耙子之间的某种呼应。杜尚以新娘指代骨架(Skeleton)和*pendu femelle*(女性悬吊者),以单身汉指代军服和制服的墓地(Cemetery of Uniforms and Liveries),从这里我们可以发现死亡的主题。单身机器版面的运转中弥漫着一股技术的色情:单身汉们(亦称为九个苹果模型[Nine Malic Molds]或爱欲母体[Eros's Matrix])是一组位于单身汉版面左上方的九个形象,他们通过毛细管道(Capillary Tubes)发射气流,毛细管道将气流携带至被称为筛子(Sieves)的呈弧状序列的七个圆锥体中;气流在那里被冻结并转化为小亮片(Spangles);小亮片浓缩成液体悬挂物,继而坠入螺旋状的平底橇([Toboggan]单身汉版面的右下方)中;然后泼溅液体(Splashes)从平底橇基底导向眼睛的见证者([Oculist Witnesses]右上方)之处,并从这里传送至新娘版面。新娘版面中显然也有某种相应的机器色情,新娘的黄蜂(Wasp)/性气缸(Sex Cylinder)控制着欲望磁电机的火花(the Spark of the Desire Magneto)并分泌爱的汽油(Love Gasoline),进而以相当纤弱的气缸(Quite Feeble Cylinders)为其发动机供应燃料。①

对于卡鲁热而言,卡夫卡和杜尚的机器传达了暴力和死亡的机器文化的现代神话,这一神话抽空了神性且被荒芜的窥视癖式色情

---

① 杜尚的机器的运转远比在此能够详细描述的情形要更为复杂。关于作品运转的简要描述,请参阅 Schwarz,"The Mechanics of the Large Glass," pp. 11-13, in *Notes and Projects for The Large Glass*。补充的细节请参阅《盐商》(*Salt Seller*)第 20—21 页的《大玻璃》示意图以及亨德森(Henderson)《语境中的杜尚》(*Duchamp in Context*)插图 82(Plate 82)中的新娘图示。

所支配。卡夫卡的刑罚机器突出表现了宗教和恐怖的主题,而杜尚的《大玻璃》则强调了机器色情的主题,正是在两者的结合中,我们看到了"单身机器"的完满形式。德勒兹和瓜塔里并不赞同卡鲁热将单身机器诠释为四重现代悲剧的神话,但他们发现卡鲁热的范畴概念及其例证中富有启发性。对德勒兹和瓜塔里而言,单身机器是欲望机器,并且尽管并未明言,但杜尚《大玻璃》与卡夫卡刑罚装置的并置互释显然影响了他们对该术语的意义使用和对卡夫卡机器的理解。相比德勒兹和瓜塔里在《反俄狄浦斯》中所举出的例证,《大玻璃》在某些方面更好地体现了欲望生产的本质。这是一部明确通过流的回路来运转的机器:单身汉们的气流被冻结,被切成小亮片,转换成烟雾,浓缩成液体并在一条流中进行传送,而新娘分泌爱的汽油,以相当纤弱的气缸给她的发动机供应燃料。它结合了鲁布·戈德堡机器(Rube Goldberg machine)的特征和贝克特《莫洛伊》(*Molloy*)中的口袋-石头-嘴巴机器(pocket-stone-mouth machine)的特征,二者分别代表着自然装置中的两个极限:有目的的无功效(purposive inefficiency)和无目的的功效(pruposeless efficiency)。① 《大玻璃》中的精巧装置在复杂性和奇特性上堪比鲁布·戈德堡机器,而其对神秘目标的不懈执行则与莫洛伊的吮吸石

---

① 拙著《德勒兹论音乐,绘画和艺术》第三章讨论了德勒兹对自然体系中绝对的有目的的无功效和无目的的功效的阐释。在增订版《反俄狄浦斯》的附录中,德勒兹和瓜塔里提供了两幅鲁布·戈德堡机器图的复本作为欲望机器的示意图,每一幅图都展现了一部带有明确目的的机器("傻瓜,去发那封信件"描绘的机器是为了提醒人发送一封邮件,而"简易减重机"描绘的机器则是为了帮助人减肥),但每部机器在部件和功能上都显得复杂而荒诞,令人感到滑稽可笑。早在《反俄狄浦斯》(AO 8—9;3)中,德勒兹和瓜塔里通过援引贝克特的《莫洛伊》(*Three Novel* 69-74)中的一节内容来描述欲望机器的互动特征,在这节内容中,叙述者详尽描述了分布在两个大衣口袋和两个裤子口袋中的十六块"吮吸的石头"的运动,这些石头通过吮吸石头的嘴巴从一个口袋穿向另一个口袋。石头、口袋、传送的手和吮吸的嘴巴形成了一个被明确划定的诸部件的回路,这些部件的相互关系由一连串分离的和规律的运转过程所规定,但它们组成了一部似乎除其自身运转外别无他求的机器。

头的回路在效率和意图的模糊性上如出一辙。杜尚的异质组件装置恰当地体现了欲望机器中异类事物的非常规并置模式。活塞、银河云图、欲望-磁电机、脉冲针、配有相当纤弱的气缸的发动机、毛细管道、蝶形泵、巧克力研磨机、筛子、剪刀、水磨坊、水轮、马车、平底橇、移动砝码、眼睛图表、隔离板、格栅冷却器、新娘衣服——所有这些日常技术物品不可思议地拼贴在一起。并且被整合在这些回路中的正是新娘和单身汉这些本身即为机器部件(新娘)或抽象工厂形式(单身汉作为"九个苹果模型")的人类。最关键之处在于,《大玻璃》是一部色情化机器,但在这部机器中,力比多被平均分配至诸回路并奇异地脱离任何单纯属人的性欲关系。

在《反俄狄浦斯》中,德勒兹和瓜塔里将单身机器描述成仿佛是《大玻璃》和流放地行刑机器的合成体。① 这一整合对二者均产生了重要影响。将刑罚机器视为一部杜尚机器突出了卡夫卡机器构造的幽默、反讽和荒诞。以卡夫卡的视角来看待《大玻璃》则促使我们认识到杜尚对诸异类要素看似随意的拼贴可以带来严肃的社会和政治影响。将二者都视为单身机器则清晰地阐明了欲望生产中欲望的本质。特别值得留意的是,法语 *Célibataire* 包含着英语 bachelor 和德语 Junggeselle 并不具备的一种基本的多义性。*Célibataire* 既可指一位未婚男士,也可指一位贞洁的(chaste)或禁欲的(celibate)男人。杜尚的单身机器既是新娘被其未婚追求者脱光衣服的色情机器,又是充满悖论的无性力比多的贞洁机器。当德

---

① 在一般性地谈到卡鲁热的单身机器时,德勒兹和瓜塔里说,"首先单身机器见证了一部古老的偏执狂机器及其酷刑、其阴影、其旧的律法[在卡鲁热处理的所有机器中,刚好符合这一描述的只有卡夫卡的机器]。然而,它自身并不是一部偏执狂机器。其中的所有东西都是不同的,它的齿轮[*rouages*,卡夫卡]",战车[*chariot*,杜尚]、剪刀[杜尚]、尖针[卡夫卡和杜尚]、磁铁[杜尚]、光线[卡夫卡:正如卡鲁热所强调的,支撑着绘图师的四个黄铜棍"在太阳光下熠熠生辉"(Complete Stories 143);同样暗指史瑞伯对神迹化的上帝之光的迷恋]。甚至在它给予的酷刑和死亡中,它也展现出某种新事物,一种太阳能[再次,对卡夫卡机器的首要描述](AO 24—25;18)。

勒兹和瓜塔里采用"单身机器"(machine célibataire)一词时,他们所要强调的是欲望的反婚姻和反家庭的本质,这一本质无视合法和非法性关系的区分。在《卡夫卡》中,他们认为《变形记》中格里高尔(Gregor)对妹妹的爱恋体现了某种分裂乱伦(schizo-incest),这种欲望形式不能被婚姻标准乃至俄狄浦斯的恋母结构所容纳。① 他们将卡夫卡作品中所有妹妹、女仆和妓女视为反婚姻的、反家庭的欲望的形象,并以相同眼光来看待卡夫卡作品中的同性恋组合、兄弟、官员和孤独的艺术家。但他们最终认为卡夫卡的艺术机器是"一部单身机器"[une machine célibataire](K128;70),而且这种单身的欲望超越了卡夫卡的反婚姻女人或同性恋男人所开启的联系。"单身是一种比乱伦欲望或同性欲望更加广阔和更加浓厚的欲望"(K 129;70),因为这种欲望是完全非人格的、淡漠人性的以及/或者非人的欲望。② 当欲望经由细微管道、筛子、平底橇和眼睛图表进行传送时,当新娘及其追求者之间的常规的属人关系处于消解过程中时,杜尚的《大玻璃》呈现出了最高的单身性。流放地的行刑机器之为单身机器是因为,欲望在装置回路、受刑者和观刑者中扩散渗透,而没有任何婚姻的和家庭的坐标为其运动指引方向。在此,欲望是纯粹的强度,是某种在享受和痛苦之间不做任何区分的狂喜

---

① 格里高尔的妹妹"接受了格里高尔;她,就像他一样,想要精神分裂式的乱伦,这是伴随着强烈关系的乱伦,与妹妹的乱伦,这种乱伦和俄狄浦斯式的乱伦相反,见证了一种非人的性别,就像生成动物"(K 27;15)。

② 伊丽莎白·博阿(Elizabeth Boa)认为德勒兹和瓜塔里"实验了卡夫卡作品的冲突特质,以及奥匈帝国的受虐的简要讨论,使欲望成为一种施加在资本主义社会历史领域的非历史力量满足的单身英雄的性的庆祝"(28),德勒兹和瓜塔里利用了卡夫卡日记中的一份关于单身汉(Junggeselle)故事的早期文稿(1910,pp. 22—20),但是卡夫卡的单身汉似乎很难说是英雄,并且德勒兹和瓜塔里的单身汉不是传统的单身-英雄。事实上,博阿对卡夫卡作品中性别、阶级和族群冲突的详细读解与德勒兹和瓜塔里卡夫卡作品中欲望的历史实现同符合契。德勒兹和瓜塔里可能只是说解域化的欲望的潜在维度同样内在于真实物之中,并且这种欲望是单身汉式的,在它们赋予这个词的独特意义上(或许在其英译词中不太明显)。

的折磨。作为单身机器,行刑装置产生了"某种可被形容为自体性欲的(autoerotic)或自动的(automatic)快乐"(AO 25;18),这不仅是因为分离的受刑者和机器形成了某种分离式统一体,还因为欲望散布在统一体的各个角落,受刑者-机器回路经受了某种自动感发或自我享受(self-enjoyment),这种自动-感发或自我享受是自我产生的(self-engendering)并因此是自动的。尽管单身者"没有家庭且没有婚姻",但"在他身上更具社会性、社会危险性、社会反叛性和集体性",是"最高的欲望"即单身的欲望,"既欲求孤独,又欲求与所有欲望机器进行连接。这是一部为了成为孤独者即单身者而更具社会性和集体性的机器"。(K 130;71)卡夫卡的刑罚机器折磨一个孤独的受刑者,但它是一部法律机器——诫命的、犯罪的、判决的、惩罚的、有罪的和救赎的机器——同样地,它也是一部直接扩展至世界的机器。类似地,杜尚的新娘和九个单身者保持着彼此分离的状态,保持在其孤独和单身的欲望中,但他们的回路蔓延至社会、艺术、工业、科学和技术等众多领域。德勒兹和瓜塔里将单身机器描述为偏执狂机器和神迹化机器的后继者,但在一定意义上它是欲望生产的巅峰,在这部欲望机器中,部分对象、无器官的身体和游牧主体全都在弥漫于自然界和社会政治现实界的非人格的、非人的诸回路中运转。

写作机器

在《反俄狄浦斯》中,流放地的刑罚机器为德勒兹和瓜塔里提供了欲望机器的一个有益例证;由于它是一部普通意义上的机器,其色情属于与非人机器相互作用的单个受刑者,但其功能毫无疑问具有社会性和和政治性。不过,酷刑装置只是德勒兹和瓜塔里在《卡夫卡》中考察的其中一部机器,并且他们认为,至少从单身欲望的生产和持续的角度来看,它并非卡夫卡最为成功的机器。它过于抽象,过于隔离和自我封闭。它位于一个岛屿上,更多地与机构而非与整个流放地相联系。因此,它的诸要素很容易被父亲和儿子、前任指挥官和军官/受刑者的俄狄浦斯结构,以及与此平行的《旧约》上帝和无力的弥赛亚的宗教结构所吸纳。这个故事的结局是,机器支离破碎,军官死去,旅行者逃离岛屿。所有运动亦随旅行者的逃离而走向终结。

  机器的功能是"以机器装配"——去形成综合,通过双重连接、包纳性分离和游牧式联结去生产诸流。卡夫卡的问题是去创造一部对欲望生产的诸流进行综合,制造多重连接、分离和联结并由此产生和维持运动的写作机器。① 在《反俄狄浦斯》中,德勒兹和瓜塔里描述了欲望之流的运动,但他们还详细谈到了运动被阻塞的方式,诸流被限制、规范、编码和导入诸回路的方式,这些回路在其连接活动中受到限定,在其分离活动中排斥他者并在其联结活动中受到固定。如果欲望机器处处都是解域化的流,那么这些相同的流也会不断地被再域化(reterritorialized),被编入可识别对象和稳定主体的组织模式中。因此,德勒兹和瓜塔里辨识出欲望生产的两极,其一是对诸流进行限制和隔离的"偏执狂的,法西斯化的类型或极点",其二是"跟随欲望之逃逸线及打破屏障并使诸流运动的分裂革命性(schizorevolutionary)类型或极点"(AO 329;277)。在《反俄狄浦斯》中,他们绘制了一幅这两极的回路图,同时在其普遍历史中描述了三种偏执狂的社会机器(原始机器、专制机器和资本主义机器),每种机器都拥有对诸流进行限制和组织的独特方式。他们对精神分析学的批判仅仅是此分析的一部分,爸爸-妈妈-我的

---

① 卡鲁热说"产生或传送运动"是"一部机器的本质界定"(Carrouges, p. 152)。

俄狄浦斯式三角结构只不过是现代资本主义社会对欲望进行规范的一般约束管控系统的组成部分(在此情形中,通过强调欲望首先位于家庭之中,一个自我-主体(ego-subject)、完整的和分离的有机体等等)。

在《卡夫卡》中,德勒兹和瓜塔里通过反驳对卡夫卡的俄狄浦斯式读解而继续攻击精神分析学,但是他们的主要目标是从运动的生产、持续和增生的层面来详细阐述卡夫卡写作机器的运转。他们辨识出卡夫卡写作机器的三个组件:书信、短篇故事和三部小说。① 卡夫卡曾通过邮件方式追求费利斯·鲍尔(Felice Bauer),德勒兹和瓜塔里在两人的通信中发现了书信的本质,他通过书信求爱,最终订婚但最终没有结婚。(他们认为卡夫卡的所有书信都是某种类型的情书:"在书信的地平线上总是出现一个女人,她是真正的收件人[*destinaire*],她是他的父亲应该会让他失去的女人,她是他的朋友们希望他与其断交的女人,等等。"[K 53;29])。在马克斯·布罗德(Max Brod)家里见到费利斯之后,卡夫卡很快与她定期通信,向她倾诉日常生活并让她答应会频繁地回信。尽管他们最终订婚,但在两人的交往中,卡夫卡不断阻碍他们本不频繁的见面,并总是反对和她结婚。他的延宕导致了如卡夫卡所称的"旅馆判决[*Der Gerichtshof im Hotel*]",在柏林的阿斯卡尼旅馆(Askanische Hof)与费利斯的这次会面上,他下定了自己的决心。后来他显然将解除婚约的消息通知了她的家人,并且正如卡夫卡评论道的,"他们认为我做了正确的决定,没有或几乎没有对我提出异议。所有无辜中的邪恶[*Teuflisch in aller Unschuld*]"(Diaries Ⅱ,65)。费利斯和卡

---

① 他们将日记排除出条目之外是因为"日记贯穿了所有事物;日记是块茎(rhizome)本身。它们不是作为作品某一方面这种意义上的要素,而是卡夫卡不想离开它这种意义上(环境的意义上)的要素,就像鱼儿那样。这是因为这一要素与所有外部沟通,并且对书信的欲望、小故事的欲望、小说的欲望进行分配"(K 76;96)。

夫卡继续互相写信，但最终在一段时间过后停止了恋爱和通信。①

对于德勒兹和瓜塔里而言，书信"直接且单纯地展现出文学机器的邪恶力量"(K 52；29)。情书是爱情的替代物，是取代婚约的邪恶条约的产物(卡夫卡有一次让费利斯答应每天给他写两封信)，替代了婚姻契约。卡夫卡就像吸血鬼德拉库拉(Dracula)，寄出他那蝙蝠般的信前去吸吮费利斯的生命。② 他将自己分身为陈述主体[sujet d'énonciation]和所述主体[sujet d'énoncé]，无辜的陈述主体留在家里，同样无辜的所述主体在信中勇敢发言，试图无所畏惧地克服身体遭遇的阻力却无功而返。书信的目的是为了保持继续通信，为了推迟婚姻并维持力比多写作机器的运转。然而，作家的危险在于，他将被困在自己的机器中，吸血鬼会屈服于"家庭的十字架和婚姻的大蒜(the garlic of conjugality)"(K 54；30)。最终，卡夫卡的书信确实走向了旅馆法庭，并且作家深陷于自己的机器中。"句式'所有无辜者中的邪恶'并不足够。"(K 60；33)③

在与费利斯开始通信不久，卡夫卡创作了首部成熟的故事《审判》，很快，《司炉》和《变形记》也相继问世。德勒兹和瓜塔里认为，

---

① 德勒兹和瓜塔里的诸多分析基于埃利亚斯·卡内蒂(Elias Canetti)的《卡夫卡的另一种审判：致费利斯的书信》(Kafka's Other Trial: The Letters to Felice)一书，尽管他们让自己远离卡内蒂强调"卡夫卡对其身体、屈辱、被保护欲的羞耻"的做法(K 55；94)。

② 德勒兹和瓜塔里援引克莱尔·帕内(Claire Parnet)未发表的关于吸血鬼和卡夫卡的研究作为出处。博阿考察了《乡村医生》和《审判》中的吸血鬼想象(pp. 153—154；198—200)并指出瓦尔特·索克尔(Walter Sokel)、里奇·罗伯逊(Ritchie Robertson)和德特勒夫·克雷默(Detlev Kremer)同样曾讨论过卡夫卡作品中的吸血鬼主题。

③ 正如德勒兹和瓜塔里所指出的，"邪恶的无辜"(devilish innocence)在《审判》中以一种有趣的形态出现。父亲最初怀疑格奥尔格(Georg)与之有书信往来的俄国朋友是否存在。但后来父亲表示他自己已经与这位俄国朋友通信——"书信流已经改变方向，已经回转……"(K 60；33)。在小说的高潮部分，父亲"声音低沉地说：'所以现在你知道在这个世界上除了你之外还存在着其他什么，迄今为止你只知道你自己！一个无辜的孩子[Ein unschuldiges Kind]，是的，你的的确确是，但你更是一个邪恶的人！[aber noch eigentlicher warst du ein teuflischer Mensch!]——因此记住：我现在宣判你[Ich verurteile dich]溺水而死！'"(Complete Stories 87)。

书信"或许是通过它们带来的血液让整部机器得以启动的发动力",并且写作这些故事是"为了预测出危险抑或驱散危险"(K 63;35)。短篇故事关乎逃逸线,即从陷阱、牢笼、监狱、死胡同、封闭空间和险恶机器中逃离出来的路线。他们标画(trace)可能的运动路径,还标画束缚和扼杀运动的堵塞物。在《审判》中,格奥尔格·本德曼(Georg Bendemann)无法逃离家庭和婚姻的束缚并屈服于父亲的判决。在《变形记》中,格里高尔·萨姆沙(Gregor Samsa)通过进入一种生成-动物的过程,探索出一条从家庭和工作的奴役状态中解放出来的路径。但是,格里高尔的逃逸线不断地被切断,他三次被赶回自己的房间。他的妹妹通过清空房间的家具来鼓励他生成-昆虫,但是格里高尔紧紧附着在墙壁的图片上(德勒兹和瓜塔里认为,画像和照片在卡夫卡那里总是与施加社会编码有关)。此后,妹妹的分裂乱伦欲望并未帮助他成功逃离。父亲向格里高尔扔去象征家庭之罪的苹果,后者在他的身体中腐烂,最后格里高尔死去。

并非所有的短篇故事都像《变形记》一样以死亡作为结局。例如,《一份致某科学院的报告》中的猿猴通过一次生成-人的过程逃离了他的牢笼。"'不,我想要的不是自由'",他说,"只是一个出口;无论朝右还是朝左,或朝任何方向;此外便无所求"(Complete Stories 253-254)。(德勒兹和瓜塔里在猿猴的话中发现了生成-动物和逃逸线的本质——不是绝对的自由,只是一个出口。)尽管猿猴成功逃离,还是无法继续他的逃逸活动,没有连接点让他的生成-人的运动继续延伸。写作机器的问题是运动和连接的问题,是将一条逃逸线永远保持在某个特定但开放的回路中的综合的问题。在短篇故事中,逃逸线要么封闭要么中断连接。故事的组成部分要么构成一部自我摧毁的机器要么构成一部在空无中运转的机器。在某些例子中,我们意识到有些类型的机器正在运转,但很难辨识其所有部分或它们如何相互作用。在这种情况中,故事提供了机器指引

(machinic indices)而非完全成型的机器。例如,《一条狗的研究》中七只唱歌的狗似乎是一部音乐机器的功能部件,但它是何种机器,以及这些部件如何与其他组件相互关联仍难确定。在其他例子中我们能清晰地辨认出分离的和充分装配的机器,但它如何与其他要素相连接却悬而未决。流放地的酷刑机器是这样一部抽象机器,正如《一家之主的忧虑》("The Cares of a Family Man")中神秘的俄德拉代克(Odradek),像个扁平的星形线轴状,缠绕着断裂的线头,从星的中央伸出一个小横木,右角处还有一个与小横木相连的小杆,整个东西看上去"毫无益处,但以其自身的方式完满地自成一体"(Complete Storics 428)。另一部这种抽象机器出现在《布鲁姆菲尔德,一个上了年纪的单身汉》中——"两个白底蓝条的赛璐珞小球并排上下跳跃"(Complete Stories 185),有一天它们莫名其妙地来到布鲁姆菲尔德的住处。除了这部抽象机器,机器指引同样在布鲁姆菲尔德的两位助手那里清晰可辨,两位助手的笨拙举止似乎与活泼的赛璐珞小球有些许关联,但他们以何种方式与后者发生关联,以及他们属于何种复合机器的部件,我们无法确定。

唯有在小说也就是卡夫卡写作机器的第三个组件中,运动才能永无休止地持续下去,逃逸线才能在特定的回路中连接起来,卡夫卡的三部小说处于未完成状态,但据德勒兹和瓜塔里的分析,这只是因为写作机器在这些作品中呈现出充分运转状态。马克斯·布罗德提到《审判》时说,"弗兰茨将这部小说视为未完成的作品",但他补充道,"因为根据作者的口头自述,审判绝不会到达最高法庭,在某种意义上,这部小说将永无终点"(Postscript to *The Trial*, p.334)。①《审判》《美国》和《城堡》同样是无休无止、无穷无尽的,并

---

① 德勒兹和瓜塔里反对马克斯·布罗德将《结局》一章置于《审判》的结尾。他们认为这个讲述约瑟夫·K之死的章节是一个梦的片段,并且断言小说并没有真正的结尾。参阅 K 80—81;44。

且其未完成性仅仅在于它们作为机器在没有彻底瓦解的情况下将持续不停地运转。正是其连接的独特性和多样性使得它们能够无休无止地运转。尽管德勒兹和瓜塔里讨论了所有这三部小说，但《审判》最完美地展现了处于充分运转状态中的写作机器。

法律机器

在流放地的酷刑装置中，我们看到了一部抽象的法律机器，而在《审判》的各个片段，我们可以发现一部完全成型和运转的法律机器的众多装置（*assemblages*），这是一部由人、文本、机构、业务、建筑、物体等组件所构成的社会机器。《审判》可能含有若干部普通意义上的机器（德勒兹和瓜塔里指的是"技术机器"），但即便我们不采用反俄狄浦斯中的广义机器概念，亦即将其界定为切割系统，**法律**的诸不同要素，亦即其警官、受害者、仆人、助手，场所和装备，也运转得非常像一部机器。我们可能注意到，德勒兹和瓜塔里在《反俄狄浦斯》中通过间接借用刘易斯·芒福德（Lewis Mumford）对埃及金字塔建造过程的劳动力征用的分析，详尽阐述了"社会机器"（social machine）的概念。芒福德认为，法老、祭司和官员，连同成千上万实际建造金字塔的奴隶共同构成了第一部"宏大机器"（mega-machine）。"如果机器以多多少少与弗兰茨·勒洛（Franz Reuleaux）的经典定义相符的方式被界定为诸抵抗部分的结合体，每个部分拥有特定功能，在人的控制下运转，运用能量并开展工作，那么庞大的劳力机器在从各个方面来看都是一部真正的机器：这更是因为其组件尽管是由人的骨肉神经所构成，但都被还原为赤裸的机器要素，并且为了完成其限定的任务而被严格地标准化。"(Munford 191)①《审判》中的法律机器并不如法老金字塔建造装置那般明显地表现为劳力机器,但是它的确完成了特定的工作并生产出特定的人类产品。但关键之处在于卡夫卡的社会机器是一部开放的欲望生产的社会机器。

在《审判》中,每个人都与法律连接,每个地方都是司法活动的场所。陪同两位看守的三位面色苍白的年轻人是银行职员,后来 K 在银行存储室碰见了因 K 抱怨而被鞭打的看守。K 的叔叔在 K 告诉他之前便已知晓该案并将 K 介绍给律师。律师的女佣莱尼(Leni)似乎与被告、律师和法官的关系同样密切。画家提托雷利(Titorelli)是一名法庭画家,大教堂牧师的真实身份则是监狱牧师。正如 K 在告诉一位对其案件亦有所耳闻的工厂主时所说:"竟有这么多人似乎都与法庭相关!"(*Trial* 169)无论 K 走到哪里,法律都如影随形且处处都被色情化。K 的第一次被审问是在毕尔斯泰纳小姐(Fräulein Bürstner)的房间里,窗户闩上悬挂着一件令人迷恋的白色女衬衫,然后 K 向毕尔斯泰纳小姐求爱并吸血鬼般地亲吻了她的脖子。法庭的法律书籍中包含淫秽的图画。K 首先是迷上了为他带路的淫荡洗衣女,然后爱上了莱尼并在第一次拜访律师住处时与她发生性关系。弗兰茨和威勒姆受鞭打的场景毫无疑问充满着受虐恋式的色情意味,此外,提托雷利画室外的少女的面孔"混合着天真幼稚与放荡不羁"(Trial 178)。

因此,法律是一部无所不包的、色情化的社会机器。每个人都是法律的执行者,每个地点都是司法场所,并且 K 在对其案件的追

---

① 勒洛的经典定义出现在他的《运动学理论:一种机器理论的基础》(*Theoretische Kinematik: Grundzüge einer Theorie des Maschinenwesens* [*The Kinematics of Machinery: Outlines of a Theory of Machines*, 1876])一书中:"机器是相互抵抗的物体的结合体,这些物体被安排成具有如下效果,即借助它们的运转方式,自然的机械力伴随着特定的运动可以被迫去做工"(p. 35)。在关于这个定义的脚注中,勒洛提供了一个精彩的扩展性总结,并对前辈学者关于机器的定义提出批评。

踪过程中从由个体、话语、编码和物体组成的一个装置走向另一个装置,从住所装置走向公寓大楼/法庭装置、银行装置、律师事务所装置、画室装置、大教堂装置,不一而足。这是一个相连组件的开放系列,全都灌注着某种内在的欲望。从作家卡夫卡的行动视角出发,我们可以看出《审判》如何是一部永无止境的欲望机器,一部使运动持久不断的综合发生器。但是这部精密的社会机器的重点在哪?卡夫卡是否仅仅呈现了法律的荒谬,揭露现代司法装置是一部可笑的鲁布·戈德堡机器或贝克特式的石头吮吸机器?经常有人认为卡夫卡没有对社会体制进行批判,但唯当"批判"意味着某种对社会表征(social representation)的外在评论时,德勒兹和瓜塔里才同意此说。相反,他们认为卡夫卡通过"从社会表征中抽取陈述装置和机器装置并拆卸这些装置"(K 85;46)的方式提供了一种内在批判。他们说道,写作"具有这一双重功能:转写成装置,拆离装置。二者本是同一回事"(K 86;47)。卡夫卡是"一位有着深刻快乐的会笑的作家",但同时"他是一位不折不扣的政治作家"(K75;41),其政治活动体现在对装置的转写活动和拆离活动中。卡夫卡并非对社会表征进行评论,而是对它们进行实验。德勒兹和瓜塔里认为,《审判》"必须被视为一次科学调查,一份机器运转的实验报告"(K80;43—44),并且机器的运转始终伴随着它的拆离。因此德勒兹和瓜塔里说,"我们只相信卡夫卡式政治学,它既非想象亦非象征。我们只相信一部或若干部卡夫卡式机器,它们既非结构亦非幻想(*phantasm*)。我们仅仅相信卡夫卡式的实验,没有诠释或意义,只有经验的/实验的报告[*protocoles d'experience*]"(K 14;7)。现在我们必须追问:社会再现的转写和拆离在什么意义上是一种批判形式?这种运转何以是一种实验?以及转写和拆离在何种意义上本是同一回事?

将社会表征转写成装置首先意味着以一部社会机器的陌生方

式重写熟悉的编码和制度。正如许多人已经认识到的,卡夫卡通过剥去法律通常习用的逻辑将其陌生化。在《审判》中,**法律**是某种无内容的空洞形式,指控不明确,自动假定有罪。① 由一个遥不可及的权威发布审判,而且无数层级的法官、法庭职员和律师对随意选择的被告的并不明晰的案件进行审查。熟悉的法律系统,连同规则、违规、证据、证明及裁决的逻辑,呈现出一套错综复杂的权力机制,它无关正义和公平的规范,而是被一套权力等级制度、普遍有罪的预设和无法逃脱的惩罚性代理人网络所管控。隐含在这一机制中的是一种罪的文化,它根植于神秘莫测的上帝通过实施审判而将其律令启示出来的宗教传统。在这个意义上,卡夫卡将司法系统转写为一部精密机器,对作为权力的法律构成了某种批判。但是德勒兹和瓜塔里认为,《审判》的这一层面固然不可否认,但它仅仅是初步批判,因为它预设了一种被权威社会机构自身所巩固和维护的权力概念。卡夫卡展现了权力并非本是中心化的和等级制的,亦非人们占有或匮乏的东西。它具有关联性,在司法机器的回路中弥漫扩散并将所有个体和机器的组件包含在一个权力场域内。在这方面,德勒兹和瓜塔里认为卡夫卡对权力的描述与福柯在《规训与惩罚》和《性史》(第一卷)中对权力的分析遥相呼应。进一步说,卡夫卡表明权力回路亦是欲望的回路,指出法律不仅是审查被告的机器,还是一部权力/欲望通过每个回路而被灌注于其中的欲望机器。这意味着权力问题不仅仅是压迫和被压迫的问题,以及谁拥有权力和谁没有权力的问题,而是所有权力关系以之为特征的力比多投注(libidinal investments)问题,是被压迫者的温驯和他们作为同谋促

---

① 在《能够概括康德哲学的四个诗意句式》(On Four Poetic Formulas That Might Summarize the Kantian Philosophy)(CC 40—49;27—35)中,德勒兹对比了卡夫卡作品中的**法律**和康德《纯粹理性批判》中法的纯粹空洞的形式。他还将卡夫卡和康德的法关联到《萨克-马索克阐发》第七章中的受虐契约(特别是 SM 72—73;72—73)。

成其自身被压迫的问题,亦是威压思维在纪律规训的广阔领域内呈扩散式传布的问题。① 这并非为了否认真实压迫的存在,而只是主张认为压迫者和被压迫者的位置是首要的权力-欲望之回路的次生产物:"从压迫者和被压迫者的视角来看,压迫是从这一个或那一个权力-欲望的装置中流出,从这一部或那一部机器状态中流出……压迫取决于机器,而非相反。"(K103;56)

但是卡夫卡将**法律**转写为一部欲望机器同样也是对这部机器的拆卸,是对支配力和威权力被摧毁并以不可预见之形态被重新组构和部署的方式的分析。我们还记得德勒兹和瓜塔里认定欲望生产中有两个极点,即对流进行排他性分离式分隔的偏执狂极点和对流进行包纳性结合式综合的精神分裂极点。卡夫卡将**法律**呈现为偏执狂式的,它是中央集权的,遥远的,专横的,通过由职员、助理和助手组成的一套错综复杂的科层机构来进行区隔和管理,但他还详细说明了**法律**的某种精神分裂式的部署,某种将法庭系统的组件以未指定的关系进行连接的方式。银行通过银行存储室与惩罚装置连接;提托雷利的画室与法庭在城中的位置对称;公寓大楼是一个法庭,同时也是一个由可互换的办公室组成的迷宫。毕尔斯泰纳小姐、洗衣女和莱尼作为连接器,在司法机器的超现实迷宫中将 K 送至各种路径上。K 自己则作为一部转换器来运转,在每一个接合点探索法律诸异质要素之间可能建立的关联。"如果从牧师到小女孩的每个人都属于司法,都属于司法的辅助设备,这并非由于法律的超越性而是出于欲望的内在性。"(K92;50)

---

① 在《反俄狄浦斯》中,德勒兹和瓜塔里评论道:"正如赖希所言,令人震惊的事情并不是人们偷窃,其他人罢工,而毋宁说是饥饿的人们永远不偷窃,以及被剥削者总是不罢工;为什么千百年来人们忍受着剥削、羞辱、奴役,直至不仅意欲他人忍受,而且意欲他们自己忍受?"(AO 37;29)。在《卡夫卡》中,德勒兹和瓜塔里发现卡夫卡对布罗德说了相似的话:"卡夫卡自己会说他对受伤害工人的驯服感到震惊:'他们非但不会攻击制度,将其打成碎片',反而去迎合和乞求[Brod p. 82]。"(K 147;82)

但是,需要指出一个的关键点是,偏执狂和精神分裂这两级是欲望的两级,法律的排他性分离式应用与法律的包纳性结合式应用在社会场域总是共同施动的。"这两种共存的欲望状态是两种法律状态:一方面是超越的偏执狂的**法律**,它永不停息地搅动一个有限的节段,使其成为一个完整物体,使其成型;另一方面是内在的分裂**法律**(*schiz-law*),其功能就像一名法官,一部反律法,一个在所有装置中对偏执狂**法律**进行拆卸的'程序'"(K 108—109;59)。《审判》的各个角落都被强加了等级制的和威权性的管控,但与此同时也建立起了分裂性的和变异的连接。将社会表征转写为装置是为了展现偏执狂式的**法律**内在地含有分裂法律,为了揭示组成法律系统的熟悉的常识性要素事实上是一部宏大机器的组件,这部机器持续不断地将自身组建为某种偏执狂式的等级制**法律**,与此同时,通过在机器组件之间形成连接式、分离式和联结式综合的某种分裂法律过程来对自身进行拆卸。因此,在这个意义上,"发现内在的装置,以及对它们进行拆卸——二者是同一回事"(K190;59)。

但是,转写活动和拆卸活动的同符合契约还可在另一种意义上成立。如果卡夫卡将**法律**的社会表征转写为一部无处不在的法律机器的装置,他并非只是在以一种非常规形式对奥匈帝国的现实进行重新书写。卡夫卡告诉雅努赫(Janouch),如果艺术是一面镜子的话,那它也是一面"像钟表一样走得'快'——有时候"(Janouch 143)的镜子。德勒兹和瓜塔里认为,卡夫卡的艺术从某种意义上来说是一面未来的镜子,并且在《审判》的司法机器中,我们能够辨识出"正在敲门的邪恶力量"(K 74;41)。① 德勒兹和瓜塔里将这些力量认

---

① 德勒兹和瓜塔里的这个表述取自1923年10月25日卡夫卡给布罗德的一张明信片上的一段斜体插入语:"(我说这些话是有特定意义的,因为当我们有着真正的天真的无辜时——也许那并不值得追念——邪恶的力量,不管是好的分配还是坏的分配,只能轻轻拨弄它们在某一天将要渗透进来的入口,这是一件它们已经在欢欣鼓舞地期盼着[转下页]

定为资本主义美国的科层制国家和纳粹德国。其他学者已经指出了卡夫卡对现代警察国家、极权体制和匿名科层制的先知般的洞见，但德勒兹和瓜塔里并不认为卡夫卡仅仅是一位敏锐的预言者。相反，他们表示在诸如《审判》之类的作品中，卡夫卡揭示了展露的诸关系的潜在矢量(virtual vectors)，这些潜在矢量在他的世界中存在，但唯有到后来才在资本主义和法西斯主义的科层体制的具体形式中实现出来的。可以说，存在着某种一般化的科层制、警察国家、极权主义"功能"在奥匈帝国的布拉格中运作(特别是在卡夫卡供职的工人事故保障公司)，德勒兹和瓜塔里在《千高原》中称之为"抽象机器"①。这种一般化科层制的运作得以在奥匈帝国的具体装置中实现出来，但是它与那些作为"逃逸线"、趋势、生成、朝向各种潜在现实化之运动方向的潜在平面的装置并存。诸如奥匈帝国这类给

［接上页］的事件)。"(*Letters to Friends*，p. 387)原文如下："(Es hat einen gewissen Sinn, das zu sagen, weil wir damals jene, der Sehnsucht vielleicht gar nicht werte, aber wirklich unschuldige Unschuld hatten und die bösen Mächte, in gutem oder schlimmem Auftrag, erst die Eingänge leicht betasteten, durch die sie einmal einyubrechen sich schon unerträglich freuten.)"(Briefe，p. 452)。德勒兹和瓜塔里依据的是瓦根巴赫(Wagenbach)的法译文(*Franz Kafka*)，这段法译文对德文意义的传达较之英译本对德文意义的传达略有出入："(Ce n'est pas sans raison que je le dis puisque, à cette époque, nous avions cette candeur vraiment digne de ce nom, quoique peut-être indigne de cette nostalgie; et les puissances diaboliques; quel que fût leur message; ne faisaient qu'effleurer les portes par où ils se réjouissaient déjà terriblement de s'introduire un jour.)"(p. 156)

① 遍览《卡夫卡》全文，可以看到德勒兹和瓜塔里使用"抽象机器"一词是指诸如流放地行刑装置一类的机器，"仍然太过超越，太过孤立和具体，太过抽象"(K 72；39—40)。然而在最后一章，他们提出对该词的另一种理解方式："在'抽象'的另一种意义上(非比喻的，非意指的，非节段的)，正是抽象机器从无限定的内在领域穿过并与其在欲望的进程和运动中融为一体；具体的装置不再通过剥夺抽象机器的超越性伪装来赋予它真正实存，毋宁说恰恰相反，是抽象机器根据它们在拆卸其自身的诸节段过程中，在推进其解域化的点的过程中，在追随逃逸线的过程中，在填充内在领域过程中所体现的能力来对诸装置的实存样态和真实情形进行测度。抽象机器是无限定的社会领域，但它还是欲望的身体，也是卡夫卡连绵不断的作品，强度在这些作品中被生产出来，并且所有的关联和多重速率刻写在这些作品之中。"《千高原》(尤其参见 MP 175—184；140—148)德勒兹和瓜塔里是在第二种意义上使用该词。

定的社会秩序的现实装置预设了此种一般化科层制运作及其趋势和生成之矢量的存在,并且沿着这一潜在功能或抽象机器标画的线路而取得形式。同时,此种一般化运作扮演了某种"向导角色",正如德勒兹和瓜塔里谈到抽象机器所说。"一部抽象的或图表的机器并非为了表征而运转,甚至也不是表征真实之物,而是构想将要来临的真实物,构想一种新的现实性。"(MP 177;142)这一"将要来临的真实物"可能以各种形态出现——在卡夫卡这里,这些形态就是资本主义的美国和纳粹德国的科层制,尽管它们绝非此种一般化科层制运作所孕育的仅有的几种形式。

欲望生产中偏执狂和精神分裂两级的共存产生了这种模式的其中一个疑难。每种社会秩序(至少在现代)都是通过对此前秩序的修正、根除、重新界定或重新组构而诞生出来的。唯有通过一系列复杂的社会关系的变形、编码的再刻写、物质对象和实践的重新部署,奥匈帝国的科层制才得以成型。无论帝国科层制显得或表现出多么静止、威严、区隔化并具有等级性,它的形成都是通过解域化和再域化、符码与关系的抹除和重写的双重过程而发生。在这一现实帝国科层制形成过程中,一般化科层制运作的潜在矢量扮演着向导角色,打开了解域化的路径,这些路径同时在刻板而分层的科层装置形式中被再域化。然而,解域化的潜在矢量依然存在,内在于帝国科层制中,它们引导着帝国科层制变形为其他社会形式,这些其他社会形式自身将沿着解域化和再域化同时发生的线路而得到组建。我们无法预先确定解域化和再域化之潜在矢量呈现为何种独特形式。它们可能终将招致各种"未来的邪恶力量",但也可能产生比现存更好的社会秩序。

正是从这一视角出发,我们必须认识到卡夫卡写作机器的革命功能。德勒兹和瓜塔里反对任何将革命行动视为旨在实现某种理想社会的设计方案的想法。相反,他们认为革命行动乃是通过变形、变化和生成,是通过使难以忍受的现状转化为不可预见的未来而不断前进的。变形线路在现实中总是呈现为解域化之潜在矢量的形式,而革命行动只是通过强化被特定社会系统所巩固、定型并编码的动摇力、变形力和解码力来引导这些线路而实现。按照德勒兹和瓜塔里的观点,卡夫卡的政治策略并非抗议压迫性制度或提出乌托邦的替代方案,而是加速已经存在于世界中的解域化倾向。"集体和社会机器带引发了人类的大规模解域化,[卡夫卡]沿此道路走得更远,到达了一个绝对的分子式的解域化之程度点。批评全然无用。更为重要的是支持那并未实现但已然真实存在的潜在运动(守旧者、官僚总是在这个点或那个点上停止运动)。"(K107;58)这种加速的解域化过程并不能保证将产生积极结果。在好的欲望和坏的欲望之间,在偏执狂的欲望生产和精神分裂的欲望生产之间并没有清晰的差别,因为"欲望是一碗汤、一碗麦片粥,科层制和法西斯的碎片依然或已然存在于革命的骚动之中"(K 109—10;60)。因此,"既然无法在压迫者和被压迫者之间,乃至在不同种类的欲望之间进行准确划分,我们就必须将它们全部都带入可能的未来中,同时希望这一运动将同样释放诸逃逸线或游行线路,即使它们是温和的,即使它们在颤抖,甚至——最重要的——即使它们是非意指的(asignifying)"(K107—8;59)。

因此,在《审判》中,卡夫卡将奥匈帝国司法系统内部固有的关系群的社会表征作为切入口,将它们转写为一部社会机器的众多装置。熟悉的**法律**系统被呈现为某种扩散至生命所有方面的力量的增生机制,并且它的运转同时被关系的偏执狂和精神分裂所引导,前者对诸关系的约束和编码进行域化,后者对诸关系的网状和解码进行解域化。再域化的限制与法典化被关系的精神分裂的、解域化的网络与解法典化引导。在这个意义上,社会机器既组建自身又拆卸自身,由此我们可以说,转写和拆卸机器是同一个过程。然而卡夫卡同样加速了机器的解域化运动并丰富了诸异质要素之间的连接。在此过程中,他揭露出终将招致"未来的邪恶力量"的变质倾向,还揭示出有待实现的诸多革命可能性。卡夫卡不是在批评社会制度或提出替代方案,而是对其世界之内的潜在逃逸线进行实验。他采取了一种"主动拆卸的方法",包含着"延续、加速已经贯穿社会场域的整体运动:它在潜在领域运行,尚未实现但已然真实"(K 88—89;48)。这种方法既非"诠释亦非社会表征",而是"一次实验,一份社会政治的科学实验报告"(K 89;49)。因此,与转写活动形影不离的拆卸活动也是实验,并且在这个意义上,《审判》可被视为"一次科学调查,一份机器运转的实验报告"(K 80;44)。

艺术和生命

卡夫卡的写作机器包括三个组件,即书信、短篇故事和小说。卡夫卡的问题在于保持机器的运转,在于通过形成欲望生产的开放回路去创造和维持运动。尽管在保持书信流朝向未婚妻的流动和写作关于永动流(perpetuation of flow)的故事与小说之间似乎存在着根本差异。但德勒兹和瓜塔里认为在卡夫卡那里生命和艺术之间并无对立。他们发现,"在卡夫卡那里将生命和写作进行对立的做法,以及推断他由于在面对生活时匮乏、懦弱、无能而在文学中寻求避难所的读解法是如此令人气恼,如此荒诞不经。没错,一个块茎、一个地洞,但绝非一座象牙塔;没错,一条逃逸线,但绝非一个避难所"(K 74;41)。德勒兹和瓜塔里指出,书信、短篇故事和小说通过多元的贯穿式连接活动而彼此交流,结果,审判机制出现在所有三个组件之中,费利斯生成-狗的运动将书信和短篇故事连接起来,来自小说的科层装置则渗入短篇故事的机器索引中。人们可能争辩道,这仅仅表明生命和艺术在作家意识中是相互影响的,但德勒兹和瓜塔里的总结陈词是,无论卡夫卡是在写"真实的"信件还是在写小说,写作本身都是扩展的社会机器之内的一种"机器运转"活动,写作只是此社会机器的一部分。卡夫卡调查社会领域,将各种机器装置组件之间相互连接的关系绘成图表,并且"知道将他与表达的文学机器相连的所有环节,他既是这部机器的齿轮、技工、操作员,也是它的受刑者"(K 106;58)。正如在《审判》中每个人都与**法律**相连接,卡夫卡自己也同样位于关系网之内——法院的、科层的、政治的、商业的、艺术的、家庭的等等——所有这些都作为机器装置而运转,并且无论他是在给费利斯写信抑或写作关于 K 的小说,他的写作机器都与这些社会机器啮合。

当卡夫卡写作时,他是在行动,因为写作是广义的社会行动场域之内的一种行动,在这一场域中,话语和非话语交织在实践、运动和变更的相互感兴模式中。因此,卡夫卡的写作并非仅仅是对外部世界进行心灵表征,也不是对经济基础现实进行上层建筑的美学评论:"任何人都不要说[解域化之]线仅仅在精神中[*en esprit*]显现。仿佛写作也不是一部机器,仿佛它不是一种行动,甚至独立于它的出版物,仿佛写作机器也不是一部机器(与任何他物一样不属于上层建筑,与任何他物一样不属于意识形态),如今在资本主义机器、科层体制机器或法西斯机器中被占用,如今标画某种适度的革命路线。"(K 109;60)当卡夫卡写作时,他并没有从世界中退却,而是在其中行动:"房间非但不是他作为作家的隐遁之所,反而为他提供了双重之流:其一是拥有宏伟未来的科层体制之流,它与处于自我形成过程中的真实装置接通;其二是处于以最通行和现实的方式[*en train de fuir à la façon la plus actuelle*]进行逃离之过程中的游牧之流,它与社会主义、无政府主义、社会运动接通。"(K 75;41)

在《普鲁斯特与符征》中,德勒兹将《追忆》视为一部其意义远逊于其运转的机器。在《卡夫卡》中,德勒兹和瓜塔里将卡夫卡的写作视为一部由三组件构成的与众多机器啮合的机器。正如他们在《反俄狄浦斯》中所详论,机器的本质是形成连接式、分离式和联结式综合,切断/连接诸流,在包纳性分离中重叠诸流,以强度之游牧式波动的方式对诸流进行排列。机器"运转着",它们创造了回路并且是回路的一部分。这是德勒兹和瓜塔里在卡夫卡那里发现的机器的本质。他们说,他的才华"在于将男人和女人视为机器的部分,这不仅体现在他们的工作中,在邻近活动中更是如此,在休息中,在恋爱中,在抗辩中,在愤慨中,等等"(K 145;81)。对于卡夫卡而言,"欲望永不止息地在机器中制造一部机器[原文为"在机器中制造机器",faire machine dans la machine],且沿着已有齿轮去建造新的齿轮,无穷无尽,即便这些齿轮似乎彼此抵牾或以某种不和谐的方式运转。严格来说,正是连接活动,所有对拆卸进行引导的连接活动制造了机器"(K 146;82)。

在《普鲁斯特与符征》中,德勒兹指出《追忆》是一种复多性,是一部机器,其整体是作为与其他部分并行的添加部分而被生产出来的,普鲁斯特将其作品比作一个大教堂,比作一件连衣裙,但德勒兹指出大教堂从未竣工,连衣裙则是永远处于缝缀过程中的拼合物。此复多性的"一"(oneness)的形成是通过使歧异系列和封闭瓶子相互交流的横断面而形成的。相较而言,卡夫卡的机器更清晰地显示出某种复多性,他的作品构成了一个地洞,就像《地洞》中鼠类生物的栖息地,地道迷宫似的相互连接,没有明确的进口和出口,拥有众多逃离路线。地洞是一个块茎,就像杂草一样,是一个去中心化的点的增生,其中任何一点都可与其他点相互连接。卡夫卡的书信、短篇故事和小说是这一地洞的地道,是杂草块茎的诸茎节,日记则"是块茎自身",即"卡夫卡表示不想离开的要素(从环境的意义上来说),就像鱼离不开水"(K 76;96)。书信、短篇故事和小说相互连接,每个组件都通过形成连接、开启和保持运动来运转。写作机器既是一部地道挖掘机又是所挖掘的地道本身,既是一部"块茎蔓生"(rhizoming)机器又是蔓生形成的块茎本身。并且,机器愈完美,就愈处于未完成状态中。当婚姻圈套闭合时,书信之流就停滞不动;在短篇故事中,逃逸线被堵塞(《变形记》),唯有通过一部不明确的机器的索引才能得到模糊的指引(《对一条狗的调查》),或者被孤立在一部与社会场域相分离的机器的抽象运转中(《在流放地》);但是在小说中,机器充分运转,连接方式多样化且无限蔓延。自成一体、构思完整的短篇故事,如《变形记》,是地洞中众多的死路。而未完成的小说则是恰当运转的掘洞机器,永无休止地挖掘地洞。机器的功能是运转,它在运转时必然创造某种开放的复多性。完全成型的完整机器是一个未完成的引擎。正如德勒兹和瓜塔里提到卡夫卡的写作机器时所说,"从未有人创造过如此完美的由运动所构成的一件作品,这些运动被全部中断但又全部彼此交流"(K 74;41)。

  卡夫卡的写作机器不是用来诠释的,而是用来描述的。它的意义远逊于其运转,并且其运转使自己成为一种开放的复多性,一个蔓延的地洞或蔓生的块茎。写作机器被嵌入社会机器并被后者横穿而过,它的运转与普遍的欲望生产过程相互连接。从这个方面来说,它直接具有政治性,其运转发生在某种集体活动场域中。语言以何种方式在这样一部机器中发挥作用,这是仍待详述的问题。德勒兹和瓜塔里将卡夫卡视为"次要文学"的践行者,这种文学具有直接的政治性,其语言受高度解域的感发并通过陈述的集体装置而被表达出来。正如我们将在下一章中所见,次要文学涉及语言的某种次要使用,并且这种运用在次要写作机器的运转中至关重要。

第四章
次要文学

德勒兹和瓜塔里所撰卡夫卡论著的副标题为"*Pour une littérature mineure*",即"为了(或朝向)一种次要文学"。从某种意义上来说,卡夫卡的作品只是德勒兹和瓜塔里发展"次要文学"这一宽泛概念的契机,次要文学虽由卡夫卡提出并在其作品中得到示范,但它同样成为其他具有各种写作习惯和倾向的作家的共同特征。次要文学概念的核心要义在于语言的某种特殊使用,在于通过强化已然内在于语言之中的特质来对语言进行解域化。这种语言的次要使用通过陈述的集体装置来实行,并作为一种政治行动而发挥作用。次要文学的诸要素究竟如何相互关联,它们以何种方式呈现在语言自身之中,这些都是需要详加说明的问题。德勒兹和瓜塔里在《卡夫卡》中详细列举了次要文学的诸要素,并在《千高原》中对这一概念进行了精心阐发,这两部著作不时以卡夫卡之外的作家为例来说明语言的次要使用。1979 年,在《减法宣言》(SP)这篇论意大利剧作家卡尔梅洛·贝内的文章中,德勒兹将这一概念拓展至戏剧领域。这些文本都表明,次要文学首先乃是语言的行动,戏剧由于在某种实用语境中将台词融入姿势而成为这种行动的典范。

小众文学

德勒兹和瓜塔里提出次要文学理论的灵感来源于卡夫卡写于1911年12月25日的长篇日记。1911年初,卡夫卡开始参加一个来自伦堡([Lemberg]即奥匈帝国东北部靠近俄罗斯边界的加利西亚[Galicia]省首府)的意第续语戏剧团体的演出,并与其中一位波兰犹太裔演员伊兹霍克·勒维(Jizchok Löwy)过从甚密。从勒维对华沙犹太文学的叙述和自己对捷克文学的接触中,卡夫卡开始反思次要文学(字面义为"小文学","*kleine Literaturen*")的活力。里奇·罗伯逊曾一针见血地指出卡夫卡在这篇厚重细密但时显晦涩的日记中撰写了"一篇纯正的文学社会学论文"。①

卡夫卡首先列举了文学可能带给民族或人民的诸多益处,即便此文学并不属于某个特别庞大的群体。文学激发心灵和精神,提供公共生活中屡屡匮乏的某种统一的民族意识,并使民族在面临敌对环境时拥有自豪感。它能带来"对不满意要素的吸纳[*die Bindung unzufriedener Elemente*]"(Diary I, 191),并且通过文学杂志的持续活动而产生"单个人与其民族整体的持久结合"(Diary I, 192)。它使讨论"父子之间的对立[*des Gegensatzes*]"成为可能,并且使以"畅所欲言和值得宽宥"的方式呈现民族缺陷成为可能。在这种文化环境中,人们会发现"文学从业者开始受到尊重",此外,"一个欣欣向荣并因此自爱自重的图书行业和对书籍的渴求勃然而兴"(Diary I, 192)。文学成为一种直接的和生机勃勃的力量,它绝非

---

① 请参阅 Roberson, p. 24. 罗伯逊注意到德勒兹和瓜塔里是强调这篇日记重要性的少数评论者之一,虽然他对文本的解读与他们并不相同。罗伯逊对这篇日记的读解,以及他对卡夫卡遭遇意第续语文学的全部讨论,都极富启发性(特别参见 pp.12—28)。

某种仅供人们作壁上观而品评鉴赏的事物,而是"一个民族的日记[Tagebuch führen einer Nation],这种日记与历史编纂截然不同,并因此发展得更加迅速(但总是被仔细审察)"(Diary I,191)。

在一个小民族中,并非"尽管有"(in spite of)而是"由于"(because of)文化规模的限制,次要文学才得以获得乃至强化这些"文学益处"。一般而言,次要文学中没有支配此领域的卓荦超伦之人,例如英国文学中的莎士比亚或德国文坛的歌德,这类人物的阙如产生了积极后果。没有伟大的艺术家让其他人黯然失色,并且"最大限度的真诚竞争具有真正的合理性"(Diary I,192)。由于没有任何出类拔萃的支配性作家,参与竞争的作家得以保持其相互的独立性,并且由于没有任何独领风骚的伟大典范以供效颦,资质平庸者的写作也将难以为继。当一个小民族开始书写其文学史时,支配性作家的阙如会使不因品味而变动的稳定经典得以形成。这是因为作家们不可否认的影响"已经如此确凿无疑,乃至可以取代其作品"(Diary I,193)。甚至当读者阅读一部经典名著时,他们所遭遇的并非作品自身,而是作品在民族传统中声望与地位的光环。在主要文学中有不胜枚举的名著,其中一些随着品味的改变而被遗忘,另一些随着新生代读者体验到见弃于人的名著的感染力而再获新宠。而在次要文学中,核心作品的影响力不会被遗忘,并且"作品本身并不独立地对记忆产生影响",这是由于它们有自己的声望。因此,"再无遗忘,亦无忆起,文学史提供了一个不可变更和值得信赖的整体,几乎不受时代品味的影响"(Diary I,193)。不仅如此,由于纳入文学史的作品数量相对较少,小民族"能更彻底地消化现存的资料"。不仅作品会得到更充分的吸收,而且民族自豪感将确保这些作品得到坚定的支持和保护,因为对于一个小民族而言,"文学关乎人民更甚于关乎文学史,所以,即便不是得到完全保存,也至少能得到可靠保存"(Diary I,193)。

最后，在小民族那里，文学和政治学之间存在着密切关系。对此，卡夫卡的文字变得格外晦涩难解，这种关系背后的逻辑亦不全然明朗。卡夫卡写道，由于缺少"相互关联的人"[*die zusammenbängenden Menschen*]，因此"相互关联的文学行动"[*die zusammenbängenden litterarische Aktionen*]也付之阙如，他似乎想借此表明，在小民族那里，文人们并未组成一个以文学鉴赏为主的自足而相互关联的团体。甚至当一部作品被人们冷静地考察时，它的"边界"也不是由它与其"相似物"（即其他文学作品）的关联所规定，而是由它与政治的关联所规定。事实上，政治关系"随处"可见，并且常常是"人们甚至在它存在于此之前就力图看到它"。但卡夫卡并不担心文学会就此沦为纯粹的政治宣传，因为"文学的内在独立性使它与政治的外在关联无伤大雅"（Diary I, 194）。由此，小民族的文学紧紧黏附在政治标语中[*sie sich an den politischen Schlagworten festhält*]，但它们因此传播到全国各地[*die Litteratur sich dadurch im Lande verbreitet*]。卡夫卡还指出，个人与政治在次要文学中互相渗透，因为"冒犯，作为文学的本意"，是作家和读者之间论争的公开而关键的部分。"伟大文学中发生在地底并构成建筑物无关紧要的地窖的东西，于此处却发生在昭昭白日之下，在彼处仅属少数人心血来潮的问题，于此处却吸引了每个人，堪称生死攸关之事。"（Diary I, 194）

卡夫卡在日记结尾概括了"次要文学的特征列表"[*Schema zur Charakteristik kleiner Litteraturen*]："1. 生机勃勃：① 冲突；② 学派；③ 杂志。2. 约束较少：① 无法则；② 小主题；③ 象征的建立轻松自如；④ 摒弃天资平庸者。3. 普及性：① 与政治相关；② 文学史；③ 信仰文学，能为自身立法。"（Diary I, 195）由此，他总结道，次要文学因激烈的冲突而生机勃勃，不受大师的约束并与人民生活息息相关。卡夫卡考察了小民族之所以产生这些特征的独特条件，但他的兴趣显然超出了经验观察和社会学阐释的范畴。卡夫卡描述了捷克和华沙犹太文学,但也构想了一个他希望参与其中的理想文学共同体的图景,正如在日记结尾所说:"当一个人在其全部存在中已经感受到这种有益的幸福生活时便难以再调整了。"(Diaries Ⅰ,195)这一理想的共同体可能在小民族中培养出来,但它的实现并不必然地取决于这种佹得佹失的环境。最后,对于卡夫卡而言,次要文学应当在世界中发生作用,这也正是德勒兹和瓜塔里取用此概念的醉翁之意。他们从卡夫卡的文字中强调次要文学完全是政治性的,"关乎人民更甚于关乎文学史";强调次要文学将个人纳入政治之中,使个体冲突成为一件公共的"生死攸关之事",让父子之间的家庭争论也成为公共议题;还强调次要文学不是以少数卓荦超伦的大作家为中心,而是集中在投身于欣欣向荣的集体事业的众多作家身上。

解域化的语言

德勒兹和瓜塔里在描述少数文学时补充了卡夫卡未曾提及的两个特征:在少数文学中,作家以"陈述的集体装置"进行操作(K33;18),使语言"受高度解域化的系数所感发"(K 29;16)。他们在卡夫卡以布拉格犹太人身份用德语写作的实践中发现了语言解域化的例证。正如克劳斯·瓦根巴赫(Klaus Wagenbach)在研究早期卡夫卡时所详细论述的,世纪之交的布拉格犹太人身处一个异乎寻常的语言环境中。大部分犹太人说德语并上德语学校。像卡夫卡一样,许多犹太人的父母已经背井离乡,融入都市生活,并弃用捷克母语,转习布拉格的贵族用语。(据瓦根巴赫估计,布拉格市民中有百分之八十说捷克语,家境殷实的德裔居民占百分之五,其余则是说德语的犹太人[Wagenbach 28,65,181]。)卡夫卡成长于一个说德语的家庭，但不同寻常的是，他是当时犹太人中精通捷克语的人（Wagenbach 181）。由于还存在着 Kuchelböhmisch（即德语和捷克语的混合语）和 Mauscheldeutsch（即在一定程度上影响了犹太人语调的德语化的意第绪语），卡夫卡所处的布拉格的语言氛围变得更加错综复杂。卡夫卡的父亲偶尔会使用通行的 Mauscheldeutsch 的表达方式，瓦根巴赫还指出，卡夫卡父亲的德语"与正确用法相距甚远"（Wagenbach 80）。

瓦根巴赫认为，布拉格德语是一种贫乏的语言，是"一种由国家扶持的仪式语言"，它只是一具"异域的身体，如纸一般干枯无色"（Wagenbach 87）。① 正如《波希米亚》（Bohemia）杂志编辑海因里希·特韦勒斯（Heinrich Teweles）所感慨的，"在布拉格，我们没有一个促使语言不断更新的德裔族群；我们只是因受教育而成为德国人"（引自 Wagenbach 77）。这种纸面语言不仅未能在业已组建的共同体中扎根立足，而且因与捷克语的持续接触而在发音、句法和词汇方面受到影响。许多说布拉格德语的人带着浓重的捷克口音，并且其言谈中典型的不标准的短语转接常常泄露出捷克语语法结构的影响。瓦根巴赫列出了这些特征的主要表现，包括前置词（darauf denken, daran vergessen）的误用、代动词（sich spielen）的滥用，以及冠词（Wir gehen in Baumgarten, Eingang in Garten）的遗漏。普遍的词汇贫乏同样是布拉格德语的典型特征，这一情况的出现部分是因为捷克语使用者和德语使用者在交流时需要不断对

---

① 瓦根巴赫的"纸面德语"[papierenes Deutsch] 概念来自弗里茨·毛特纳（Fritz Mauthner），后者在他 1918 年的布拉格回忆录中说道："在波希米亚的德国人，在乡村捷克人群中的德国人，说着一种纸面德语……它缺乏本土表达的丰富性，缺乏方言形态的丰富性。这种语言是贫乏的。并且随着方言丰富性的消逝，它的旋律也付之阙如。"（引自 Wagenbach, p. 77）瓦根巴赫还引用了鲁道夫·瓦萨塔（Rudolf Vasata）的说法，后者在 1946 年评论卡夫卡的风格时观察到了相似的现象："一门已死的语言，就像中世纪的拉丁语，脱离了活生生的语言表达，贫瘠得纯粹……它变成了卡夫卡的工具；精确冷静，但富有表达力且灵活易变。"（Wagenbach, p. 80）

用语进行简化处理,部分是由特殊的捷克语用法造成的。比如,布拉格的德语使用者经常用简单俗白的动词 *geben*(给予)来代替动词 *legen*、*setzen*、*stellen* 和 *abnehmen*(铺陈、摆置、放置、移除),其用法对应于捷克语中的动词 *dati*(给予)。

用德勒兹和瓜塔里的话来表述,可以说卡夫卡的布拉格德语是一种解域化的德语。由于脱离了自然凝聚的德语民族共同体,布拉格德语通过亲近捷克语而发生诸多变形,其贫乏性迫使有限的词汇兼具多重功能,每个词都承载着一种内张的和变换的多音性(polyvocality)。瓦根巴赫注意到,许多布拉格作家为了弥补这种语言"漂浮"和"词语贫乏"的状况,采取了"丰富语汇"的应对方式,亦即大量运用明喻、暗喻、梦的象征、新词、华丽辞藻、婉转语等手法。与此相反,卡夫卡则借助瓦根巴赫所描述的"一种几乎被褫夺所有本土影响的独具个性的布拉格德语"(Wagenbach 80)来应对语言的漂浮和贫乏。这是一种"精确、冷静、淡漠、质朴,逻辑结构至为缜密"(Wagenbach 76)的语言,渗透着"纯化的倾向"和"'取其字面义的遣词'方法"(Wagenbach 86,87)。从这种冷静、淡漠、极简风格中,德勒兹和瓜塔里发现,卡夫卡接纳了布拉格德语的贫乏,并通过苦行式的克制来强化其倾向,即有意增强业已存在于语言之中的解域化力量。

从这个方面来说,德勒兹和瓜塔里认为卡夫卡遵循了他本人于1912年1月18日在勒维剧团演出前发表的著名演讲《意第续语导论》("Introductory Talk on the Yiddish Language")中所阐述的语言变形说。卡夫卡视意第续语为德语的分支,它的"习语简短而急促",是"一种奔流不息的口语"。词语"并未深深地扎根其中,它们保持着被采纳时的速度和活力。意第绪语充满了从一端到另一端的大迁移"(*Dearest Father* 382)。它是"突发奇想和法则的语言混合物",它"作为整体仅由方言组成,甚至书面语亦如此"。它和德语的亲近保证了"每个德语使用者也能理解意第绪语",尽管两种语言之间的亲密关系使得翻译变得不可能:"事实上,意第绪语无法被翻译成德语。意第绪语和德语之间的关联是如此纤细脆弱和意味深远,乃至一旦意第绪语被译回德语,这种关联就必定会被撕成碎片。"(Dearest Father 384‐385)卡夫卡对他的听众说,使得现成的理解力成为可能的是,"除了你们所认知的,你们自身亦拥有主动力量并且能让你们凭直觉领悟意第续语的力量进行联合"(Dearest Father 385)。要言之,就像布拉格德语一样,意第绪语也是(只是在更大程度上是)高度解域化(hyperdeterritorialized)的德语,奔流不息,简短而急促,被大迁移横穿而过,是突发奇想和法则的混合物,是无标准语调的方言混杂体,是一个不能被认识而只能凭直觉领悟的力量场域。

在德勒兹和瓜塔里看来,卡夫卡的意第绪语与其说是一种语言,不如说是栖居在语言中的一种方式,是小族群挪用大族群语言并破坏其固定结构的一种途径。意第绪语使用者和布拉格的犹太人一样,对语言进行次要运用,对德语的标准要素进行去稳定化的毁形(destabilizing deformation),这种毁形使它启动,并向变形的力量开放。德勒兹和瓜塔里看到,这种语言的次要使用与卡夫卡对一个正常运转的文学共同体的想象和谐一致,他们认为,卡夫卡在其作为作家的写作实践中,在其对意第绪语的理解和对"小文学"(small literatures)的分析中,至关重要的贡献是将文学理解为语言实验和政治行动的结合。最后需要指出的是,这种文学之为次要文学既非因它是属于某个有限群体的文学(尽管文学的政治性常常鲜明地体现在"次要文学"中),亦非因它是属于少数族群的文学(尽管语言毁形的效果经常在少数族群的口语和书写中昭然可见),而是因为它是次要使用的文学,是一种对语言中固有的支配性权力结构进行"次要化"(minorization)处理的文学。现在,我们必须转向德勒兹和瓜塔里在《千高原》中对语言的讨论,去看看语言实验在什么意义上具有直接的社会和政治效用。

语言和力量

对于德勒兹和瓜塔里而言,语言是行动的手段、行事的方式。正如言语行为理论家们所早已指出的,有一些特定的表达,如牧师宣布"我和你结婚"这句话,其陈述显然就构成一次行动。德勒兹和瓜塔里在这些施事表达中发现了所有语言的范例,并且认为语言学应被视为一种普通语用学或行动理论的分支。他们指出,语言的首要功能并非交流,而是施加命令——传递他们所说的 *mots d'ordre*("口号""口令",字面义即"命令词")(MP 96; 76)。每种语言都对世界进行编码,对实体、行动和事态进行分类,确定它们的轮廓,指定它们的关系。语言介入产生的结果是现实按照某种支配性社会秩序被编排组织,并且任何地方只要出现言语行动,支配性社会秩序就被确认和强化。语言通过引发世界的"非身体转变"(MP 102; 80)来运作,言语行为借助编码改变事物、行动、事态等等,正如"现在我宣布你们结为夫妻"这个言语行为将新郎和新娘转变为丈夫和妻子。① 这一非身体转变以常规的行动模式和实体的组织化的布局为先决条件,并且,正是借助被社会认可的惯例、制度和物

---

① 德勒兹和瓜塔里的"非身体的转变"一说来自斯多亚学派的非身体理论,德勒兹在《意义的逻辑》中详细阐释了该理论,特别是第 23 系列(LS 190 - 197; 162 - 168)。有关德勒兹和《意义的逻辑》中非身体的讨论,请参阅拙著《德勒兹和瓜塔里》(67—73)。

质实体的网络,语言编码才得以建立。这些复杂的网络由"装置"[agencements]组成,而装置乃是以某种方式协同运作的诸异质性行动和实体的集合。① 我们可以区分两大类装置,第一类为身体的非话语机器装置,"施动和受动"的机器装置,它们是"相互作用中的诸身体的融合",第二类为话语的陈述的集体装置,"行动和所述"的集体装置,它们是"归属于身体的非身体转变"(MP112;88)。机器装置是世界上诸实体赖以形成的诸实践和要素的各种模式,陈述的集体装置则是使得语言所述成为可能的诸行动、制度和惯例的程式。例如,当法官宣判被告"有罪"时,法典、司法机构、立法机构和执法机构的规范性及法庭行为惯例等等,所有这些协同运转并共同组成一部陈述的集体装置的东西都成为保证其判决有效性的先决条件。这种装置的实体同样通过非话语的实践而得以成形,例如法院大楼、法槌、法官长袍等等,它们是由各式各样作为机器装置而发挥作用的行动网所产生出来的。尽管两种装置相互融合,但它们的进程相互独立,陈述的集体装置发挥着表达层面的作用,机器装置发挥着内容层面的作用。然而,表达和内容之间的相互关系并非如能指和所指之间那般,而是体现为行动和实体的不同模式相互干预,相互介入彼此的运转:"在表达非身体的属性并将此属性赋予身体时,我们既不是在表征,也不是在指涉,而是以某种方式介入,而这就是一次语言的行为。"(MP 110;86)

语言学家一般都从常量和衡量的角度来分析语言,然而德勒兹

---

① agencement 的不同译名有 assemblage、arrangement 或 organization,它既可以指对诸实体的某种特殊编排,又可指将诸元素装配或结合进特定组构中的行为。德勒兹在《对话》中关于语言和装置的评论对理解该词大有助益:"最小的真实的单元并非词语、观念、概念或能指,而是装置。总是某种装置在生产所述[énoncés]。所述既并不拥有某个作为所述主体而起作用的主体来作为它们的原因,也不与作为所述主体的主题相关。所述是装置的产物——总是集体的——在我们之中和在我们之外使人口、复多性、领域、生成、感兴、事件发挥作用。"(D 65;51)。

和瓜塔里认为标准的、固定的语言形式只是行动的常规模式产生出的次级效用。对于德勒兹和瓜塔里而言，首要的乃是变量，它们存在于一个由众多"持续变动之线"组成的潜在维度中并由诸装置在明确具体的情形中实现出来。试举"我发誓！"（"I swear!"）这句话为例。从音位角度看，我们可能会将"发誓"发音时的变动视为对某个标准音位单位的无关紧要的偏离，德勒兹和瓜塔里却认为"发誓"的所有可能发音构成了一个声音连续体，一条持续变动之线，它拥有潜在的实存，是真实的东西但并未成为现实。每个说话者都将此连续体的一个独特份额实现出来，并且一种支配性社会秩序的调节性行动模式规定了连续体上哪些点是"正确的"发音，哪些点是"不正确的""不标准的""不正常的"发音。一种类似的连续体便构成"我发誓"的句法基础，这条持续变动之线包括"I do swear""Me swear""So do I swear""Swear I"等等，标准和偏离再次通过行动的常规模式得到强化。最终，一条持续变动的语义之线贯穿"我发誓！"这句话。通常，一个陈述的语义内容被视为稳定的意指核心，在各种语境中呈现出各种具有细微差别的意义。但是德勒兹和瓜塔里将每个言语行为看作某个语义变量连续体的特定点的实现。儿子在父亲面前发誓，未婚妻在未婚夫前面发誓或被告在法官面前发誓，每个情形中的"我发誓"都是蕴含着不同语义内容的彼此相异的言语行为。每次语言运用都是某个潜在的"我发誓"的连续体的一次实现，按照社会秩序的支配性惯例，各种具有细微差别的意义被裁定为是正常抑或偏离、字面抑或比喻、严肃抑或怪诞。

一种语言的所有持续变动之线是"抽象机器"的组成部分，而塑造世间实体的非话语行动模式的变化轨迹则是与其互补的另一个组成部分。陈述的集体装置和非话语的机器装置将抽象机器实现出来，而抽象机器则使两种装置彼此关联。特定社会秩序的常规惯例对变量加以控制和约束,但持续变动之线依然内在于装置之中,它们使能够动摇标准和规则的非标准的实现成为可能。因此,布拉格德语的各种"谬误"和意第绪语中产生的德语变形都是持续变动之线上诸多点的实现,这些变量从根基处破坏了标准德语的规则性并由此动摇了构成语言规范性之前提条件的惯例、制度、实体和事态的所有装置。因此,我们能够理解为什么德勒兹和瓜塔里要将语言的解域化视为政治行动,这是因为语言自身就是权力结构所塑造的行动,而语言的次要使用,例如布拉格犹太人对德语的次要使用,必然会挑战权力关系,因为它抵抗标准用法的约束性控制并使非标准变量在语言之中运作。

语言的次要使用

德勒兹和瓜塔里断言,卡夫卡在其写作中也对语言采取了类似的次要使用,他以其克制和质朴的风格对布拉格德语的解域化贫乏性进行强化。他的策略是"成为一个母语中的异乡人"(K 48;26),"运用自己母语中的多语现象,将其化为一种次要的或内张的运用,以这种语言的被压制特征来对抗其压制特征,发现非文化和欠发达的地点,亦即语言的第三世界区域,正是经由这些区域,一种语言得以逃离,一个动物得以插入,一个装置得以接通"(K 49—50;26—27)。"成为一个母语的异乡人"究竟意味着什么,对此,德勒兹和瓜塔里鲜有明示,但根据他们在《卡夫卡》和其他著作中所提供的线索,我们可以初步理解二者的胸中之意。虽然在《卡夫卡》一书中他们没有提供卡夫卡对德语采取次要使用的严格的文体例证,但他们确乎引证了其他作家的语言解域化的若干例证。他们简略地提到了阿尔托的"呼喊-呼吸"[*cris-souffles*](K 49；26)，对此，德勒兹曾在《意义的逻辑》中进行过考察，"呼喊-呼吸"亦即"呼吸词[*mots-souffles*]和呼喊词[*mots-cris*]，所有字面的、音节的和语音的值被仅仅是声调的和非书写的值所取代"(LS 108；88)(参见第一章)。他们还提到了塞利纳(Céline)在《木偶乐队》(*Guignol's Band*)中对法语的运用，"遵循另一条线，这是最高程度的感叹"(K49；26)(随举一例："砰！嗡！……这是猛烈的撞击！……整条街道在河边塌陷！……那是正在土崩瓦解的奥尔良[Orléans]和大咖啡馆[Grand Café]里的轰鸣！……一张桌子飞过并劈开空气！……大理石飞鸟！……环绕盘旋，将窗户撞得支离破碎！"[*Guignol's Band* 6])。在《千高原》中，他们举了康明斯(Cummings)的诗句"他舞其所舞"(he danced his did)和"他们来其所来"(they went their came)来说明次要的"非语法性"，亦即"将语法变量置于持续变动状态中的线"(MP 125；99)。他们引用了盖拉西姆·卢卡(Gherasim Luca)的《热情似火》("Passionément")一诗，将其视为语言结巴的例证(MP 124；98)("Passionné nez passionnem je/ je t'ai je t'aime je/ je je jet je t'ai jetez/ je t'aime passionnem t'aime."德勒兹在《他结结巴巴地说》一文中谈到了这首诗，"整个语言疾行而多变，以便在'我热情似火地爱你'[*JE T'AIME PASSIONNÉMENT*]这句叫喊的极限处释放出最终的音响簇团和唯一的呼吸"(CC 139；110])。他们还屡屡提及贝克特，将他视为一位次要风格家(minor stylist)，并且在《穷竭》一文中，德勒兹提供了贝克特次要写作的两个例证：在第一例中，"短小的片段不停地加入句子内部，试图打破词的表面，使其完全敞开"(E 105；CC 174)("疯狂由于这——/这——/怎么说呢——/这个——/这一——/这一个——/整个这一切——/疯狂鉴于整个这——"[Beckett, "What Is the Word", in *As the Story Was*

Told 132])①；在第二例中，"标点符征将句子打成千疮百孔，从而不停地削弱词的表面"(E 106；CC 174)（更少是最好的。不。无才最好。最好的更糟。不。不是最好的更糟。无才是最好的更糟。更少是最好的更糟。不。最少。最少才是最好的更糟②[Beckett, "Worstword Ho," in Nohow On 118]。

诸如此类偏离标准用法的语言——呼喊-呼吸、感叹的嚎叫、片段短语、句法混合物、自我分岔的句子、层出不穷的重复语——似乎和卡夫卡的冷静文风相去甚远，事实上，卡夫卡的批评家们普遍反对德勒兹和瓜塔里的这部分分析，他们始终坚信卡夫卡是一位以严格标准风格进行写作的语言纯粹主义者。③ 但是，我们不能不假思索地认为语言的次要使用仅仅是非正确的运用。次要书写乃是为了使语言震颤，为了引入非平衡性，为了从语言自身中激活内在于其语法、句法和语义程式中的持续变动线条。"伟大的作品是用某种外语[*une langue étrangère*]写成的"，普鲁斯特如是说，并且每位伟大的作家都在语言中创造属己的外语，创造使语言变得陌异的属己的方法。"成为异乡人[*un étranger*]，但这是在其自身语言中的异乡人，而非只是去说一门非母语的外语。成为双语者、多语者，但

---

① 这几句诗出自贝克特生前最后一首诗《怎么说呢》("Comment dire")，最初用法语作于1988年10月29日，次年4月23日，诗人将其译成英文，标题为"What is The Word"，发表在英国《星期日通讯报》(*Sunday Correspondent*，1989年12月31日）。引文的英译文为："folly seeing all this——/ this——/ what is the word——/ this this——/ this this here——/ all this this here——seeing——/ folly seeing all this this here——"。法文版为："folie vue ce——/ ce——/ comment dire——/ ceci——/ ce ceci——/ ceci-ci——/ tout ce ceci-ci——/ folie donne tout ce——"。《怎么说呢》收入《诗集》，参见中译本（海岸、余中先译，湖南文艺出版社，2016年）第241—243页。——译注

② 英语原文为："Less best. No. Naught best. Best worse. No. Not best worse. Naught not best worse. Less best worse. No. Least. Least best worse."出自《向着更糟去呀》一文，收入小说集《无法继续》，中译文参见萨缪尔·贝特：《无法继续》，龚蓉、余中先译，湖南文艺出版社，2016年，第109—110页。——译注

③ 例如，参见罗伯逊："然而，我们很难相信卡夫卡想要颠覆德语。他是一位语言纯粹主义者，在任何一部作品的写作中，除非艰难地将它们的拼写、词汇和标点调校至很高的德语标准，否则绝不允许出版"(Robertson, p. 27)。另参见 Corngold, pp. 89-90.

这是在单个和相同语言中的双语者和多语者,甚至没有方言或俚语……唯有通过冷静持重和创造性筛减才能达乎此目标。持续的变动仅仅蕴含着苦行克制的诸线条、一株芳草和一汪纯净水。"(MP 125;98—99)。

卡夫卡创造了"某种独一无二的书写",他追随着布拉格德语的解域化线条,"但这意味着一种新的冷静持重、一种新的前所未闻的精确性、一种无情的矫正(pitiless rectification)……精神分裂的文雅(Schizo politeness),纯净水中的酩酊大醉"(K 47—48;25—26)。德勒兹和瓜塔里引述了卡夫卡同代人弗兰茨·布莱(Franz Blei)的观点,这位《许佩里翁》(*Hyperion*)杂志的编辑曾说卡夫卡的行文"有着孩童照料自己身体时的那种返朴还淳(cleanliness)的气氛"(引自Wagenbach 82)。因此,德勒兹和瓜塔里认为,卡夫卡语言的部分陌异性在于某种特定的超精确性(hypercorrectness)和某种质朴的纯粹性,它不容许直截了当地违背标准用法。其质朴性还呼应了布拉格德语"词语贫乏"和词汇贫乏的境况,在这一境况中,单个词承载着多重功能和音调,例如动词 *geben*(给予)不得不兼具 *legen*、*setzen*、*stellen* 和 *abnehmen* 等多重含义。词汇的精简迫使每个词距离语竭词穷的(inarticulate)极限处和消失点(point de fuit)近在咫尺,在这极限处和消失点中,所有意义必须在一个唯一的声音中被表达出来。① 正是在这个意义上,卡夫卡从布拉格德语中攫取了"其全部荒芜贫瘠之点"并使其"在一次如此冷静缜密的呼喊中进行呼喊"(K 48;26)。

---

① 事实上布莱兹·桑德拉尔(Blaise Cendrars)的小说《莫拉瓦吉内》(*Moravagine*)就是以这种词结尾的,即火星语(Martian)的"Ké-ré-keu-ko-kex";"在知道我对天上事物的好奇后,莫拉瓦吉内为我创造了一部火星语中唯一一个词所包含的二十万个主要含义的词典,这是一个拟声词:磨砂玻璃塞的嘎吱声。"(Cendrars, p. 417)

声音和意义

因此,语言的次要使用或可通过直接违背语言标准和规则而来实现,但亦通过不触犯基本惯例的更间接的手段来达成。卡夫卡风格的强度和陌异似乎首先在于它的严格、简洁和冷酷。但次要使用是"语言的非意指的强化使用(asignifying *intensive usage* of language)"(K 41;22)。德勒兹和瓜塔里的确坚信卡夫卡有时将词语视为声音的非意指的碎片。他们援引卡夫卡的日记作为例证,在日记中卡夫卡指出其书写中的激荡声音:"几乎每一个我所写下的词语都撞击着下一个词语而发出刺耳声,我听到辅音之间粗重的相互摩擦声,以及元音像歌舞秀上的黑人一样唱响的伴奏曲"(Diaries I,33);"我四海为家,在一个小词语中,在这个词的元音中……我暂时失去了无用的头脑。首字母和尾字母是我鱼一般(fishlike)情绪的开端和终结"(Diaries I;61—62)。他们提到了一篇卡夫卡日记,讲述了童年时代的卡夫卡曾不断重复一个语句,直到它变得毫无意义,此外还提到了一封致米勒娜(Milena)的书信,信中卡夫卡对她芳名的发音进行了自由的联想。然而,他们提及的卡夫卡小说中声音激荡的唯一例证是其作品中层出叠见的奇异的非意指声音——《地洞》中无所不在的嗡嗡声,《变形记》中格里高尔发出的昆虫般的吱吱声,《一条狗的调查》中狗乐队演奏的不成曲调的音乐(amusical music),《女歌手约瑟芬或鼠族》("Josephine the Singer, or the Mouse Folk")中老鼠的口哨声,《审判》中弗兰茨的尖叫声。但这些只是叙述故事时所描绘出的声音效果,而非呈现在卡夫卡自己语言中的效果。表面上看,德勒兹和瓜塔里在此犯了一个基本的归类错误,即混淆了声音的词语表征(短语"他发出吱吱声")和声音本身

(真实的吱吱声)。但是,如果我们对这一表面的混淆进行探究,那么我们将最终更加完整地理解语言次要使用中声音和意义之间的关系。

德勒兹和瓜塔里将他们对非意指声音的讨论划分为两段(K 38—41;21—22),第一段指出卡夫卡作品中确实存在着这种声音(上文中我们已考察了该论点的例证),第二段则关注隐喻和变形的差异以及"生成-动物"过程中声音和意义的关系。他们对隐喻和变形的讨论从瓦根巴赫的观点开始,后者认为,在卡夫卡作品中"词语至高无上,它直接孕育出图像"(Wagenbach 88)。他们接着问道,这是凭借何种方式发生的,词语通过什么"程序"[procedure](K 39;21)而孕育出图像?每种人类语言都"包含着嘴、舌和齿的某种解域化"(K 35;19),包含着某种从吃、喝、吼、哼等动物性功能中分离出来的特定口腔活动。声音一旦从其动物性功能中分离出来后便在意义(sens:感觉、意义)中进行再域化,"并且正是意义,作为本义(proper sense)时统辖着声音意指的分配(词语意指的事物或事态),作为喻义(figurative sense)时则统辖着图像和隐喻的分配(特定方面或特定条件下词语应用于其上的其他事物)"(K 37;20)。语言次要使用的关键之处在于对声音进行解域化,将它从意指的对象中"分离"(detaches)出来并使意义变得无效。词语不再意指并转而变为任意的声音震颤。但一种引导逃逸线的方法的确从意义中得以留存。例如,在生成-昆虫中,穿过"人"和"虫"这两个词的逃逸线从两个词的意义中留存下来,但是这个逃逸线中不再有词语的字面义或比喻义。生成-昆虫的思想不是一个隐喻问题,既非词语对事物的字面意指,亦非一个字面意指向另一个字面意指的隐喻性延伸(人像一只昆虫,昆虫像一个人)。相反,词与物形成了"我们可以从此方向贯穿至彼方向的一个内张状态的序列,一个纯粹内张度的层级或回路"(K 39—40;21—22)。此前"人"所意指的东西与"虫"

所意指的东西之间出现了一个通道,它是词与物在其中无法再被区分开来的一个紧张状态的连续体。从这一点来说,"图像即这一通道自身,它已经成为生成"(K 40;22)。生成的过程乃是变形的过程而非隐喻的过程。"变形与隐喻相反。不再有本义或喻义,而只有词语范围内的状态分配。此物和彼物只是声音或解域化之词跟随其逃逸线所贯穿而过的诸内张度而已。这既非表示动物行为和人的行为之间的相似性,更不是文字游戏。不再有人或动物,因为它们在诸多流的交汇中,在可翻转的内张度之连续体中互相解域化。"(K 40;22)当图像变为生成时,"动物不是'像'人一样地言说,而是从语言中抽取无意指的音调,词语自身并非'像'动物,而是自己攀爬着,号叫着,奔涌着,完全成为会说话的狗、虫或鼠"(K 41;22)。

当我们从这一关于生成的梦幻般的解释转而阅读《变形记》中平静晓畅的叙述时,可能会感到困惑难解,但是德勒兹和瓜塔里所描述的与其说是一个完成的故事,不如说是一个创作的过程。他们似乎想指出,卡夫卡是通过变形而非通过隐喻来进行创造,并且变形乃是通过意义的消解而进行的。本质而言,词语借以变为与其意义相分离的纯粹声音激荡的意义的解域化所发挥的功能正如图表（diagram）在弗兰西斯·培根之绘画中发挥的功能一样。恰如德勒兹在《弗兰西斯·培根:感觉的逻辑》一书中所观察到的,培根经常基于某种事物的再现性图像（representational image）而进行创作——一只鸟、一张脸、一张床。但在绘画过程中,他有意向图像内引入非理性的触觉性的斑块,或是海绵的猛击或是痉挛的笔触。他称此斑块为图表,并且,他在再现性图像的混沌般激荡中找到了对图像进行变形和发展变化形式的方向标,而这些方向标在混沌斑块出现以前是无法被预见的。培根的图表是一个灾变（catastrophe）的场所,是一个通常区分和日常表征土崩瓦解的地方。从图表中产生了构成（composition）,其轮廓由图表朝向新要素和事态的趋势、矢量或运动的引导下显示出来。图表是合成器,是粉碎机,它搅碎常规再现,生产出培根油画中的图形、轮廓和色域。但是,图表并非覆盖整幅绘画;灾变被限定,并且在特定作品中甚至都不能从构成本身中被直接观察到。与此相似,在卡夫卡的书写中,声音的激荡悬搁了意义,对语言的本义意指和喻义意指进行解域化。在沿着逃逸线穿越此前"人"所意指之物与"昆虫"所意指之物的生成昆虫的例子中,非意指的声音成为一个图表、一个区域灾变,指引着创造。从这个图表中产生的即《变形记》,图表自身只出现在格里高尔的吱吱声之中,以及苦行克制之强度均匀分布着的卡夫卡的精简贫乏风格之中。在格里高尔身上我们遇见了一个培根画笔下的图形,一个在形式之间占据变形通道之力量的自我毁形(self-deforming)的形式,一个既非人亦非昆虫的人-昆虫之不可感知性的区域。

类似的过程同样出现在小说《审判》中,在这部作品中,言语行为的连续体在生成-昆虫的过程中作为人与昆虫之间的通道而发挥着相同的作用。受指控、调查、作证、辩护、起诉、受审等等涉及了司法程序中的诸多言语行为。相关的言语行为亦存在于其他领域——财务、工业、宗教、家庭——但它们彼此分离并根据通常意义上的区分而被调控和组织。通过声音的激荡,意义被悬搁,图表得以产生。在这一图表中出现了"我发誓!""有罪!""为自己辩护!""你被捕了!"等等内张度连续体,它们暗示着在通常情况下分离的诸领域之间的通道,暗示着行动、制度和实体的连接,这些通道和连接产生了诡异的组合性建筑和关联性业务,如银行-鞭打室、公寓大楼-官僚系统、宿舍-拘押中心、教堂-监狱。《审判》从这一图表中出现,K的运动标画着由言语行为连续体所打开的路径,但是只有在主角的偶然臆测(non sequiturs)、被鞭打的受害者的尖叫和叙述语言苦行克制的简洁性中,图表自身才得以显现。

因此,从某个方面来说,德勒兹和瓜塔里对声音和声音之表征的明显混淆只是突出了语言图表的悖论性本质,在语言图表中,意义被悬搁,并且生成-他者之道路和言语行为之连续体将词与物融合在纯粹强度的回路中。图表呈现出内在于语言中的潜在维度,它仅仅由持续变动之线和强度之矢量所组成。这是抽象机器的维度,抽象机器"通过物质(matter)而非通过实体(substance)来运作,通过功能(function)而非通过形式(form)来运作。实体和形式要么'属于表达',要么'属于内容'。但功能未'在符征学层面'被赋予形式,物质亦未'在物理学层面'被赋予形式。抽象机器是纯粹的**功能-物质**(Function-Matter)——即独立于它所分配的形式和本质,以及表达和内容的某种图表"(MP;176;141)。在构成过程中,意义的解域化将声音从它们意指的事物中分离出来,从而打开了某种既未在语言学层面被塑形亦未在物理学层面被塑形的内在**功能-物质**。随着书写的进行,这一无形式的**功能-物质**将表达和内容分配在诸可分离要素(separable elements)之中,并使它们的关系构成某种新形态(configuration),这个形态是完整的创作,堪称真正的创造。

但是声音和声音之表征的混淆还暗示着表达与内容之间的复杂关系,这一点在诸如卡夫卡这样的作家身上显得格外难以把握。德勒兹的《他结结巴巴地说》一文简要考察了作家自己语言中的结巴问题,文中的一段话关注了表达与内容之间复杂关系的本质。德勒兹指出,在现实主义小说中,作家通常用采用各种短语来呈现直接引语(direct discourse),例如"他说""她回答道""她喘息道""他结结巴巴地说"。作家还偶尔将结巴直接呈现在说话自身中("但,但,但是我,我,我……"[b-, b-, but I, I, I...])。第一种写作手法似乎根本无法实现语言自身的结巴,但德勒兹认为情况并非全然如此。

第四章　次要文学

　　因为当作者满足于某个不触及表达形式(*form of expression*)的外部指示时("他结结巴巴地说"),如果对应的内容形式(*form of content*)、气氛特质、充当言说引导者的介质[*un milieu conducteur de paroles*]不能自身蕴集着战栗、呢喃、结巴、颤音、振动,并且无法在词语上回响出指示性感兴,那么我们将无法充分理解其效用。至少在梅尔维尔和卡夫卡这样的伟大作家身上是如此,梅尔维尔作品中森林和洞穴的喧嚣、房屋的静默、吉他的在场都见证着伊莎贝拉(Isabelle)的呢喃和她那温柔的"异域音调"(出自《皮埃尔,或含混》[*Pierre, or the Ambiguities*]);卡夫卡则通过格里高尔脚的颤抖和身体的摇摆来确证他所发出的吱吱声……语言的感兴在此构成了间接行为的对象,但是,当不再有任何人物角色而只有词语本身时,它接近直接发生之物。(CC 135—136;107—108)

　　在阿尔托、塞利纳、卢卡和贝克特那里,词语自身是语言之内的感兴内张度,是语言之内直接瓦解语言惯例的非意指的结巴。在梅尔维尔和卡夫卡那里,解域化的声音间接呈现在内容的形式中——对与伊莎贝拉说话声相呼应的森林、房屋和吉他声音的描述,对格里高尔那与其痉挛之身体相共鸣的吱吱声的描述。梅尔维尔和卡夫卡作品中声音和震颤之间之所以能够相互交流,如森林、房屋、吉他同说话的呼应(*echo*)、颤抖之脚和摇摆之身对吱吱声的确证(*confirmation*),乃是仰赖于某种气氛的特质和"引导话语"的介质,它们都属于为话语指引方向的力量和将感兴回响(*affective reverberation*)传递到"词语上面"[*sur les mots*]——覆盖(over)、越过(above)、横穿(across)、经由(through)词语——的电导体(electrical conductor)。这种交流发生在"大作家"那里,他们能够创造将各种震颤蕴集于内的某种气氛。德勒兹并未明言在伟大作家和那些渲染朦胧环境、表露模糊感受的次等作家之间究竟有何区别,但似乎至少在梅尔维尔和卡夫卡那里,存在着某种负责任的(answerable)风格构成气氛的部分,它将每位作家运用其语言的独特陌异性和被描述对象之间拉平(adequation)。卡夫卡简朴克制的德语不单单是某种与叙述格里高尔梦幻般变形相适合的载体,它乃是弥漫在故事中的某种不可分离的气氛媒介,反之亦然,《变形记》行文的独特性质与表现于其中的陌异的变形密不可分。因此,格里高尔的吱吱声与卡夫卡行文要素之间的呼应不仅仅被视为生成-动物之组合过程的余存效用(residual effects),它还是气氛的明证,在这种气氛内,被表征的诸感兴覆盖、越过并经由词语而相互交流。

陈述的集体装置

德勒兹将卡夫卡视为"大作家",这似乎略显奇怪,因为卡夫卡是一位次要文学的写作实践者,而在次要文学中"罕有天才作家"("Talents do not abound")出现并且"条件不是给予个体化陈述,这一个体化的陈述是某种'大师'的声音并且可以脱离集体陈述"(K 31;17)。同样可能令人感到好奇的还有,既然在次要文学中"一切都承载着集体价值"(K 31;17),那么为什么说卡夫卡创造了"一种独特和孤独的书写"(K 47;25)。在其评论"次要文学"的日记中,卡夫卡对大师之阙如带给文学共同体的诸多优点深感触动;然而,对德勒兹和瓜塔里而言,重要的并非天才作家数量的稀少,而是某种特定类型作家的付之阙如,他们即那些表达"个体化陈述"的卓荦超伦的个体(individual)。主要文学和次要文学的特征取决于其各自对语言的用法,主要使用不触及支配性的社会编码,次要使用则对其进行拆解。从德勒兹和瓜塔里在《卡夫卡》中所关注的宽泛的文化语境——西方资本主义文化——来说,统治的社会秩序强调个体主义,以及个人与政治的分离。① 因此,他们断言,在宏观文学中,"个体的关注点(家庭、婚姻等等)趋向于与其他同样是个体的关注点相结合,社会环境充当某种环境和背景",而在次要文学中,"每一个体关注点直接投入政治中"(K 30;17)。伟大作家并不必然是主要作家(major writer),次要作家(minor writer)可能是伟大作家——只不过他并非那种远离政治领域的自主性大作家。

但是,从德勒兹和瓜塔里对语言的一般讨论来看,主要语言和次要语言显然并非像个体与集体那般简单地相互对立。每一语言都预设了诸多陈述的集体装置、非话语的机器装置,以及一部对这些装置进行分配并使其相互衔接的抽象机器。严格来说,"没有主体,只有陈述的集体装置"(K 33;18)。在某种程度上,德勒兹和瓜塔里只不过是观察到一个绝无例外的现象,即语言是社会创造物,其法则、惯例、词汇等等都是由群体而非个体所发明(即便是某个具体的人创造新词亦概莫能外,因为该新词产生在某种集体语境之中,并且其在语言中的含义取决于该语言使用者的共同体对它的接纳)。陈述的集体装置在语言的主要使用和次要使用中都发生作用,并且在这两种情形中,作家均不是独立地从虚无中进行创作。二者之间的区别在于,在主要使用中,作家接受并认可社会秩序指派给艺术家的去政治化(depoliticized)个体的角色,而在次要使用中,作家拒绝这一被指派的职能并且直接与陈述的集体装置相衔接。

次要作家面临的难题在于,现存的社会秩序形态无法接受,而

---

① 德勒兹和瓜塔里并没有明确将他们关于个体主义和主要文学的评论限定在西方资本主义文化内,但他们在《反俄狄浦斯》和《千高原》中广泛的历史分析清楚地表明,在不同的语境中,语言主要运用的确切特征会有显著的差别,例如在官僚体制或中世纪僧侣体系中的语言主要使用情况。

另类的集体尚未实存。文学关乎人民,但是正如保罗·克利(Paul Klee)所言,"人民付之阙如"(Klee 55)。因此文学必须承担"集体性乃至革命性发言的角色和功能:正是文学生产主动的团结,即便是怀疑主义;并且,如果作家位于其脆弱共同体的边缘或外部,这一境况将使他或她更迫切地表达另类的潜在共同体,创造另类意识和另类感性的方法"(K 31—32;17)。需要指出的是,表达(*express*)一个相异的潜在共同体并非去描述(*describe*)已然充分成型之物,而是去为某种另类意识和感觉性"创造方法",去打开通向新共同体的道路。次要作家的任务就是"从社会表征中抽取陈述装置和机器装置,并拆解这些装置",从而"使社会表征逃逸"。(K 85;46—47)文学"在某些限制下表达着这些装置,这些限制并非外部给定的,并且唯有作为将要来临的邪恶力量或将要组建的革命力量方才实存"(K 33;18)。

对于德勒兹和瓜塔里而言,创造新事物必然是创造形态尚不可预见之物。新事物通过变形过程而出现,变形的产物不可预言。如果作家发现现存社会关系形态令人无法接受,则他们的唯一选择就是引发社会领域之既定形式发生变形,但并不保证会出现一个更令人接受的共同体。正是出于此原因,在次要文学中,表达先于内容:"正是表达遥遥领先或一往无前,正是表达先于内容,这或是为了预示这些内容将要流入其中的严格形式,或是为了使他们沿着逃逸线或变形线起飞。"(K152—153;85)在主要文学中,内容先于表达;作家试图为"某种在给定形式中被给予的内容""发现、发掘或寻觅合适的表达形式"(K 51;28)。主要作家对语言中所确立的常规编码和组织化的惯例毫发无损,他们只是给预先成形的内容寻求恰当的表达。相反,对于次要作家而言,"表达必须打破形式,标示出新的断裂和分岔。由于形式被打破,必须重建必然与事物秩序发生断裂的内容"(K 52;28)。由于常规编码的"良知"是确立强制性力量关系的一部分,因此,次要作家必须悬搁意义并发展"一种能够对其自身形式和内容形式进行去组织化(disorganizing)的表达机器,从而解放那与表达融合在同一个强烈物质中的纯粹内容"(K 51;28)。小作家通过将词语视为非意指的声音来悬搁意义。隐喻由此让位于变形,并且图像变为生成,这是词与物在其中无法区分的强度通道。这一变形过程将诞生某种被重构的"必然与事物秩序发生断裂"(K 52;28)的内容,这一内容要么预示着未来的邪恶力量,如法西斯主义或资本主义官僚体制,要么打开新的社会和物质关系,这些关系只能在未来某个时刻经过确立才能呈现出特定而明确的形式。

在人民阙如的情况下,边缘和孤独的作家或许处于"表达另类的潜在共同体"(K 32;17)的最佳身位,但若他们果真进行表达,也不是以个别主体身份,因为"个体性最强的文学陈述是集体陈述的一个特殊情形"(K 150;84)。"当所述由单身者或艺术独特个体做出时,该所述也只是充当民族、政治和社会共同体的某种功能,即便那时在文学发言的外部还不具备这一共同体的客观条件。"(K 149;83—84)事实上,作家是在对人民的期待中进行写作,这一情况相当普遍,足以让德勒兹和瓜塔里将其视作文学的一个规定性特征:"它甚至是一个定义:当一个所论是由一位远离发言之集体性条件的单身者来'发表',那么它就属于文学。"(K 150;84)然而,这并不意味着"将要来临的人民"在某种程度上作为可辨识的所述主体来发挥作用。"和单身者一样,集体性并非主体,既非发言主体亦非陈述主体。真实的单身者和潜在的共同体——二者同样真实——是集体装置的部件。"(K 150;84)

总而言之,作为展露在世界中的具体实体,真正的作家运用语言,语言通过陈述的集体装置和机器装置发挥作用,通过渗入力量关系的异质的惯例、机构、实体的话语和非话语模式发挥作用。内在于语言之中的乃是在特定陈述中实现的持续变动的线条和变量的潜在连续体——声音的、语素的、语法的、句法的、语义的。语言之持续变动的所有潜在线条与内在于机器装置之非话语回路中的持续变动线条一起构成了抽象机器,这是一种没有语义系统或物理系统的矢量和轨迹的纯粹**功能-质料**。在语言的次要使用中,真正的作家与持续变动的潜在线条相衔接并使语言自身结巴,使其跟随某种在给定情形下被激活的持续变动之特殊线条而进入变形过程。这些潜在的变形线条就是(are)"将要来临的人民",即潜在的集体性,它与真正的作家一同作为新的、变形的陈述的集体装置而发挥作用。每位作家发掘属于自己的使语言变得结巴的方法,以及由之而来的"独特和孤独的书写"(K 47;25),然欲达乎此,唯有对语言的集体发声装置进行实验,这些装置能在给定的社会语境中实现特定的力量回路,唯有对内在于语言中的持续变量之潜在线条进行激活,这些线条打开了向将要来临之人民进行转变的矢量。

次要文学的概念至少在三个不同的范畴内行之有效:数量意义上的小民族和小群体的文学;被压制的少数派的文学;以及现代主义先锋文学。在某些情形下,前两个范畴相互重合,但并非全然如此。小群体可能由相对自主的同质化的民众组成,其文学志向只是为了创造与主要文学互争雄长的伟大作品。在这种情况下,小群体与被压迫的少数派几无共同之处。反之,被压迫的少数派可能在数量上很少,但他们同样可能构成统计学上的大多数,因为正如德勒兹和瓜塔里所言(MP 133—135;105—106),少数派由其对标准的偏离而非由其实际数量而得到界定。全世界的白人成年男性可能相对较少,但非白人、妇女和儿童仍然是少数派。语言上的少数派可能形成一个说着自己族群语言的独立小群体,但是在其他情况下，他们与较大群体之间差异可能仅仅在于其对某种共同语言的特殊运用。后一种情况正是德勒兹和瓜塔里的兴趣所在，他们关注的"次要文学"限于那些涉及语言之次要使用的文学。正是通过语言之次要使用的概念，德勒兹和瓜塔里将寓于大语言之中的少数派的语言创造和现代主义先锋派的语言实验结合在一起。二者之结合的最低程度的正当性在于这些次要使用和艺术实践都表现了对语言规范的偏离，但可能有人会问，少数派语言共同体是否确乎与实验性作家有很多共同之处。然而，德勒兹和瓜塔里的目的并非要抹除两种群体的差异，亦非简单地为其经验描述提供分析图式。毋宁说，这是为了修正少数派文学和现代主义文学的概念并且为未来的义学事业创造诸多可能性。现代主义经常被视为某种去政治化的运动，而语言实验同样被看作单纯的形式革新。但在连接少数派和现代主义实践方面，德勒兹和瓜塔里认为诸如阿尔托和贝克特的这类作家乃是政治作家，呼喊-呼吸和片段性重复语是社会创造的形式，并且与权力相互作用。就少数派文学而言，人们经常借助族群认同来理解它们，德勒兹和瓜塔里在此处的工作则是支持少数派书写中的实验倾向，并批判对失落族群或未来同质总体的情感诉求。但他们的终极目的是为未来文学发布宣言，在这一未来文学中，语言实验与创造将要来临的人民融为一体。德勒兹和瓜塔里从卡夫卡那里获得了理论创造的催化剂和概念阐述的材料，但是他们的首要目的并非对其生活和作品进行明确阐释。毫无疑问，他们有选择性地读解卡夫卡论次要文学的日记，并且不甚关心卡夫卡在1911年的精神状态或艺术发展程度。对待卡夫卡的风格同样如此，例如他们使读者相信卡夫卡是有意识地循着意第绪语所显示的语言实验线条前进，以及他是有目的地对德语进行解域化或将先锋风格主义和少数派政治学鲜明地联系在一起。但是他们对卡夫卡的征用的确突出了其作品中某些只是最近才受到充分关注的层面——尤其是隐含在其诸多作品中的社会和政治批判,以及布拉格犹太文化对其小说的复杂影响。他们认为卡夫卡的书写具有幽默性,这纠正了对其作品采取的简化式心理学读解,令人耳目一新,他们对卡夫卡全部作品中诸要素之功能关系的"机器"分析有助于反拨早期卡夫卡批评界对其文本进行象征主义和神秘主义解读的风气。

　　德勒兹和瓜塔里对卡夫卡风格的阐发或许是其分析中最为含混的一个方面,其部分原因在于他们没有提供语言之间相互影响的具体例证,不仅如此,还因为他们意欲将卡夫卡和书写特征与其截然不同的诸多作家——阿尔托、塞利纳、康明斯、卢卡、贝克特——纳入同一个类型中。德勒兹和瓜塔里有时似乎是要卡夫卡只成为他们想要他成为的那种作家,而他们最终将卡夫卡与阿尔托、贝克特及其他作家纳入同一类别即"次要文学"中,拓展了这一概念的全部意涵。卡夫卡对语言进行实验,但并不必然采用现代先锋派所习用的方式。他对德语克制而冷静的运用表明,次要风格可能对基本的语言惯例毫发无损,却在语言中引发某种陌异性。对语言的实验涉及某种组合的(compositional)实践,后者悬搁意义并且与某种生成-他者的过程相衔接,但是经由这一过程所产生的作品不必直接呈现在表达形式中。并且按照德勒兹和瓜塔里对语言的理解,对社会世界之表征的重新组配(reconfiguration)本身就是对语言的实验,因为语言的语义维度与语音、语法、语素和句法等要素一样都是持续变动之线的内在领域的一部分。因此,以法庭、公寓、银行、卧室、画室和大教堂之间的多重关联来建造一部法律欲望机器就是对语言进行实验,就是激活那穿过多重言语行为并在它们之间建立新关系的持续变量之线。呼喊-呼吸中的声音和意义会在可表达物(articulable)的边界相互分离,但是他们同样可能在会说话的狗或无休止的审判的故事中重新汇聚。某种风格诸多难以把握的性质——其特殊的语调、节奏、措辞、句法转折——可能构成某种气氛媒介,形式和内容、声音和意义在其中不可分离,但它们变得陌异,陌生——新颖。正如普鲁斯特所说,"杰出的作品是在某种外语中被书写出来的"。

第五章
克莱斯特、贝内、次要戏剧

1978年,德勒兹和意大利演员、剧作家和电影制作人卡尔梅洛·贝内联名出版了一本小书,其意大利文标题为 *Sovrapposizioni*。次年,《叠加》(*Superimpositions*)法文版问世。该书第一部分是贝内的剧本《理查三世,或一个战争男人的恐怖之夜》。第二部分则是德勒兹讨论贝内、戏剧及其与次要文学之间关系的论文《减法宣言》["Un manifeste de moins"]。除了德勒兹对戏剧的详细评论外,本书还提供了同时代文坛的一个引人入胜的范本,德勒兹认为这个范本完成了语言的次要使用的文学课题。贝内的剧本和德勒兹的论文在本书中的叠加同样激发我们对这两个文本之间关系的分析,这一关系大致是互补性的,但它表达在不同的词汇中,这些词汇需要精心而相当复杂的术语转译。德勒兹将莎士比亚笔下的人物理查三世视为一位参与到"生成-女人(becoming-woman)"过程中的"战争男人",贝内在对莎士比亚剧本进行大幅度挪用和改写时也以类似方式来处理理查三世。为了把握德勒兹对理查非同寻常的读解,我们必须首先把目光转向克莱斯特和他的《彭忒西勒亚》(*Penthesilea*),因为唯有在这部剧作中,德勒兹所发现的战士和生成-女人之间的关系才豁然开朗。要理解贝内的《理查三世》,我们必须洞悉散布在他戏剧中的晦涩注释并将它们置于他那同样怪异的戏剧理论之中。一旦我们照此方式诠疏，便会发现贝内的剧本和德勒兹的论文都提倡一种共通的戏剧观，这就是使舞台诸多变量处于持续变动过程中的"次要戏剧"。

克莱斯特和战争机器

贝内和德勒兹的合作计划似乎在 1977 年 9 月和 10 月之间就已经开启,此时卡尔梅洛·贝内公司(Carmelo Bene Company)驻留巴黎,在喜歌剧院(Opéra-Comique)为一年一度的金秋节(*Festival d'automne*)筹备上演贝内的戏剧《罗密欧与朱丽叶》(*Romeo and Juliet*)和《S.A.D.E》。在他极富艺术性且相当隐晦的自传《罗密欧与朱丽叶在巴黎》(收入《我已出现在圣母面前》[*Sono apparso alla Madonna*],1983)中,贝内记录了 1977 年巴黎演出之后与德勒兹的会面。"吉尔·德勒兹,他是一部自动摧毁器(autodestructor)。他嗜烟如命,是一台人身计算机。其广博之阅读堪比其不辍之笔耕,反之亦然。""我相信,在我们这个时代的罅隙中,他是最伟大的思想机器。"(*Opere* 1165)当贝内的朋友私下告诉德勒兹,《世界报》(*Le Monde*)想请他执笔撰写贝内的整版专刊时,贝内兴致高涨并开始谈论《理查三世》的计划。但德勒兹大喊:"'我正在写书,谁会关心报纸！'"

他写这本书,在没有观看演出的情况下动笔。他写我。我则写剧本,他于自己的文章发表四个月后在奎里诺剧院(Teatro Quirino)所上演的我的最后一场罗马演出上看到了这个剧本。最后他在更衣室拥抱了我,疲惫地坐在扶手椅上,双眸露出了期待中的热情：

> "是的,是的,这就是严谨。"(Oui, oui, c'est la rigueur.) 事情就是这样。(*Opere* 1166)

德勒兹似乎在同一时间已经开始思考《理查三世》,这从 1977 年出版的《对话》的下述文字中可以看出:

> 一国之君或宫廷之主是欺诈者,但战争男人(并非元帅或将军)是背叛者……莎士比亚将许多欺诈的国王搬上舞台,他们通过欺诈攫取王权,并且最后成了明君。但在面对理查三世时,莎士比亚上升到了悲剧最具小说色彩的高度。因为理查三世不单单想要权力,他想要背叛。他并不想征服国家,而是想要一部战争机器的装置:如何成为唯一的叛徒,并且如何同时背叛一切?理查与安娜夫人的对话虽被评论家们认定为'不太可能且夸张',但它展现了两副相互背离的面孔,已经同意并着迷的安娜夫人预感到理查正在标画的曲折之线。没有什么比对**对象**的选择更能揭示出背叛了。这并非因为它是一种对象的选择——贫乏的概念——而是因为它是一种生成,它是卓越的恶魔般的要素。当选择安娜时,理查三世正在生成-女人。(D 53;41—42)

德勒兹将理查三世认定为"战争男人",这与贝内戏剧的副标题《一个战争男人的恐怖之夜》遥相呼应,"生成-女人"这个主题在贝内戏剧中也至关重要。我们很难弄清这种志趣相投在多大程度上是单向影响还是相互影响(抑或巧合)的结果,但确定无疑的是,战争机器、背叛和生成-女人这些概念在《对话》中屡被提及,而这些概念最终在三年之后的《千高原》各章节中得到详细阐发。理查三世似乎只是更大范围内持续进行的研究工作中的一个非常小的组成部分,只是诸多与战争、背叛和生成-女人相关的概念群中的一个简单例证——绝非这个概念群中最清晰的例证。事实上,克莱斯特的《彭忒西勒亚》这部德勒兹经常在《对话》和《千高原》中与理查三世相提并论的作品为这些概念提供了更加精妙的例证,能够帮助我们洞悉德勒兹对莎士比亚的读解。

在《卡夫卡》中,德勒兹和瓜塔里简要地提到了克莱斯特,将卡夫卡的核心问题即"什么是次要文学"与克莱斯特的问题即"什么是战争文学"加以区分。他们认为克莱斯特的问题"与卡夫卡的问题并非全然无关,但不是同一个问题"(K 101;55)。① 在《千高原》中,他们说,"克莱斯特的所有作品都贯穿着一部用以反对国家的战争机器"(MP 328;268)。德勒兹和瓜塔里认为战争机器与国家根本无法兼容,前者表现出的无政府的混乱倾向总是可能瓦解后者的秩序。为了发动战争,国家必须利用"战争机器",但"国家自身没有战争机器;它只能以军事体制的形式征用战争机器,而这总是会产生问题"(MP 439;355)。德勒兹和瓜塔里指出,乔治·杜梅齐尔(Georges Dumézil)发现战争和国家之间的张力在整个印欧神话中体现在战士和国王这两个对立形象上,战士在许多传统文化中因为各种反抗社会秩序的"罪行"而被判有罪,并且在这一点上,战士"处于背叛一切事物的位置"(MP 438;354)。但是战争机器并不将战争本身作为其直接目标,正如德勒兹所阐释的:

我们将"战争机器"界定为一种组建在逃逸线上的线的装

---

① 德勒兹在《对话》中做出了相同的区分:"文学?但是现在卡夫卡将文学与一种小众机器,一种德语陈述的新的集体性装置(奥匈帝国中的小众装置已经由马索克以其他方式提出过)直接关联起来。克莱斯特在此则将文学与一种战争机器直接关联起来。"(D 146;123)

置。在这个意义上，战争机器绝非以战争作为其目标，而是将一种非常独特的空间即战争机器组成、占据和扩散的"平滑空间"(smooth space)作为其目标。游牧便是这种"战争机器－平滑空间"的结合体。我们试图指明战争机器如何以及在何种情形下将战争作为其目标(当国家装置对起初并不属于它们的战争机器进行征用时)。战争机器更趋向于革命或艺术而非军事。(PP 50—51；33)

与稳定和界限分明的沟痕空间(striated space)相反，平滑空间是一个生成、流动和变形的空间。战争机器是"一种外在性的纯粹形式"(MP 438；354)，是一种解域化的力量，制造着跟随和展露逃逸线的装置。正是在这个意义上，克莱斯特的写作无处不在地贯穿着一部战争机器。

然而，尽管战争机器并未将战争作为其直接目标，但战争和战士的确在克莱斯特作品中发挥着重要作用，从这方面而言，《彭忒西勒亚》这部剧作显得格外重要。马蒂厄·卡里耶(Mathieu Carrière)在《为了一种战争文学，克莱斯特》一书中对克莱斯特的这一面进行了详细阐发，德勒兹和瓜塔里对克莱斯特的所有评论几乎都借鉴该书。① 卡里耶在论及克莱斯特时说："战争是动力，是确定他的所有经验的母体(matrix)。"(Carrière 36)克莱斯特出身于一个贵族世系古老的普鲁士官家庭，15 岁至 21 岁之间在位于波茨坦(Pots-

---

① 事实上，德勒兹和瓜塔里在《千高原》中引用了"马蒂厄·卡里耶研究克莱斯特的一部未刊论著"(MP 329；542)。卡里耶的著作于 1981 年首先以德文出版，题为《为了一种战争文学，克莱斯特》(*Für eine Literatur des Krieges, Kleist*)。1985 年，马丁·齐格勒(Martin Ziegler)的法译本 *Pour une littérature de guerre, Kleist* 问世(请注意卡里耶著作的标题同德勒兹和瓜塔里的 *Kafka : Pour une littérature mineure* 之间的暗示关系)。卡里耶在其论述中对德勒兹和瓜塔里的术语的全面吸收，以及德勒兹和瓜塔里对卡里耶著作中具体论据的频繁引述，表明三者在 20 世纪 70 年代中期过从甚密。本文对卡里耶著作的引用均来自法译本。

dam)的国王近卫精英军团服役,1799年在二等中尉任上辞职。1803年试图加入拿破仑的军队,1808年到1809年间撰写了一系列战争宣传文字。克莱斯特的许多作品以战争、暴力斗争或叛乱作为背景——《施罗芬施泰因一家》(The Schroffenstein Family)、《罗伯特·吉斯卡尔》(Robert Guiscard)、《彭忒西勒亚》、《米夏埃尔·科尔哈斯》(Michael Kohlhaas)、《海尔布隆的小凯蒂》(Kathchen of Heilbronn)、《赫尔曼战役》(The Battle of Teutoburg Forest [Der Hermannsschlacht])、《圣多明各的婚约》(The Betrothal in Santo Domingo)、《洪堡亲王》(The Prince of Homburg)。① 但卡里耶认为这些事实指向一个更大的关切。他指出,对于克莱斯特来说,战争是一种"感染的气氛"(climate of inflection),感染是"一个身体的复多性被另一个复多性入侵;其计划是对被感发的身体进行去组织化和解域化……感染是至少两个敌对群体在相同区域和战场上的相遇。它是一种感兴的相遇"(Carrière 9—10)。在一个沉迷于"情感"(sentiment)的时代,克莱斯特追求"感兴",亦即无视内外之分、反抗理性管控和瓦解逻辑时间的无人称的气氛状态。战争感染气氛中的敌对群体是冲突的诸力量亦即复多性,这种复多性既可能是现实的诸外在身体,也可能是给定个体的诸内在状态。简而言之,战争是解域化的感兴力的相遇。

克莱斯特作品中的感兴主要表现为两个无限之线的交汇点,这是"两颗彗星、两个事件链横穿而过的抽象点"(Carrière 13)。这一点"既是静止的中心又是极速的踪迹"(Carrière 13)。从该静止点生发出高度优雅的运动,对此,克莱斯特在《论木偶剧院》("On the Marionette Theater")中有着清晰的阐发。在这篇短文中,一位对木偶的运动颇感兴趣的舞蹈者提出,每个运动都有一个"引力中

---

① 有关克莱斯特生平和文学活动的详细介绍,请参阅 Maass, 1983。

心",操纵木偶者要做的仅仅是在木偶身上引发一次极其优雅的舞蹈。木偶的运动路线在某种意义上是简单的机械力量的运作,但在另一个意义上又是"非常神秘的东西",因为"它完全就是舞蹈者[亦即操纵木偶者]灵魂的路线"(*An Abyss Deep Enough* 212)。木偶的舞蹈之所以优雅部分是因为它缺乏意识,正如舞蹈讲述者在一则关于一头能躲避最伟大剑客击刺的熊的故事中所解释的那样,这头熊运动的高度优雅来自动物的无意识。舞蹈者总结道,在有机世界中,思想越少,优雅越多,但是"正如两条相交线,在一点的这一边交汇,经过无限之后又在另一边重新出现……优雅同样如此,同样已经穿过无限之后,再次返回到我们身上,并且因此最纯粹地呈现在身体形式中,这一身体形式要么完全无意识,要么拥有无限的意识,这即是说,要么在木偶中,要么在上帝之中(*Abyss* 216)"。

优雅来自无意识而神秘的力量所经过的一个静止点或引力中心,它机械却又神圣。感兴就是这样一种静止点,从心理学视角来看,它是作为连续性中的断裂、意识中的罅隙、向洞中的一跳或一跃而被经验到的。(克莱斯特的英雄们经常陷入出神梦游等状态中)。感兴点(affective point)既是以最大加速度碰撞的诸力量的接合点,又是一次呆若木鸡的紧张症发作。尽管优雅的运动可从感兴点中产生,但其暴力式和痉挛式的出现可能造成某种愚笨、笨拙、粗鲁的面貌(因此将看上去鲁钝的熊塑造成极富优雅的形象)。感兴是理性意识连续性中的断裂和有规律的时间之流中的罅隙。在这样一个非时间的不平衡时刻,自我意识荡然无存,内外之分无影无踪。所剩之物只有一种"暴力的、静止的、优雅的气氛"(Carrière 18),一场"偶尔迸发闪电的沉默风暴"(Carrière 23)。

第五章　克莱斯特、贝内、次要戏剧

战争和彭忒西勒亚

感兴的气氛是一种战争的气氛,是渗透到心理深度并扩散至社会领域的力量维度。在克莱斯特的戏剧《彭忒西勒亚》(1807)中,战争的个人层面和政治层面相互交织,感兴的内张之力和身体的狂暴之力在爱与战斗的动荡关系中相遇。剧情在特洛伊(Troy)的平原上展开,奥德修斯(Odysseus)正与他的部下们商讨亚马孙人(Amazons)事宜,后者的出现令他们惶恐不已,这些亚马孙人此前已与特洛伊人厮杀,现在转而与希腊人交战。亚马孙人参战的原因无人知晓。她们似乎是一股纯粹的毁灭力量,不与特洛伊战争中的任何一方结盟,仿佛是一部无政府的战争机器,拆解了希腊和特洛伊的国家机器。但事实上,亚马孙人的确拥有她们自己的国家组织形式,并且此次参战也确是有备而来。正如彭忒西勒亚后来向阿喀琉斯(Achilles)所说的,亚马孙人是斯基泰人(Scythians)的后裔,斯基泰人被埃塞俄比亚国王维克索里斯(Vexoris)征服。埃塞俄比亚人杀死了所有斯基泰男人,并意欲强奸所有女人,但当埃塞俄比亚男人来到斯基泰女人的床榻上时却被她们刺死,"这整伙入侵的歹徒,就是这样/ 在一夜之间统统被匕首刺死"(*Penthesilea* 379)。在这个暴力时刻,"一个国家已然诞生,这是一个女人之国……这个民族给自己订立正义的法律/ 听从自己的法令"(*Penthesilea* 379)。当女祭司长对女人们能否长久抵挡敌对的男性势力表示怀疑时,塔娜伊司(Tanais),这位亚马孙人的新女王,割下了她的右胸并手持象征斯基泰国家权威的圣弓(ritual bow),随后,为了使身体适合在战斗中张弓搭箭,所有的亚马孙女人都移除了自己的右胸。(阿喀琉斯在彭忒西勒亚讲述这一点时问她们是否"野蛮,残忍,扭曲"

[beraubt, unmenschlich, frevelhaft, *Penthesilea* 381])。为了生育后代，亚马孙人不定期发动与周边部落的战争，掳掠最健壮的男人，将他们带回领地并与他们交合。正是为此目的，亚马孙人突袭了特洛伊的战士。

因此，亚马孙人有自己的国家，它建立在杀死男性征服者和为战争而自残的基础之上。但是，她们的制度"是脆弱的"，并且"其社会结构仍然年轻而不稳定"（Carrière 82）。亚马孙人遵守两个仪式，这两个仪式都会释放出可致失控的力量。芳华处女节（The Feast of Flowering Virgins）是为猎取男人举行的出征典礼。处女战士（The warrior-virgins）被称为战神的新娘（Brides of Mars），"仿佛火红的旋风一样"（*Penthesilea* 383）袭取猎物。女祭司指明她们要去攻击的民族，但禁止任何人在战斗中挑选敌人。玫瑰节（The Feast of Rose）标志着处女战士的凯旋，她们给俘虏的男人佩戴玫瑰并邀请他们与征服者尽情欢爱。第一个仪式松解了一种无名的狂暴之力，第二个仪式释放出同样无名的力比多之力。这两个仪式都是对解域化之力进行调节的制度，它们都处于可能使暴力和爱欲陷入失控状态的持续危险之中。

《彭忒西勒亚》重点展现了阿喀琉斯和亚马孙的年轻女王彭忒西勒亚之间悲剧性爱情/战斗，这是一场诸动机之间的冲突，而彭忒西勒亚的母亲使其变得错综复杂，因为她在弥留之际要彭忒西勒亚发誓找到阿喀琉斯并与其结为夫妻，由此违背了亚马孙战争仪式中禁止挑选敌人的法律。但是正如卡里耶所认为的，戏剧与其说关乎命运或悲剧的必然性，不如说关乎"从一个感兴向另一个感兴的跳跃"（Carrière 79）。剧本对彭忒西勒亚的初次出场如是描述：她骑着马，正屹立在军队的最前方，"凛然不动"，"眼神漠然/ 面无表情"，直到"她的目光突然触及阿喀琉斯"。在"突然的颤抖"中，她从马背上飞身而下，"而她自己，浑然不觉，如痴如醉，/ 端详着佩琉斯之子的灿烂身躯"(Penthesilea 316-317)。此后,彭忒西勒亚经历了另一次感兴的跳跃,另一个木然不动、举止颤抖和无意识内张度的时刻。接下来的战斗过程中,她看见特洛伊的得伊福玻斯(Deiphobus)袭击阿喀琉斯。"整整两分钟,女王面如死灰/她双臂扬起武器……然后仿佛从天而降/将利刃刺入特洛伊人的脖颈。"(Penthesilea 316-317)一阵狂速的攻击之后紧接着的是一次紧张的结巴。反观阿喀琉斯,他也变得"痴迷,因为他兴奋于如此高贵的游戏/如此奇异,如此可爱"(Penthesilea 321)。后来,他追赶彭忒西勒亚,但是"突然,马蹄前方/横亘着一个峡谷,他目眩心骇,从眩晕的高处凝视着幽暗的深渊"。跌入峡谷后,"挽具一片狼藉/战车和战马翻倒在地"(Penthesilea 322),他倚靠着,"就像猎人陷阱中的狮子一般困厄无力",在一片狼藉的谷底完全无法动弹。彭忒西勒亚发现了阿喀琉斯,她"仿佛正在眩晕,将两只小手按在前额","热情似火","心潮澎湃","失张失智"(Penthesilea 323),她试图接近阿喀琉斯,但总是无功而返。("她不是女人,而是一只暴烈的鬣狗",安提洛科斯如是喊道[Penthesilea 324]。)阿喀琉斯逃出峡谷后,阿喀琉斯拒绝服从阿伽门农下达的返回特洛伊战场的撤退令并发誓要与彭忒西勒亚战斗。"直至第一次和她交锋,/将她双足系在我的战车上拖拽回来,以流血的伤痕装饰她的额头。"(Penthesilea 333-334)

至此,彭忒西勒亚和阿喀琉斯都背叛了各自的国家,前者挑选了她的敌人,后者拒从帅令并投身于奥德修斯所说的"这群女人及其疯狂的战争"(Penthesilea 334)。此后,两人参与到各自的战斗中。"阿喀琉斯和彭忒西勒亚一同构成了感兴战争的装置"(Carrière 95),这是一种诸冲突力量的气氛,既可能导致毁灭,又抱持着一种解码的内张度之爱的乌托邦希望,并由此而抱持着实现"克莱斯特的伟大欲望——像疯癫中的两个人那样去生活"

(Carrière 102)的乌托邦希望。当两人最终在战场上正面相遇时，彭忒西勒亚被击倒，昏迷不醒，并被心爱的阿喀琉斯俘虏。彭忒西勒亚的妹妹普萝妥耶(Prothoe)让阿喀琉斯相信彭忒西勒亚会因失败的耻辱而轻生，于是阿喀琉斯同意在她苏醒后假装承认是她赢得了战斗。彭忒西勒亚在苏醒后沉醉在她自以为是的胜利之中，但很快真相大白。她对自己的战败惊恐万分，随后双方各自回营。阿喀琉斯已经坠入爱河，他放弃将俘虏的彭忒西勒亚作为新娘带回自己的家乡弗提亚(Phthia)。相反，他向她挑战，意欲佯装战败以成为她的俘虏。不幸的是，她已经同时拥抱了命运之神阿南刻(Ananke)，并"在野蛮的狂热中"和"彻底的癫狂中"(Penthesilea 395)召唤了她的猎犬。当她在战场遇见阿喀琉斯时，"疯狂地在猎犬中间踱步，/ 满口白沫，称呼猎犬为姊妹，/ 不停地嗥叫"(Penthesilea 401)。猎犬攻击了阿喀琉斯，她以箭射穿了他的喉咙。当他向她呼喊"彭忒西勒亚！你在干什么？我的爱人！/ 这难道就是你许诺的玫瑰节吗？"时，她"牙齿深深咬进着他雪白的胸膛，/ 她和猎犬恐怖地争相撕咬"，"黑色的血液……从她口中和手中流下来"。(Penthesilea 404–405)

最终，阿喀琉斯投身生成-女人的过程中，而彭忒西勒亚则进入生成-动物的过程中。她融入猎犬群后，"优雅的战争装置变成了法西斯的战争机器；爱神的战争变成了毁灭之神战神的战争"(Carrière 95)。感兴是转变的接合点，是变形的契机。因此，"灾变寓居在每一事物中；这是每个引力中心的隐秘点(intimate point)；这是每个事物转变为其他事物的能力，是朝向瓦解的倾向"(Carrière 71)。生成-他者孕育着创造性的希望，但它同样可能造成危险。欲望的感兴很容易变成毁灭的感兴。《彭忒西勒亚》便是如此，而克莱斯特的《赫尔曼战争》也如出一辙，在这部剧作中，罗马人温提丢斯(Ventidius)秘密幽会了日耳曼司令官赫曼(Hermann

的妻子图斯奈耳达(Thusnelda)。温提丢斯在黑暗中亲吻图斯奈耳达后，一头饥饿的熊被释放到他身旁继而将他吞食。图斯奈耳达生成-熊，彭忒西勒亚生成-狗，爱情的吻唇变为毁灭的噬齿。

在《彭忒西勒亚》中，德勒兹和瓜塔里找到了一种对战争及其与战争机器之间关系的极富启发性的分析。战争机器与国家势不两立，亚马孙人"闪电般奔袭在希腊和特洛伊两个国家'之间'。所到之处摧枯拉朽"(MP 439；355)。战争机器是一种变形的力量，它可以瓦解稳定的法则和社会关系。因此，战士必然是叛徒，他背叛"支配性意义和既定秩序的世界"(D 53；41)。阿喀琉斯为了追求彭忒西勒亚而反抗其统帅和希腊社会秩序，而她则违犯了"其民族的集体法律，即禁止'选择'敌人的集体法律"(MP440；355)。战争机器的变形在主体那里引发了某种生成-他者的过程，这是稳定的对立面双方之间的一个通道。阿喀琉斯的生成-女人和彭忒西勒亚的生成-动物是属于战争机器的生成-他者之一般过程的两个例证。这一过程通过感兴的内张度和力的无人格的非理性的接合点而进行，既保持静止又趋向极速。"紧张症与极速的序列，昏厥与箭的序列……没有哪种形式被展开，也没有哪个主体得以形成，而是感兴位移了，生成被弹射出来并形成一个簇团，就像阿喀琉斯的生成-女人和彭忒西勒亚的生成-狗。克莱斯特玄妙入神般地说明了形式和人格仅仅是表现，它们是由一条抽象线之上的引力中心的位移而产生的，通过线在内在性平面上的接合而产生的。"(MP 328；268)在《彭忒西勒亚》中，感兴并非内心的状态，而是一种外在性的形式："情感是从某个'主体'的内在性中挣脱出来，因此它们可能被猛烈地投射到一个纯粹外在性环境中，这一环境赋予它们一种不可思议的极速、一种弹射而出的力量：爱或恨，这些都完全不再是情感，而变成了感兴。这些感兴体现为战士的生成-女人、生成-动物(熊、狗)。感兴如箭矢般穿透身体，它们是战争的武器。感兴的解域化的速度"(MP 440；356)。战争机器并不完全是摧毁性的，但它激发的力量具有危险性和潜在的自我毁灭性。因此，虽然克莱斯特欢呼着战争机器对国家的斗争，但总是处于"已经预先失败的战争中"(MP 440；355)。他在所有作品中都在追问："当国家获得胜利时，战争机器的命运是否会陷入非此即彼的两难之中：要么沦为被国家装置所掌控的军事机构；要么转而反抗其自身，变成一部对一个孤独男人或孤独女人而言的双重自杀机器？"(MP 440；356)

如果现在从《彭忒西勒亚》转向莎士比亚的《理查三世》，我们就能清楚地看到，当德勒兹称理查为"战争男人"时意味着什么，而且，或许我们能更好地理解德勒兹如何能够以他的方式读解莎士比亚。说醉心于权力的理查"不只是想要权力，他想要背叛"(D53；42)似乎令人难以置信，但德勒兹借此表达的意思是，理查是所有社会准则的背叛者并由此而信奉终将瓦解所有国家秩序的力量。读者早就认识到理查执行其邪恶计划时的热情和表达其意图时的坦陈："所以，我既不能成为一个情人，消磨这油腔滑调的日子，我就决心做一个恶棍，嫉恨这年头儿的无聊的逸乐"(I, i, 28—31)[①]。尽管他狂热地追求王权，但他是以某种能量来行动的，这一能量既来自毁灭的快感，也来自控制他人的欲望。尽管他从未说他想要背叛，但他最后的确背叛了包括其忠诚的朋友白金汉(Buckingham)在内的所有人。理查热情而邪恶的幽默是从他所启动的无政府的战争机器中生发而出的，尽管他登上了王位，但他所运用的狂暴力量将其无情地引向毁灭。

作为一个战争男人，理查进入生成-他者的过程中——特别是

[①] 参见[英]莎士比亚：《利查三世》，梁实秋译，北京：中国广播电视出版社，2002年，第17页。本书所有《理查三世》引文翻译皆出自该译本，部分译名和表述略有改动，此后的引文注释只标出书名和页码。——译注。

第一幕中他对安夫人(Lady Anne)的离奇求爱中展现出来的生成-女人的过程。正如德勒兹所指出的,这一场景经常被认为是"不太可能且夸张的[peu vraisemblable et outré]",但这些完全是生成-他者的特征,是一次对常规预期和良好品味的精密控制进行反抗的过程。(人们可能判断《彭忒西勒亚》也是"不太可能且夸张的")安夫人痛斥理查为"恶魔"(I; ii, 50)和一个"无视神法和人法"的恶棍(I; ii, 70)。她朝他脸上吐唾沫并且希望他死,但最后她竟接受了他的婚戒和他的求爱。这样一个连狗都向他狂吠的"畸形、残缺"(I, i, 23)的人,这样一个"无法成为一个爱人"因此注定要"做一个恶棍"(I, i, 28, 30)的人,竟然能够向他谋杀的男人的遗孀求爱。理查说道,"我以性命起誓","她是发现了,尽管我不能,我乃是非常出色的一个美男子"。(I, ii, 253 - 254)①在这一不太可能且夸张的相遇中,理查的畸形有其自身的优雅,就像克莱斯特的木偶通过引力中心标画一条抽象之线时的优雅,或者就像熊在避开每一次剑刺时的优雅。"已经同意和入迷"的安夫人已经预感到"理查正在标画的扭曲之线"(D 53; 42)。他就像彭忒西勒亚一样选择了一个对象。"在他对安夫人的选择中,发生了理查三世的生成-女人的过程"(D 53; 42),这种生成-他者并不是对女性的模仿,而是与优雅的和感兴的变形力量相结合。

德勒兹对《理查三世》的评论简短扼要且没有针对性,因此可能有人会问,第一幕中理查与安夫人的相遇是否与戏剧的其余部分相关。戏剧中是否存在着持续的生成-女人的过程?我们能够从理查与女性的关系出发来理解这部悲剧吗?这些都是贝内在《理查三世》中所要解决的问题。

---

① 《利查三世》,第43页。——译注

贝内的理查

卡尔梅洛·贝内是一位演员、导演、剧作家、作家和电影制作人，他经常对其他作家的名著进行重写翻拍。贝内于 1937 年出生于意大利南部莱切(Lecce)省普利亚(Puglia)地区的坎皮萨伦蒂纳(Campi Salentina)，1961 年他成立了自己的公司，同年上演了加缪的《卡利古拉》(*Caligula*)、史蒂文森(*Stevenson*)的《化身博士》(*Strange Case of Dr. Jekyll and Mr. Hyde*)、柯洛迪(Collodi)的《木偶奇遇记》和莎士比亚的《哈姆雷特》(这是他所创作的七部不同的哈姆雷特中的第一部①，有些改编自莎士比亚，有些改编自莎士比亚和儒勒·拉福格[Jules Laforgue]，贝内尤其青睐后者写于 1887 年的故事《哈姆雷特，或孝敬的后果》["Hamlet, or the Consequences of Filial Piety"])。紧接着，20 世纪 60 年代拍摄了马洛(Marlowe)的《爱德华二世》(*Edward Ⅱ*, 1963)、王尔德(Wilde)的《莎乐美》(*Salome*, 1964)、普雷沃(Prévost)的《玛侬》(*Manon*, 1964)和《弗沃夏姆的阿登》(*Arden of Feversham*, 1968)。1968 年到 1973 年间，贝内投身电影，主要电影作品包括《土耳其人的圣母》(*Our Lady of the Turks*，他 1964 年小说的 1968 年版)、《随想曲》(*Capricci*)(《弗沃夏姆的阿登》的一个版本，1969)、《唐·乔瓦尼》

---

① 贝内将他 1994 年出版的《哈姆雷特系列》(*Hamlet Suite*)称作"第五版"哈姆雷特。然而，关于贝内 1988 年出版的《给哈姆雷特的小人》([*Hommelette for Hamlet*]贝内称之为"第四版")的一篇书评却称这部作品为"他的第七版'哈姆雷特'"("Carmelo Bene: Scenografia 'Hommellette for Hamlet'"7)。这篇书评包含了由吉诺·马罗塔(Gino Marotta)为该作品设计的精美照片，其中包括一个殡仪雕塑园中的著名雕像(如贝尼尼[Bernini]的圣特蕾莎[St. Teresa])。这些似乎由石料制成的雕塑人物成为后来在戏剧中复活的冻结的生动画面中的演员。

(*Don Giovanni*,1971)、《莎乐美》(1972)和《删减的哈姆雷特》(［*One Less Hamlet*］改编自拉福格,1973)。1974年后他拍摄了拜伦(Byron)的《曼弗雷德》(*Manfred*,1979)、歌德(Goethe)的《埃格蒙特》(*Egmont*,1983)、缪塞的《洛伦扎齐奥》(*Lorenzaccio*,1986)和克莱斯特的《彭忒西勒亚》,并翻拍了莎士比亚的《罗密欧与朱丽叶》(1976)、《理查三世》(1977)、《奥赛罗》(1979)和《麦克白》(1983)。[①]贝内于2002年逝世。

说贝内只是一个翻拍他人戏剧作品的导演恐怕有失妥当。他不仅为了演剧而改编故事和小说(为了拍电影而改编戏剧、歌剧和小说),而且还写剧本,其中一些剧本与同名原作之间只有松散的联系。但在很多情况下把贝内称为戏剧作家也是颇有问题的,因为他自己在提到其剧作时经常说它们是"x作者著"或"根据C.B［*secondo C.B.*］"。《理查三世》便是如此,贝内在作品的书目中将其描述为"根据C.B"［*secondo C.B.*］并以《莎士比亚剧本的意大利文改写版,取自卡尔梅洛·贝内和吉尔·德勒兹的合著〈叠加〉》为其副标题。除了有两段内容摘自《亨利六世》(*Henry Ⅵ*)第三部外,几乎所有的演员台词都是对莎士比亚《理查三世》台词的翻译(尽管译文自由散漫且时显夸张)。如果只看演员的台词,我们可能会认为贝内的《理查三世》纯粹只是一个对原作进行大幅删减的演出剧本。但是,该剧本还包含大量对与莎士比亚原剧情节毫无关系的戏剧动作进行详细说明的舞台指导和注释。并且,如果认为它只是对

[①] 除了对其作品的若干描述,以及科萨尔(Kowsar)和福捷(Fortier)关于《叠加》的富有洞见的两篇论文外,英语学界对贝内的研究寥寥无几。贝内 *Opere*,pp. 1381-1549 收录了其作品的意大利文注疏的《批评选集》("Critical Anthalogy")。在讨论贝内对剧院及对自己戏剧的观点时,德勒兹将一份为龠秋节收集并在后来以《乌托邦不停更新的能量》("L'énergie sans cesse renouvelée de l'utopie")为题出版的若干访谈和其他材料的汇编作为第一手文献来使用。我自己对贝内理论观点的概述也主要基于这份材料汇编。在此深深感谢弗洛林·贝林达努(Florin Berindeanu)在贝内的意大利文本方面对我的帮助。

莎士比亚剧作的单纯表演，那么任何观众都会看出剧情的怪异。毋宁说贝内的《理查三世》既是对莎士比亚的批判性评注，亦是对原剧作的创造性回应，它是从文本中抽取出来的表演事件（performance event），这一事件潜藏于文本之中却与文本疏离。

出现在舞台上的角色只有理查和莎士比亚剧作中的主要女性，包括约克公爵夫人（[Duchess of York]理查母亲）、安茹的玛格丽特（[Margaret of Anjou]亨利六世的遗孀）、伊莉莎白（[Elizabeth]爱德华四世的王后），以及安夫人（威尔士亲王爱德华的遗孀，理查未来的新娘）。（贝内添加了两个女性角色，一个是女佣，理查"坚持称她为白金汉"[SP 10]，另一个是沉默寡言的肖尔小姐[Mistress Shore]）。戏剧的第一部分从《亨利六世》第三部中理查的一段最后的独白开始，在那里，他谈到了自己的畸形，以及他"既没有爱，也没有怜悯，也没有恐惧"。理查试图继续演说那著名的开篇台词，"现在我们严冬般的宿怨"，但他的声音被悲痛的女人们的声音淹没了。在一阵"至少十五分钟"（SP 15）的停顿后，理查和他的母亲开始讨论其兄长克拉伦斯（Clarence）被囚之事（Ⅰ，i，43—80，公爵夫人说了莎士比亚原剧中本属于克莱伦斯的台词），理查宣布了他谋杀克拉伦斯的意图（Ⅰ，i，117—121）。接下来是原剧第一幕第三场的缩减版，在这一场中，伊丽莎白王后表达了对其丈夫病情的担忧，理查驳斥了伊丽莎白对他的诽谤，玛格丽特诅咒了伊丽莎白、公爵夫人和理查。随后，公爵夫人复述了克拉伦斯有关沉船和尸体的噩梦）（Ⅰ，iv，9—33），紧接着几乎全部是理查向安夫人求爱的那段"不太可能且夸张的"场景（Ⅰ，ii，5—263）。在第一幕第三场的独白结尾部分，理查直接转向其开场演说（Ⅰ，i，1—41），然后以《亨利六世》（153—195）第三部第三幕第二场的一部分独白继续展开剧情，他在独白中谈到了他的畸形和攫取王位的谋杀计划。贝内戏剧的第二部分包括莎士比亚原剧第二幕到第五幕中关于理查之掌权和死亡的简要内容,主要以独白来表达,中间穿插着女角色的场景。理查提到了克拉伦斯的死(Ⅱ,i,80—84),要求去试探海斯丁斯(Hastings)对他攫取王位计划的态度(Ⅲ,i,161—164,172—185,188—196),询问关于草莓的事(Ⅲ,iv,31—33),散布关于爱德华孩子之非法性的谣言(Ⅲ,v,72—94),研究他可能继位后的民意(Ⅲ,vii,1—2,21—24),假装无意争夺王位(Ⅲ,vii,141—165),登基(Ⅲ,vii,223—226),告诉白金汉他要处死私生子(Ⅳ,ii,5—18),指责白金汉(Ⅳ,ii,32—115),复述泰瑞尔(Tyrrel)对孩子谋杀者的报告(Ⅳ,iii,1,10—14,26—29),梦见受害者的幽灵(Ⅴ,iii,178—182,201—202,213,210),对博斯沃思(the Bosworth Field)战役消息的反应(I,iii,272—302)和要求备马(Ⅴ,iv,7—13)。在这一剧情进展中穿插着公爵夫人和伊丽莎白对逝者的哀悼(Ⅱ,ii,40,47—54,55—88),女人们对安夫人嫁给理查的反应(Ⅳ,i,13—103),以及第四幕第四场的大部分剧情,包括公爵夫人和伊丽莎白再次哀悼,玛格丽特对她们的痛苦幸灾乐祸,理查要求伊丽莎白将女儿嫁给他。

以上就是戏剧台词的编排,它对莎士比亚剧本进行了大幅度剪切,并且时有重新安排。但是角色的行动呈现出另一个完全不同的情节。贝内将其描述为"完全葬礼式的:到处都是棺材和镜子"(SP 9)。肖尔小姐躺在一张大白床上,安夫人在亨利六世的棺材旁哭泣。"到处都是抽屉"(SP 9),这些抽屉装着纱布、白衣带和理查用以装束自己的各种假肢。一个"像爱伦·坡作品中"的钟表响亮地发出滴答滴答声,鲜花铺满地板,"数量之多让人随处都能碰到"(SP 9)。中心舞台有一个憔悴而苍白的爱德华四世人体模型。聚光灯自始至终照亮着盘中的头颅。在整部剧中,理查都在抚摸着女佣,有一次脱去了她的衣服并"慵懒而猥亵地"(SP 27)抚摸她。事实上所有的女人都"以某种完全奇怪的方式表现自己"(SP 20),比如脱衣或穿衣,露出肩膀、胸部、大腿、臀部等等。理查有时以"史前穴居人(troglodyte)的腔调……结结巴巴"地说台词(SP 15);他总是跟跟跄跄,跌倒或滑到在地。在他与安夫人的场景中,理查将各种假肢从抽屉里拉到舞台上,在某一刻,"扭曲而畸形的人造假肢……如雨一般洒落在他身上"(SP 36)。理查打开亨利六世的裹尸布并将各种假肢器具包裹在他自己身体上。随着他身上人工畸形部分的增加,安夫人变得越来越兴奋;她"愈来愈热","彻底地放荡","不断地脱下又穿上衣服"(SP 40—41)。在第二部分,理查逐渐移除了他的假肢,女人们也慢慢对他失去兴趣,最终穿上衣服,并且言谈举止更加传统保守。在戏剧结尾,玛格丽特制作并翻新了皇室的床,将床单和枕套扔在舞台(理查噩梦中的幽灵),继而拖拽着"一大串肮脏的床单"(SP 83)在身后,将理查一个人留在舞台。

贝内说,"整个第一部分","是理查和女人们之间的争论:独一的'愚拙'(['imbecility' of the unique](差异的不可能性[impossibility of the *different*])和历史中女性的淫秽(*obscene* of the feminine in *history*)"(SP 10)之间的争论。在一定程度上,贝内从莎士比亚那里承袭了这些有关差异和女性的主题。在《亨利六世》第三部的第五幕第六场中,理查说:"我没有兄弟,我与任何兄弟都不同;/'爱'这个老人们唤作神圣的词,/寓居在所有男人的心中,/但唯独没有造访我。我孑然一身。"(Ⅱ. 80—83)这些台词被贝内以下述形式挪用到《理查三世》的开头:"我完全没有兄弟,我不像任何人,我……并且'爱'这个被称为神圣的词追随着所有那些彼此适合的人……而我……我是个另类。"(SP 14)女人的重要性早在莎士比亚《理查三世》的开头就已经得到提示,理查在那里评论道,"为什么是这样,当男人被女人统治"(I, i, 62),贝内将这一句台词转译为"从来都如此!但当然!当男人就是女人"(SP 17)。理查还告诉克拉伦斯,人们必须穿上王后的制服走进宫廷(I, i, 80),贝内在理查的台词中暗指了这一点:"我们……为您……效劳……并且我们只佩戴您的……女性……徽章[*devise*]。"(SP 18)但是贝内通过独一的"愚拙""差异的不可能性",以及"历史中的女人的淫秽"这些短语所要表达的含义在莎士比亚的文本中几乎无从辨认。

贝内在讨论其戏剧时经常谈到不可能之物。"对我而言,在戏剧中,重要的只是那创造一个事实和清除一则掌故的东西。我只会被那些不可能被再现的文本所吸引。"("L'énergie" 65)就像画家弗兰西斯·培根,他通过瓦解使经验成为间接物的常规叙述来追求"事实的残酷"(brutality of fact)的直接性。思想是敌人,因为正如"亚里士多德所说:思想是思想的思想。但是从思想的思想开端那一刻起,优雅遗失了,直接之物(the immediate)遗失了。直接之物的生命是不可思的[*La vie de l'immédiate est impensable*]"("L'énergie" 74)。直接之物不可思是"因为它是一种话语(discourse);它就像在戏剧中我所说的不可再现的事物,在直接之物中"("L'énergie" 74)。贝内是某些特立独行的圣徒的伟大钦慕者,其中包括"古白定的圣若瑟(Saint Joseph of Copertino,1603—1663,一位神魂超拔的智力愚钝者,因其悬空和飞翔的特异功能而知名)、愚拙者,圣愚、在教皇面前跳舞的亚西西的圣方济各([Saint Francis of Assisi]"L'énergie" 74),他们都生活在直接之物中并因此处于优雅状态中。"每一个生活在直接之物外部的时刻,我们都在丧失优雅"("L'énergie" 74),尽管以世俗的标准我们可能看上去很优雅,符合和谐、规范和适当的行为准则。但是文化开始于观念被审视的时刻而非观念被活出来的时刻,开始于观念外在于我们的瞬间。"如果我们就是观念,那么我们就能舞圣维特(Saint Vitus)之舞并且处于优雅状态。"正是当我们"丧失优雅"之时("L'énergie" 74),也就是说,正是当我们身上没有世俗的优雅,即文化的优雅,却获得"愚拙"的优雅,达乎不可思的、不可能的、不可再现的直接之物的优雅之时,我们才开始变得明智。

贝内认为,每个人都是独一的,但是独一的个体并不指某个自我的实存。"没有我。我是主体,当心!独一者,独一者。不可模仿之物……主体并不实存"("L'énergie" 81)。因此"独一者的'愚拙'"似乎是指个人的不可思的直接性,他们生活在优雅状态中,处于文化标准的外部和关于自我与世界的叙述的外部。独一者是差异,但差异并非拘囿于意识的思考中。贝内引用德勒兹的话说:"重复是无概念的差异。任何理解这一点的人都无需荡气回肠的冲突戏剧[即传统戏剧]。"(Opere 1167)贝内的课题是去"清除掌故"和"创造事实",去瓦解已被编码的故事并参与到某种"永恒的发挥拆解(undoing)作用的去戏剧化(undramatization)过程"(Opere 1167)。贝内谈到自己时说,"C.B. 完全是他者。来自剩余物而非来自其自身"(Opere 1168)。"C.B. 只在相同中不同……因此 C.B. 只能[做]他不能[做]的事情。他只能[做]不可能的事情"(Opere 1168)。他的戏剧上演了一场"戏剧的绝境(*impasse*),即做戏剧的必然性和不可能性"("L'énergie" 64),这一绝境涉及"沟通的全部不可能性"("L'énergie" 70)。贝内承认,现代世界到处都存在着某种沟通,但这一"沟通是一种败坏"("L'énergie" 73),只是一种俗套之说、因袭的观念和陈腐的价值的传播。观众来观看戏剧是希望确证他们已经知道的东西,以及他们已经思考的、感受的和相信的东西。但是他的戏剧呈现了这种沟通的绝境,是对不可再现之物的再现,是对差异的再现,而差异乃是不可思的直接之物。

淫秽的历史

因此,贝内《理查三世》的戏剧动作涉及理查的"他者性"(otherness),即他与支配性惯例和既定准则的差异。在莎士比亚原剧中,理查是一位畸形的怪物,区别于其他人。而在贝内剧中,理查的畸形使他向差异的不可能性开放。他反复的跟跄、滑倒和跌倒是其优雅的圣维特舞步的一部分,是他对直接之物的"愚拙式"发现。他将各种假肢安装到自己身上,从而将畸形接纳为一种对身体的拆解,一种对自然的和给定的东西的变形。他身体的"丧失优雅"创造了真正的优雅,而当他交出人工假肢时,他便失去了这一真正的优雅并试图返回"到自然的规则"(SP 57)中。但我们必须注意,理查的变形与"历史中女性的淫秽"同样密不可分。贝内将淫秽界定为"欲望的过剩"和"持续的僭越"(SP 10)。充溢和僭越让我们联想到巴塔耶(Bataille),这一联想在贝内对"奢侈观念"(*l'idee de luxe*,显然关联到拉丁义 luxuria。奢侈[luxury]、丰饶[luxuriance]、挥霍[extravagance]、过剩[excess])的访谈评论中得到了间接确认。贝内解释说,他的"话语是萨德式的。完全如此"("L'énergie" 81)。"我从这一命题开始:我孤独地实存,在我之外无物实存;任何不产生或实现快乐的东西都无法吸引我。"("L'énergie" 81)工作是一种对能量的约束和控制,并因此与奢侈的观念相对立。"简而言之,每一个工作状态都没有空间容纳奢侈,也没有空间容纳色情,而色情在我看来就是人的再现。"("L'énergie" 81)贝内认为,工作者不是人。奢侈才是人,但在现代世界,"色情人"(*homo eroticus*)已经成为一种奢侈("L'énergie" 82),一种过剩(superfluity)。当被问及我们应该如何谋生时,贝内答曰:"杀。屠杀。掠夺。偷窃。游戏人生[*joue ta vie*]。绝不要工作。"("L'énergie" 82)贝内当然在故意耸人听闻,但他的观点很明确:色情物是过剩的僭越力,它瓦解社会秩序并无视所有实用性考虑。色情必然破坏稳定的政治关系,因此对贝内而言,"色情和政治是同一个东西"("L'énergie" 77)。他说,奢侈地生活,过剩地生活,就是悲剧地生活,并且"悲剧地生活还意味着这个人处于自杀或疯癫的危险中"("L'énergie" 82)。但是,悲剧地生活同样意味着进入社会转型的乌托邦可能性之中。因此，当贝内谈到革命时，他指的是一种"革命的乌托邦"("L'énergie" 63)。他注意到，在共产党员入选其故乡坎皮萨伦蒂纳的政府后，民众们开始准备一场无政府、庆祝和摧毁的节日。"多么伟大的革命！革命！"它"是乌托邦，亦即不可能之物"("L'énergie" 82)。因此，贝内的色情政治学是一种乌托邦革命的政治学，一种奢侈和僭越性过剩的政治学，不可能且不实用，它在最私人和最公共的领域自我显现。

　　淫秽与理查的逐步畸形之间有着显而易见的关联：都是一种过剩，一种对标准、规则和界限的瓦解。通过与剧中女人的关系，理查进入了一种自我变异的色情政治学，在这一政治学中，欲望和解码是同一个东西。当理查跌跌撞撞和跟跟跄跄时，他变得越来越非自然和畸形，女人们发现他愈加有魅力，而且理查和女人们之间的互动变得愈加色情。相反，当他移除假肢时，女人们渐渐对他失去兴致并最终扔下他孤零零一人。在和安夫人的长时段场景中，畸形和欲望之间关系得到了最清晰地展现，在此，贝内同样暗示出贯穿在动作中的过剩动力学。正是在这一场景中，理查组构了他的人工身体，并且在装配肢体的每个阶段，理查和安夫人都性欲高涨。但是，他们的激情同样充满了暴力和毁灭。有那么一次，"他们紧握着对方，就像特里斯坦（Tristan）和伊索尔德（Iseult）在那段致命场景中紧紧相拥一样"，还有一次，当理查主动要刺伤自己时，"彻底放荡的安夫人——让我们不要区分绝望和淫秽——正如一个令人信服的朱迪斯（Judith）一样，被同样美丽的刀锋所诱惑并真的想杀死他，但正如在一个动荡的爱情之夜的最后时刻"(SP 40)。这一潜在的残忍的爱之死（*Liebestod*）同样是乌托邦。在动作的一个接合点，贝内在舞台指导上评论道，理查和安夫人"在几个瞬间联合在一起"并且"我可以说，将他们结合在一起的东西乃是生命的独一无二的可能性，就像永远在一个岛屿上，有点像米兰达（Miranda）和卡利班

(Caliban),如果动作在《暴风雨》("Tempest")中已经有所不同的话"(SP 39)。联合两者的"是差异的观念,但并不提出问题,等等"(SP 39)。显然,色情的充溢释放了拥有摧毁和创造之潜能的变形力量。同样不言而喻的是,色情充溢的乌托邦时刻乃是优雅的时刻,生命处于直接之物中的时刻,因为直接之物是没有概念的差异,是"差异的观念,但并不提出此问题",这就是说,活出观念(living the idea)而非思考观念。(如果观念不是外在于我们,"如果我们就是观念,由此我们能舞圣维特之舞并且我们处于优雅状态中"["L'énergie" 74]。)就像特里斯坦和伊索尔德,朱迪斯和荷罗孚尼(Holofernes),米兰达和卡利班,以及彭忒西勒亚和阿喀琉斯),理查和安夫人之间的联合发生在一种感兴的力之生成中,这是一种(在克莱斯特意义上的)战争的气氛,其危险和希望都同样来自差异的变形瓦解。

  贝内将差异关联到"女性的淫秽",但他还补充道,"女性的淫秽"是"在历史中"的。淫秽和历史之间的关系错综复杂,因为淫秽既是进入历史亦是跳脱历史的途径。贝内惊呼皮萨伦蒂纳的乌托邦革命,它"如此反历史","如此疯狂"("L'énergie" 62)。在一次采访中当被要求承认历史的迫切性时,贝内说"我的意思是……我是一名反历史主义者"("L'énergie" 73)。贝内的 *storia*(正如法语的 *histoire*)兼有"历史"和"故事"双重含义,而要打破稳固的社会惯例就必须瓦解塑造这个世界的叙述。因此,贝内的不可能的革命之所以是反历史的是因为它终结了令人舒适的叙述,不仅如此,革命的反历史性还在于它瓦解了理性时间。直接性的时刻是非历史的,这是一个事件,不能被纳入规则瞬间的历史时间序列之中。但是贝内的戏剧关乎理查与历史之间的纽带,在戏剧的第二部分,贝内说道,"女性的历史抛弃了理查(并且是很不幸地被抛弃)",理查陷入"单调的酗酒阶段,这是一个空虚无聊的人在那些黎明时候为了回家并消失而寻找一匹马的奇怪的不适感"(SP 10)。似乎这里的"历史"的含义与"叙述"略有差异,贝内后来在戏剧中确证了这一怀疑,他写道:"淫秽是历史[*Oscena è la storia*],是政治行动,无论它会是什么……"(SP 39)莎士比亚的《理查三世》是一部历史剧、一部政治行动剧,并且尽管贝内移除了莎士比亚原剧中过于政治性的内容,但他的目的之一是为了阐明政治行动的本质。所有的政治行动都是淫秽的——这意味着,所有的政治行动都通过欲望的过剩来实现。理查最初做出接纳自己的畸形并追求女人的决定就是他的"'政治选择'"(SP 15);他陪伊丽莎白的散步乃是"一次'政治'散步"(SP 22)。因此,历史作为政治行动的本质在理查与剧中女人亦即与欲望的过剩的关系中得以呈现。理查"在政治上的成功要感谢他的固有缺陷",而当他"逐个"扔掉那些"人工残肢"式,他沉溺于一种"不明智的梦境"并试图"使自己摆脱他自身的历史"。(SP 56—57)他"想不惜一切代价抗拒**历史**:这就是为何他不仅移除了假肢,而且开始让自己变得迷人,整理自己的头发,向空中扔出一堆极其精美的男装晚礼服"(SP 60)。在返回"自然,返回自然的规则"的过程中,他"不惜一切代价追求某种自主性(autonomy)"(SP 60),这种自主性意味着与女人的分离,与欲望的过剩和畸形分离。在戏剧结尾,理查"独自一人,孑然一身:不再有女人历史(women-history)……不再有任何东西:甚至没有裙子、女人的鞋子或任何诸如此类的东西"(SP 78)。他还是复述台词,"就像'我'自身[*lo stesso 'lo'*],就像每一位在历史之外的僭主(tyrant)"(SP 79)。他绕圈奔跑,疯狂地寻找着什么东西,寻找任何东西。"现在它是不同的……不同的也是理查。与自身不同……这是谵妄。这是一位白痴讲述的没有意指的故事。"(SP 78)

僭主在历史之外,与欲望和他者分离。他相信一种虚假的自主性,一种设定的身份;他以"我"(I)的口吻即我-自身(ego-self)的口吻说话。其结果并不是稳定性和秩序而是谵妄,是朝向黑洞的一次坠落。在理查和安夫人像卡利班和米兰达在《暴风雨》的岛上那般团结在一起的"几个瞬间",他们是在历史之外的,处于一个无概念之差异的乌托邦中,这个乌托邦是"差异的观念,但并不引发问题"(SP 39)。但是这一非历史事件的不可能的差异是双方的差异(difference à deux),是在欲望之中的差异,是涉及某种社会关系的畸形的生成-他者。相反,理查的最终差异是自我指涉的和幻觉的(delusional),是"历史的恋物的自慰"(historical-fetishistic masturbation)(SP 78)时刻,在这一时刻,欲望在延续,但欲望成为彼此疯狂追赶过程中的无意义的自我图像(self-images)的闭合回路。理查从历史中跳脱就是一种抗拒历史的努力,即抗拒欲望及其畸形状态。其结果是谵妄和隔绝。理查变成了"战斗的谵妄"(SP 80),他将破衣碎布扔"向虚空"(SP 81),他说出最后的台词,"向着虚无[al nulla]"(SP 83)。随着玛格丽特这个"历史的女性的综合"将他孤独地留在舞台,贝内隐忧不祥地评论道:"这座孤岛彻底变得晦暗不堪……"(SP 80)

  官方历史是一种在逻辑时间中的连贯叙述,一种对既定价值、标准和惯例的确认。相反,活生生的历史,或具体的政治行动领域,是淫秽的,过剩的,非理性的。当女人竞相对她们的不幸表达哀悼时,贝内说她们意识到了"王权易主没有任何女性的理由——但女性的理由是一个人能够经历的唯一历史"(SP 48)。官方历史死气沉沉,过剩欲望的历史则生机勃勃。当安夫人第一次被理查吸引时,贝内评论道:"这就是历史的重要性,它只服务于那些对推动它前进的人……我再重复一遍:宁要畸形人也不要死去的英雄!一具尸体对安夫人有什么用呢?"(SP 38)贝内的布景"完全是葬礼式的",舞台中央摆着一个垂死国王的人体模型,旁边是死去的国王尸体。只有畸形的战争男人仍在将女人从哀悼中引诱出来并引发欲望的变形过程。开启这一过程使得从官方历史到乌托邦式无概念的差异的逃逸成为可能；抗拒它则会坠入谵妄式全神贯注于自我（self-absorption）的虚空之中。

　　贝内戏剧演出是对莎士比亚《理查三世》的历史的评注，但与此同时它也展示和表明了戏剧的乌托邦功能。贝内在整部剧本中将演员的动机和反应作为舞台上的表演者来进行评论。"以他的些微常态"饰演理查的演员认为他能"使自己如其所是地被接受"（SP 14）并能吸引其他演员的关注。然而，他们的声音淹没了他，并且只有当他开始跌跌撞撞和踉踉跄跄时，他们才回应他。因此，当理查跌倒，伊丽莎白向观众坦露一侧胸部时，她这么做是为了"去帮助一名舞台搭档，而非帮助一个人物角色"（SP 22）。最初，饰演理查的演员不能理解"他的偶发意外：滑倒、跌倒等等。"（SP 30），但在他与安夫人的场景中，"演员理查开始意识到［他对她的影响］，他开始去理解，这意味着，开始去向观众解释"（SP 31）①。演员打算开始去理解和向观众解释的东西是，他的不优雅的笨拙构成了他的优雅，他的人工畸形部分构成了他的魅力。但他还表明他是一位将自己组构成一种非自然的和分离的身体的演员。他的假肢是"仿造物［trucchi］"（SP 37）。他是"一位'以碎片和残片组成的'国王（SP 57）；当他抛弃他的假肢部分时，舞台上杂乱地充斥着"这位戏剧国王的被诅咒的那些假肢［quei maledetti arti truccati di quel re da teatro］"（SP 67）。但关键并非在于所有的东西都是幻觉和谎言，而在于演员对其身体的去自然化和拆解是一种将欲望身体呈现在舞台上的方式。贝内的戏剧是关于不可能的戏剧，是对不可思的直接之物的舞台呈现，是对不可再现之物的表演，是关于沟通之不可能

---

① 然而，贝内同样说道："事实上，什么能让我们确信演员并不知道所有事情？演员，不是理查，抑或二者都是？"（SP 31）

性的沟通。① 戏剧的目的是在表演空间中创造人物在剧情中演绎出来的和演员在互动中发现的事件——欲望过剩的淫秽事件。因此,在戏剧第一部分的结尾,贝内将《亨利六世》第三部的若干关键词加入理查的独白中(下文楷体部分):"萎缩得就像一根干枯的树枝!一个显而易见的戏剧的超政治的驼峰![una gobba evidente plateale strapolitica!]……不匀称的……混乱的……(并且他在此哭泣,但带着喜悦),不相似的……可悲的!……戏剧!!!"(SP 46)因此,这位以仿造的"碎片和残片"装配而成的"戏剧国王"评论了他的人物角色的处境,陈述了他作为一名演员的实现,同时还呈现了一个差异的事件——不匀称的,混乱的,不相似的——这一事件是超政治的(strapolitical);超政治的(hyperpolitical),政治之上的(surpolitical),元政治的(metapolitical)。戏剧在某种意义上是在世界之外的,是一种人工的、自我闭锁的空间,就像卡利班和米兰达的乌托邦式岛屿,是一种超现实的政治学的场所和欲望的元政治学阐释的场所,但它还是一种对世界的强化(intensification),是一个超政治的空间,在这个空间中,色情政治学能在其所有不可能性中产生出来。

德勒兹的贝内

在《减法宣言》["Un Manifesto de moins"]的开头,德勒兹引用

---

① 在《我们的土耳其圣母》的舞台制作中,贝内将一面带窗户的玻璃墙放置在演员和观众之间。因此,观众只有在窗户被打开时才能听见演员的声音。"因为这一玻璃槽式的空间里,存在着一种沟通的完全不可能性;这是一个事实,并且我因此成功地实现了不可能。"(L'énergie, p. 70)贝内还说:"当我说剧院是非可再现的(non-representable),我说是。因此,剧院是。它就是。但它是非可再现的。我并不是说剧院是不能被再现的,那将是另外一回事:我说的是,剧院是非可再现的"(L'énergie, p. 77)。

了贝内的评论,认为《罗密欧与朱丽叶》是"一篇论莎士比亚的批评文章"(SP 87;204),这引发德勒兹追问,贝内的戏剧在什么意义上可被视为一种批评。德勒兹认为,在某种意义上,贝内的戏剧是一种删减的戏剧,一种"减少"[de moins]的戏剧,正如他的哈姆雷特是《删减的哈姆雷特》[Un Hamlet de moins, Un Amleto di meno]。① 在《罗密欧与朱丽叶》中,贝内通过将罗密欧从戏剧中移除来"删减"他;在《S.A.D.E》中,他将主人(Master)从一对主人-奴隶的施虐恋组合中删减掉,将全能的主人简化为一次自慰的痉挛。在《理查三世》中,他"删减"了除理查之外的所有男性角色。他还对结构进行删减。在《罗密欧与朱丽叶》中,茂丘西奥(Mercutio)"在莎士比亚剧中只是一个配角"(SP 88;204—205),但当罗密欧被移除后,他占据了大量戏份。在《S.A.D.E》中,用人成为施虐恋组合中的主导角色。在《理查三世》中,女人和理查以另一种方式得到塑造。在每种情形中,角色的删减带来的是其他角色的塑造(construction),并且正是在这一删减和塑造的双重过程中,德勒兹发现了贝内戏剧批评的本质。每一部戏剧"首先涉及角色的制造(fabrication)、他的准备、他的出生、他的结巴、他的变化、他的发展。这一批评的戏剧是一种组构(constitution)的戏剧,批评即组构"(SP 88;205)。从这个意义上来说,贝内的戏剧是一种"戏剧实验(theater-experimentation)"(SP 89;205)他的任务是从戏剧中删减一些东西,观察什么东西出现,并由此观察可以形成什么新的结构。他扮演的角色并非一位"作者、演员或导演",而是一名"操作员"(SP 89;

---

① 贝内的标题取自儒勒·拉福格《哈姆雷特,或孝敬的后果》中的反讽性结尾。在拉福格的故事中,当哈姆雷特在奥菲利亚(Ophilia)的坟墓遇见雷欧提斯(Laertes)时,雷欧提斯刺死了哈姆雷特。一位来自埃尔西诺(Elsinore)巡回剧团的女演员凯特(Kate)哀悼哈姆雷特的死亡并继而返回到她爱人比比([Bibi]她对"比利"[Billy]莎士比亚的昵称)身边。比比因凯特曾离开他而抛她,此时叙述者对故事如是总结道:"所有都回归秩序。少一个哈姆雷特[Un Hamlet de moins];正如他们所说,这不是人类的结束。"(p. 69)

205),一名"操控者"或"机修工"(SP；206)。就像一名助产士,他助产"出一头怪物,或一个庞然大物……"(SP 92；206)。

贝内在《理查三世》中删减的是"全部皇族和亲王系统中的人物"(SP 90；205),而他创造的怪物则是理查,这个战争男人"与其说是贪求权力,不如说他想要重新引入或重新发明一部战争机器"(SP 90；205)。德勒兹观察到,战争男人与女性有着独特的关系,就像《彭忒西勒亚》中的阿喀琉斯一样(SP 91；206),在贝内的戏剧中"随着战争中的女人的出场和离开",理查"跟随一条持续变动之线来形成自我或者毋宁说让自我变形"(SP 91；206)。在这里,我们当然辨识出德勒兹在《对话》中对莎士比亚《理查三世》的读解,但相比于贝内剧中的战争主题本身,德勒兹更强调贝内对权力的隐含批判以及变形作为持续变动的观点。战争机器反对国家机器及其固定的权力关系,而德勒兹在贝内戏剧中所发现的不断"被删减、截除、废止"的东西就是"权力的要素,即制造或再现权力系统的要素"(SP 93；206)。德勒兹将贝内视为一位次要作家,这一概念的意义在上一章中得到了阐发,他还在贝内的删减批评(substractive critique)中发现了一种对主要结构的次要使用。在主要权力系统中,"人们从一种思想中制造出一种学说,从一种生活方式中制造出一种文化,从一个事件中制造出历史。人们由此表示认可或赞赏,但事实上他们是在进行标准化"(SP 97；208)。相反,去对主要之物进行"次要化"就是"去释放生成以反抗历史,释放生命以反抗文化,释放思想以反对学说,释放优雅或不优雅反对教条"(SP 97；208)。显然,贝内对莎士比亚的《理查三世》的批判是一种对主要之物的次要化,是一种对莎士比亚剧中官方国家再现的删减,从而在理查的变形中释放出生成和不/优雅(dis/graces)。但德勒兹还将贝内的权力批判与戏剧形式关联起来。他认为,戏剧中的权力要素同时确保了"被塑造的主体的连贯性和舞台再现的连贯性"(SP 93；207)。

换言之，权力批判必然涉及表征批判，因为语言、互动、姿势、行为的常规法则浸润着支配性社会系统的权力关系。因此，为了批判权力，

> "你得从删减开始，切除语言、姿势、表征物和被表征物中构成权力要素的所有东西……接着，你要切除或截除历史，因为**历史**是**权力**的时间性标记。你要切除结构，因为它是共时性标记，是不变量之间的关系总和。你要删除恒量，以及稳定或趋于稳定的要素，因为它们属于一种主要运用。你将截除文本，因为文本就像以言语[parole]的形式实现语言[langue]的支配，并再次为某种恒定性或同质性作见证。你切除对话，因为对话将权力要素传递给言语[parole]并使它们流通：在如此这般被规范的情况下，轮到你说话了（语言学家试图确定'对话'的普遍原理）。"(SP 103—104；21)

似乎所有事物在这样一种戏剧中都将荡然无遗，德勒兹却坚持认为"一切都得以保存，但赋予了新的认识、新的声音、新的姿势"(SP 104；211)。

贝内的《理查三世》以何种方式删减德勒兹所列举的诸多要素——历史，结构，对话，文本和语言常量——取而代之的又是什么？正如我们所见，贝内删去了莎士比亚历史剧的诸多情节，乃至如果不完全熟悉原剧本，贝内保留下来的台词就无法向我们讲述一个连贯的故事，但剩余的是理查和女性角色的生成（换言之，历史被"次要化"为事件）。莎士比亚的戏剧结构被贝内的大幅度切除和台词与场景的置换所摧毁，但取而代之的是理查拼合和拆卸假肢的动作。（似乎并未删除全部结构，而只是删除了某种标准叙述的常规结构。）对话的瓦解不仅通过贝内的切除和置换来达成，而且借助各

种表演行动来实现——演员的结巴、叫喊和呢喃;演员声音的电子变声;对话的交叉重叠;与文本隐含对话关系相抵牾的舞台设计、姿势、行动等等。"奇怪的是,贝内的戏剧中竟没有对话;因为众多声音,无论同时的还是相继的,无论是叠加的还是置换的,都被吸收进这一时空的(spatio-temporal)变动连续性中。"(SP 105;211)取代常规对话的是一种互动的音乐,这是由诸分层(layerings)、切分音(syncopations)、变调(alternations)和停顿(hesitations)组成的复合体,这一复合体表明声音之间的关系存在于那些以人物口头交流的逻辑被编码的东西之外。至于文本和语言常量的删减问题,则需要更细致广泛的考察。

  德勒兹认为删减文本意味着推翻成文剧本对舞台表演的等级统治——换言之,意味着颠覆对著者权威原作的"忠实"再现(representation)的思想。德勒兹部分地想要指出的是,贝内挪用莎士比亚的剧本是为了实现新的目标,并且他对自己戏剧目的的追求拥有相对自主性。但德勒兹还指出了贝内自己的成文剧本"删减"或削弱传统文本概念的方式。贝内《理查三世》中的几乎所有人物台词都来自莎士比亚原剧作,但足足有一半的戏剧内容由贝内的评注、指导、观察和分析所组成。称这些内容为"舞台指导"似乎不太恰当,因为舞台指导一般从属于正义。一个"文本"出现在贝内戏剧中——莎士比亚原剧台词——但它们已经变成"一种变动的单纯质料"(SP 105;105),并且贝内的评论是"非文本的,但内在"于文本,它们是成文的指导,发挥着"操作员的功能,每次都在表达着所述经过的可变量的范围,就像乐谱中的情况一样"(SP 105—6;212)。贝内发明的"既不是文学的写作亦不是戏剧的写作,而是一种真正操作性的写作,它在读者那里产生的效果十分强大,十分陌异"(SP 106;212)。贝内的全部戏剧"必须被观看,但也要被阅读,尽管文本严格来说并非必不可少。这并不矛盾。就像破解一首乐谱"(SP

106；212）。我们可以说，贝内的成文评注位于莎士比亚文本和表演事件之间。贝内处理莎士比亚原作的方式是对剧本进行拆卸和分解，并将其转变为持续变动的质料。原始质料由此通过贝内评注中详述的操作而被加工，从而产生了戏剧的特定表演。贝内的写作既非文学的亦非戏剧的，因为它位于成文剧本和表演事件之间的中途，并且它既不从属于增强书写文本这一文学目的，也不从属于指导其忠于表演这一戏剧目的。贝内的评注与莎士比亚的文本之间存在着一种病毒式的关系，这些评注仿佛被感染，从原始病毒那里分有一部分，但并未被同化。贝内的评论是操作员，并且在这个意义上，只要它们完成工作并帮助实现一次表演，便可在使用后将其抛却。但是他的成文作品，比如出版的《理查三世》，有其自身的力量和奇特之处。他的戏剧"必须被观看，但也要被阅读"（SP 106；212）。

当德勒兹论及对属于主要使用的常量的删减时，他心之所指的当然是《卡夫卡：为次要文学而作》中详细阐述的语言的次要使用。德勒兹在《叠加》中重申，所谓的语言常量和恒量事实上只是某种次要使用将其置入持续变动中的权力关系，而且他认为，就像卡夫卡、贝克特、戈达尔（Godard）和卢卡一样，贝内也是母语中的异乡人，他发明了使语言自身结巴的方法。但是，正如在《卡夫卡》中的情况一样，德勒兹同样只提供了寥寥几个次要风格本身的具体情形，而且全然没有列举贝内写作中意大利语的次要使用实例。不过，《叠加》中愈发清晰可见的是，德勒兹的语言次要使用的概念必定远远超出作家在纸面上进行遣词造句的含义，并且语言施为为德勒兹提供了次要风格的最充分例证。德勒兹在以其青睐有加的卢卡的《激情澎湃》作为次要写作的例子进行引证时提出的建议十分重要，即我们要"阅读或倾听这首诗"（SP 108；213，楷体为本书作者所加）。"从没有人在一种语言中达到如此强度，实现如此程度的语言强化使用。公开朗读盖拉西姆·卢卡的诗歌堪称一次圆满而神奇的戏剧事件。"(SP 108；213)当德勒兹再次提出语言的语义单位并不是在各种不同语境中发生二次变状(secondary modification)的常量的观点时,他以安夫人对理查说的话"你吓到我了!（You horrify me!）"作为例证。一位战争中的女人喊出这句话,一个被无赖吓得畏葸退缩的孩子喊出这句话,一名感受到怜悯和欲望在心中轻微荡漾的少女喊出这句话,其意味都各不相同。每一句"你吓到我了!"都是一次不同的言语行动,并且都是持续变动的潜在线路的一次实现,这一潜在线路穿过这句话的所有可能的例示。德勒兹认为,通过使安大人"穿过所有这些可变因素",贝内引发了"你吓到我了!"这句话的某种次要使用:他让她"如一位战争中的女人般反抗,返回为一个孩童,回归到一名少女的生命,在一条持续变动的线路上,并且尽可能加快速度"(SP 105；211)。因此,要想对这句话进行"次要化",她必须在不同的表达方式中进行快速切换,每一次切换都包含着语气、腔调、面部表情、姿势、手势、动作等变化。

按常理而言,这些变量属于语言之旁(para-)或之外(extra-)的要素,但在最后的分析中,它们全都成为贝内次要风格的组成部分。在他的戏剧中,"所有语言和声音的组成部分,即不可分割的语言[*langue*]和言语[*parole*],都被置于一种持续变动的状态中",并且它们能对"其他的非语言成分,如动作、激情、姿势、态度、物体等等"(SP 109；213)产生某种效果。内在于语言之中的语言/言语变量被置入与外在变量的相互关系中,它们都"在相同的连续性之中,在相同的连续性之流中"(SP 110；213)。德勒兹引用了科拉多·奥贾斯(Corrado Augias)的评论,即贝内的戏剧表现了语言中普遍的"失语症",以及平行的对姿势和事物产生感兴的各种"口吃"。演员在呢喃、叫喊或哀叹,他们的声音以各种方式通过电子设备实现变声,与此同时,诸多物体妨碍演员的常规动作,《理查三世》中最著名的障碍物就是女人们反复穿上和脱下的衣服,以及使理查跟跄和跌倒的各种道具。语言和言语的失语症式变声创造了一个语言和声音的变动连续体,而诸障碍物则创造了一个平行的变动连续体,理查的持续跟跄"在永恒的真正的失衡状态中"形成某种摇摆的"姿势"(SP 111;214),女人们的穿衣和脱衣则引发了某种持续的"衣着的变动"(SP 112;214)。

人们可能因此而在"姿势和事物的持续变动"与"语言和声音的持续变动"之间做出某种大致区分,但在贝内的戏剧和电影中,"这两种变动绝不能保持平行。无论如何,它们都必须被置于彼此之中"(SP 115;216)。它们必须"构成一个单独和相同的连续体"(SP 116;216)。早在《理查三世》那里,语言/声音的连续体和姿势/事物的连续体尚清晰可辨,公爵夫人的声音和语气的变动在一个连续体中回答着理查的"史前穴居人"般的结巴,女佣的行动则在另一个连续体中对应着理查的跟跄。但是,在同安夫人那段"不太可能且夸张的"的场景中,两个连续体融为一体。随着理查"获得其政治选择,他组构了自己的畸形肢体,他的战争机器"。安夫人则"与一部战争机器结合"并"让自己进入某种与理查的变动相结合的变动之中"(SP 118;216—217)。最终,"这一个和另一个的声音变动,音素和音调,形成一条拉得越来越紧的线,这条线滑入姿势之中,反之亦然。观众不仅要理解,而且要倾听并观看结巴和跟跄从一开始就一直在追求的无人知道的目标:理念变得可见、可感,政治变得色情"(SP 118;217)

用贝内的话来说,"政治变成色情"这一目标体现在"淫秽"之中,色情就是那瓦解法则和惯例的过剩欲望。用德勒兹的表述则是,这一目的在于普遍化的生成,即戏剧所有组成部分的持续变动,类似于德勒兹在音乐领域所呼吁的"普遍的半音音阶化"([generalized chromaticism]SP 100;209;另见 MP 123;97)。事实上,德勒兹暗示着贝内戏剧的普遍化生成使其成为一部本质意义上的音乐剧。德勒兹特别指出了贝内的评论,即在传统戏剧中是词语摧毁歌曲,而在他的作品中演员必须"唱出无法理解的词语"("L'énergi" 78),他还在贝内对演员的声音处理中发现了"一种诵唱(*Sprechgesang*)"(SP 105;211),位于日常言说规则和歌唱规则之间的中途,在两种表达方式之间持续摇摆并模糊它们之间的界限。德勒兹还指出,贝内渴望在其电影和戏剧中创造"观看的音乐"(music for the eyes),即一种"图像的音乐"([music of images]"L'énergi" 71)。最终,语言、声音、姿势、运动、灯光、布景和道具在贝内戏剧的音乐中就像是一首由众多质料组合而成的单独乐曲,速度和强度是其构造原理。由于各组成部分被置于持续变动之中,所以它们失去了固定的身份、稳定的形状和形态。它们成为处于永恒转变中的纯粹变形运动,这是一种唯有从其速度和其强度涨落的角度加以描述的变化过程。正是通过这一持续变动的一般原理,"贝内的书写和姿势才是音乐性的:因为每种形式都因速度的变更而毁形,这使得相同的姿势或相同的话两次被做出或说出时,必定会获得不同的时间特征。这就是音乐的连续性公式,或变形的形式[*form à transformation*]"(SP 113;215)。

这种变形的形式,或自我变形的形式,也许可以将其描述为一种毁形,或者固定和稳定形式的摧毁,在这里,理查畸形肢体的主题和戏剧的形式/结构的毁形融为一体。但是我们不能将毁形简单地理解为僭越和否定,这一观点是德勒兹间接援引一群以尼古拉·奥里斯姆(Nicolas Oresme)为代表的十四世纪经院学派作家的理论得出的,奥里斯姆"基于一个运动物体的不同点之间的速度分布,或一个对象的不同点之间的强度分布"(SP 114;215)发展出一种关于异形的(*difform*)运动和性质的几何学。在这种中世纪的速度和情动的几何学语言中,异形性(difformity)只是同形性(uniformity)的对立面。异形是一种拥有各种形式的状态,与单一形式相对,不仅如此,异形是时间中的运动功能。由此,奥里斯姆谈到了"同形"的性质,它们在时间中保持不变,还谈到属于"同形地异形"(uniformly difform)的性质,它们在时间中持续不断地变化;但还有其他一些性质典型地体现了"异形的异形性"(difform difformity),它们要么是简单的,要么是复合的,在这一"异形的异形性"中,性质以各种速率变化。① 我们可以说,毁形强调了对常规形式进行摧毁的批判性功能,变形强调了新的变形连续体的创造性生产功能(人们不能再说"新的形式"),而异形同时强调上述两种功能。因此,贝内戏剧中最初被德勒兹识别为"删减"和"组构"的东西,我们可以将其视为诸多异形,亦即语言、声音、行动、服饰和场景向不同速度和强度的连续体的转换,这些连续体作为一种诸关系的抽象音乐的构成部分而发挥作用。

因此,权力批判需要一种表征批判,并且在戏剧中,这种批判涉及对包括历史(即惯常的情节)、结构、对话、文本和语言在内的传统戏剧再现的所有组成部分的一种异形。在贝内戏剧中,语言的批判性异形首先从语言(语言系统)拓展至言语(语言行动),继而从语言/声音的连续体拓展至姿势/事物的连续体,直至舞台生产的所有要素都变成一个"速度和强度上的"音乐"作品"的构成部分。但是,

---

① 在《叠加》中,德勒兹没有引用任何文献来佐证他对中世纪物理学中异形的讨论,但德勒兹和瓜塔里在《千高原》中讨论"经度"和"纬度"相关概念时援引了皮埃尔·迪昂(Pierre Duhem)里程碑式的著作《世界的体系》(Le Système du monde)(特别参阅 Duhem v. 7, pp. 462—653)。有关尼古拉·奥里斯姆对同形和异形的论述,请参阅由马歇尔·克拉格特(Marshall Clagett)编辑、导读、翻译和注疏的《尼克尔·奥里斯姆与中世纪性质与运动几何学:一篇以〈论性质与运动构造〉而为人所知的有关强度的同形与异形的专题论文》(*Nicole Oresme and the Medieval Geometry of Qualities and Motions: A Treatise on the Uniformity and Difformity of Intensities Known as Tractatus de configurationibus qualitatum et motuum*)。

我们应该留意到,尽管从某种意义上说,贝内对戏剧再现的非语言要素的"次要化"异形只是从一般的权力批判开始,但在另一种意义上,它在逻辑上是根据德勒兹所理解的语言自身的本质推导而出的。如果语言就是行动,那么一次发言的语义内容并不先于其施为,而是在其陈述中生发出来的。尽管德勒兹避免某种泛文本论(pan-textualism)并且坚持对话语和非话语进行区分,但他还是认为语言是语用学的分支。词语本身并无意义,唯有在某种行动语境中才有所意指,并且尽管人们会将词与物区分开,但词语唯有在与非语言实体世界的关系中才能产生意义。当安夫人将"你吓到我了!"置于持续变动中时,他打破了稳定的诸行动语境(action-contexts),这些语境既包含话语要素又包含非话语要素。她借助语气、腔调、重音和发音上的变化来改变这个句子的语义内容,所有这些变化的要素都是语言口头施为行为的一部分,不仅如此,她还通过面部表情、姿势、手势和动作,以及与环绕其身体的诸物质要素的互动——衣着道具、布景、灯光——来实现语义内容的变化。

因此,德勒兹在讨论次要风格的具体语言特征时经常表现出来的语焉不详不仅意味深长,而且或许也在情理之中。他将一般意义上的风格界定为"某种持续变动的程序"(MP 123;97),文学中的风格涉及所有语言要素的持续变动。他对语言次要使用的理解不可避免地导向对语言施为和戏剧场景中的表演的强调。因此,戏剧与其说是文学实践的一种独特或混合的形式,不如说是文学中典范性的行动领域之一。将所有戏剧成分置入持续变动中的普遍的半音音阶化可被看作词与物之间复杂多元联系的一次舞台演出和表演,而贝内戏剧的次要风格则可被视为对隐含在语言次要使用中的东西——涵盖话语和非话语领域的诸行动/语境的一种异形——的明晰呈现。

戏剧和人民

德勒兹的《减法宣言》在多大程度上恰当地解释了贝内的戏剧及其《理查三世》？德勒兹透过"战争男人"的镜片来审视莎士比亚的理查，认为他发动了一部普遍背叛和生成-女人的战争机器。这一观点本身源自德勒兹对克莱斯特的"战争文学"和《彭忒西勒亚》的理解，《彭忒西勒亚》全面呈现了战争/国家的对立，以及暴力同欲望之间的联系，它们是进入生成-女人和生成-动物过程中的感兴内张度。贝内一方面以《一个战争男人的恐怖夜晚》作为其剧作的副标题，另一方面却对战争所言甚少，对战争机器更是只字未提。不过他的确在戏剧后段做了一个令人信服的评论，"玛格丽特毁坏并重做了床，在这张床上，她试图爱上如此伟大的战争"（SP 80），这句话表明战争与贝内戏剧的核心主题即历史中的女性的过剩欲望之间有着密切联系。贝内将理查看作"战争男人"似乎显然并不只是向德勒兹致敬，毋宁说这暗示了他们两人的研究课题及他们对莎士比亚剧中理查的看法基本上同符合契。德勒兹或许不太乐意使用贝内的诸如"过剩""僭越"和"不可能"等词汇，贝内可能也不会借用诸如"战争机器"和"生成-女人"一类的措辞，但他们都在莎士比亚的理查身上看到了一位与女人和政治有着特殊关系的非典型的国王——用德勒兹的话来说即战争男人——并且他们都将莎士比亚剧中人物的逐渐畸形视为批判原剧固定权力关系的手段和引发那跟随着由剧中女性人物开启的线路的创造性变形的方法。

然而，如果德勒兹和贝内都将理查视为战争男人，其畸形构成一次生成-女人的过程，那么德勒兹对贝内戏剧的读解将是片面的，他仅仅将关注点集中在第一部分理查和安夫人之间的气氛化场景上，几乎完全忽略了第二部分。作为批判《减法宣言》的少数人之一，马克·福捷指出了这一实情，他认为德勒兹将某种乐观主义基调赋予"一部悲剧作品"并由此误读了贝内的《理查三世》(Fortier 7)。福捷正确地看到，理查在第二部分中被女性抛弃，并且随着他将假肢移除，他变成了"一个罪大恶极的人，一个十足的受虐者和自我凌辱(self-mortification)者"(Fortier 7)。按照福捷的读解，理查变形的失败体现了贝内对戏剧及其政治转变潜能的偏见。正如理查的过剩欲望只能导向对权力关系的临时性摧毁一样，戏剧同样只能在权力关系的天罗地网魂兮归来之前对其进行短暂破坏。福捷断定，德勒兹仅仅将目光瞄准《理查三世》的前半部分，由此忽略了戏剧的核心启示，并从作品中解读出一种乐观主义的政治学，而这根本就不是贝内的醉翁之意。

诚然，德勒兹数次说过戏剧仿佛在第一部分就已经结束，并且他对第二部分寥寥无几的评论使我们无法看清他如何读解理查最后自恋式的孤立。① 但是，我们根本无法清晰地看出贝内在《理查三世》中教导的是一种悲剧寓意，并且他对戏剧的政治作用所持的是悲观态度。贝内的《理查三世》正如其《罗密欧与朱丽叶》一样，是一篇"对莎士比亚的批评文章"(SP 87；204)，并且，尽管贝内通过批判性的"删减"操作大幅度去除了莎士比亚的文本，但他还是选择保留足够的文本内容，从第一幕到第五幕勾勒出理查的命运。因此，给予贝内的，亦即他的起点，是莎士比亚讲述的故事。贝内面临的挑战是从莎士比亚戏剧中抽取一次行动的潜在可能性，这一行动的潜在可能性既可以发展为对原故事的评注，亦可发展为自身具有

---

① 德勒兹指出这部戏剧的首要剧情是理查假肢的组构，并且他在某处评论说，在贝内剧院中，"戏剧以角色的构造作为结局，除了构造的过程外没有其他目标，并且不会逾越它"(SP 91；206)。在第二部分，德勒兹只是说："有必要去分析戏剧的所有其余部分，以及绝妙的结局构造：在这里我们清晰地看到，问题并不在于理查征服了国家装置，而在于建构了一部战争机器，这部机器既是政治的又是色情的，二者不可分割。"(SP 119；217)

意义的行动。贝内在其戏剧中勾勒出的行动路线——从第一部分理查与女人们的接触和对假肢的自我装配(self-assemblage),到第二部分他被女性决绝地抛弃和他的畸形——与莎士比亚戏剧中的行动路线相平行,成为对理查起初勃勃乎得势掌权而最终戚戚然顾影自怜这个原故事的评注。如果贝内的故事自身表达了某种寓意,那不是过剩欲望的革命性变形和自我毁形的过程将不可避免地走向失败,而是指在生成-他者中存在着危险,并且如果缺乏审慎就会跌入一个分离式谵妄和孤立的黑洞之中。在这一点上,贝内和德勒兹志同道合,因为德勒兹在《对话》中表达了同样的观点,他说如果没有"足够的防备",一种强度可能"变得危险",一条柔韧的分子线可能"奔向一个它无法逃脱的黑洞",而逃逸线可能"变成消除的线、摧毁的线、他者与自身的线"(D 167—168; 138—140)。

至于福捷提出的贝内的戏剧政治学比德勒兹解读出的政治学要更加悲观的论断,的确,贝内在采访中并不重视戏剧对社会变革的潜能。贝内说,戏剧只能创造临时的"莽端"(scandal),而非真正的"危机"(crisis),因为观众不大可能在离开剧场后将舞台上演的法则和规范的毁形付诸实践;因此,"戏剧没有用处。它是完全无目的的"("L'énergie" 75)。尽管有诸如此类的话,但似乎这些话与其说是原则性的坚定声明,不如说是在表达自己并不喜欢激进先锋派自鸣得意的姿态。正如德勒兹所分析的,这些话源自一种"极度的谦逊",即认识到"戏剧显然无法改变世界并且无法引发革命"(SP 120; 217—218),至少不会以直截了当的方式如此。但贝内的确在继续演出,仿佛他的戏剧能产生效用,并且他也的确宣称要致力于发展一种民众戏剧(尽管他更愿称之为"族群"[ethnic]戏剧)。贝内解释说,"人民的戏剧"的问题在于相信存在着真正的人民,但"这是缺席的人民"[C'est le peuple qui manque]("L'énergie" 76)。这也是德勒兹经常援引保罗·克利同样知名的话所提出来的问题。贝内借用这句话所想表达的内容在很大程度上似乎就是德勒兹的胸中之意——权力的惯例和制度无所不在,乃至无论富人还是穷人,统治者还是被统治者,都被同一个有等级且不对等的法则和规范所组织,其结果是,一种被压迫者的自主而不妥协的集体意识并不存在。当贝内说戏剧向"奴隶观众"说话,"没有差别"地向"富奴和贫奴"观众说话"("L'énergie" 84)时,他只是指出社会领域的基本冲突——正如德勒兹所指出的——"已经被标准化,被规范化,被制度化,它们是'产品'"(SP 122;218)。唯一的解决方案将是去创造全新的人民,去创造贝内所说的尚未存在的"族群"人民。创造这种人民的唯一方式乃是摧毁内在于传统戏剧再现的形式和内容中的权力法则。

贝内经常谈到戏剧的各种"不可能性",而他的计划正是去"做不可能的事"。类似地,一种真正的民众戏剧,一种促使人民来临的"族群"戏剧是不可能的——因此他悲观地认为戏剧是无用的——但这恰恰是一种他力图要创造的不可能性。归根结底,德勒兹和贝内对戏剧政治功能的理解并无区别。戏剧不是去再现某个特殊群体的困境、视角或意识,而是去摧毁社会表征,激发出任何人都可进入的生成。德勒兹说:"这一反再现功能是指去标画和塑造一种小众意识的形象,这一形象是每个人的潜能。让一种潜能在场和实现出来与对某种冲突的再现全然不同。"(SP 125;219)贝内和德勒兹设想的戏剧"不再现任何东西,而是呈现和塑造一种小众意识,这种意识作为生成-普遍(becoming-universal),在各处适时地构筑联盟,跟随诸变形之线,这些线跳出戏剧并呈现出其他形式,抑或通过一次新的跳跃重新回归戏剧"(SP 130;221—222)。

《卡夫卡》一书在克莱斯特的"战争文学"和卡夫卡的"次要文学"之间做了区分,但它们似乎在《理查三世》中融为一体。将国家权力的剧情从莎士比亚的故事中删减出去，使一个"战争男人"成为舞台主角，这个战争男人的逐渐毁形与生成-女人的现象融合在一个无限变形的单独进程之中（尽管最终坠入黑洞）。贝内将对权力的删减拓展至对再现形式的删减，摧毁了情节的、结构的、对话的、文本的和语言的规则，并将舞台表演的诸组成部分转化为众多质料，这些质料组成一首变化的持续变动之线的音乐作品。贝内对所有戏剧要素进行某种次要使用，他的次要风格不可避免地影响着言语/行动情境的各种维度——词语、语态、声调、姿势、服装、灯光、布景等等。通过对戏剧形式进行实验，他推进了次要文学的目标，即创造一种人民，实现这一目标不是通过对一种预期身份的再现，而是通过"一种创造性变动的突然出现，这是不可预料的，在再现之下的（sub-representational）"（SP 122；218）。

我们已经看到贝内戏剧呈现了语言与非语言世界的相互连接。下一章我们将考察语言施行的另一种方式，以及语言与世界接合的另一个维度，集中关注语言中视觉和听觉的界限，即德勒兹所说的"视觉"和"听觉"，以及在贝克特电视剧中对它们的运用。

第六章
生命、线路、视觉、听觉

在《批评与临床》的序言和首章,德勒兹指出,这本论文集一以贯之的主题乃是文学与生命,以及文学与外部之间的关系。正如我们在第一章中所论,德勒兹的批评/临床课题最初聚焦在充当文学研究和精神分析学研究的共同根基的征候学上,萨德和马索克提出了相反情景的符征学,卡罗尔和阿尔托则给出了不同性质的世界的拓扑学。但是当德勒兹重回批评和临床主题时,他拓展了对文学和医学之间特殊亲缘关系的理解,将文学视为健康,而其研究计划的临床方面只涉及那些没能成功建立促进生命活动的连接的文学作品。写作就是"在语言中创造一种新的语言",就是去创造一个过程,这个"过程携带着词语从宇宙一端抵达另一端"(CC 9;lv)。写作就是一次"航行,一次旅行"(CC 10;lvi),是健康时朝向外部的轨迹,是患病时受阻的道路。新语言的创造不仅将文学与外部世界相连,而且还与语言自身的外部相连,与"非语言的但唯有语言才使其成为可能的视觉和听觉"(CC 9;lv)相连,当作家成为"观看者和倾听者",成为视觉和听觉的创造者时,文学就实现了自己的目标,亦即成为"生命通向语言的道路"(CC 16;5)。本章旨在描述德勒兹眼中的文学与生命之间的独特关系,亦即写作与其外部的独特关系,这一外部既指外部世界又指语言的外部。我们将首先关注德勒兹在《对话》和《千高原》中对文学、生命和逃逸线的思考，从中可以辨识文学与外部世界的联系，继而讨论散见于《批评与临床》中的关于视觉和听觉的评述，从中可以追踪文学与语言外部的关系。最后，对德勒兹写于1992年的研究贝克特电视剧的文章《穷竭》（"The Exhausted"）中的视觉和听觉主题进行简要的总结性考察将引导我们切入戏剧语用学和电影影像之间的诸论题。

逃逸线

在《对话》（1977）的第二章《论英美文学的优越性》（"On the Superiority of English-American Literature"）中，德勒兹详尽讨论了文学和写作的主题。他征引了"托马斯·哈代（Thomas Hardy）、梅尔维尔、史蒂文森、弗吉尼亚·伍尔夫（Virginia Woolf）、托马斯·沃尔夫（Thomas Wolfe）、劳伦斯、菲茨杰拉德（Fitzgerald）、米勒（Miller）、凯鲁亚克（Kerouac）"（D 47—48；36）等作家，认为他们的创作比大部分法国作家更加优秀。因为与法国作家不同，这些英美作家能够实现写作的最高功能——即标画一条逃逸线。德勒兹将英美文学和法国文学进行对比的思想主要来自 D. H. 劳伦斯（D. H. Lawrence）的《论美国经典文学》（*Studies in Classic American Literature*）一书的启发，特别是书中最后几章对梅尔维尔和惠特曼（Whiteman）的评论。劳伦斯在梅尔维尔身上看到一种对逃离的强烈迷恋："逃走，逃脱我们的生活。穿越一道地平线进入另一种生活。无论它是什么，只要是另一种生活就行。"（D. H. Lawrence 142）梅尔维尔"本能地憎恶人的生活，憎恶我们所拥有的人类的生活"，但他还"热情地感受着非人类生活的广袤与神秘"。（D. H. Lawrence 142）劳伦斯在惠特曼身上也发现了一种相辅相成的对

"宽敞大道"(The Open Road)的迷恋,这是"惠特曼传递的根本福音"(D. H. Lawrence 182),"美国式民主的福音"(D. H. Lawrence 186)。惠特曼发现了艺术的道德功能,即迫使灵魂寓居在身体中而非从中抽离,并且"走上宽敞大道,由于道路开敞,进入未知域,与那些意气相投的灵魂结伴同行,除了旅行和旅行中难免的工作外别无他求,在通向未知域的漫长生命旅行中,在其微妙的共情(sympathies)中,灵魂在途中自我实现"(D. H. Lawrence 182)。灵魂不与其他灵魂融合,而是与他们进入一种共情关系,与他们"一起感受而非为之而怜悯"(D. H. Lawrence 183)。灵魂在宽敞大道上与其他灵魂相遇,"她对所有人都有共情。爱的共情,恨的共情,单纯亲近的共情;无数灵魂的所有微妙共情,从最痛苦的恨到最热烈的爱"(D. H. Lawrence 186)。劳伦斯说,尽管惠特曼频频陷入神秘融合和唯我式自恋的状态,但"他的福音的欢欣鼓舞依然留存,涤除了**融合**(MERGING),涤除了**我自己**(MYSELF),美国式民主的欢欣鼓舞的福音,宽敞大道上的灵魂的欢欣鼓舞的福音"(D. H. Lawrence 186—187)。

劳伦斯在梅尔维尔和惠特曼身上听见了"美国经典中的一种新声音"(D. H. Lawrence 7),当然,这声音不仅属于他们,而且属于劳伦斯自己。德勒兹从中听到的声音是生成和逃逸线,当谈到英美文学时,他首先指的是那些与劳伦斯志同道合的作家。在讨论梅尔维尔和惠特曼时,劳伦斯阐述了一种观点,即文学乃是逃脱,但这种逃脱始终穿越地平线抵达一个不同的世界,这个新的世界与人类世界截然相反,它充满着一种非人的生命。逃离的路径是一条宽敞大道,是一次"通向未知域的漫长生命-旅行",其目的只在于旅行的过程。宽敞大道是无自我的(selfless),但并非没有固定形式,既涤除了融合也涤除了自我,它的关系模式是共情,意味着"一起感受",包含着爱与恨的共情——简而言之,这是一种贯穿在无限运动过程中的普遍的感兴性。所有主题——逃逸、开放的旅行、非人的生命、无自我的身份、普遍的感兴性——被德勒兹在《对话》中用来描述写作的特征。

　　写作意味着什么？德勒兹在《对话》中抛出一连串等价表述——写作就是逃离，是背叛，是生成，凡此种种，不一而足——每个不定式都指向我们此前遇到的概念网。"逃离就是标画一条线、诸多线，绘制整张地图"(D 47; 36)，"写作就是标画逃逸线"(D 54; 43)。逃逸线是一条在透视法中汇入没影点的线，一条引向超越地平线的线。梅尔维尔在其海洋小说中名副其实地标画出一条逃逸线，这是一条穿越"地平线抵达另一个世界"(D. H. Lawrence 142)的路径，所有的写作都是如此。逃逸"是一种谵妄"(在此我们回想起了卡罗尔和阿尔托，以及与正确方向的良知[le bon sense]相对立的无意义的生成)，"谵妄，正意味着偏离路径"[Délirer, c'est exactement sortir du sillon，"sillon 一词意为"犁沟"、"踪迹"、(车轮的)"辙迹"、(轮船的)"尾波"、(发射物的)轨迹、"铁路轨道"等)(D 51; 40)。因此，逃离就是标画一条未被标明的路线，离开常规意义和既存法则的路径。因此，同理，"在逃逸线中总是存在着背叛"(D 52; 40)，对"支配性意义和既定秩序的世界"的背叛(D 53; 41；在此我们不妨回忆一下《理查三世》和《彭忒西勒亚》)。然而，逃离并非仅仅指逃脱，它还表示"使某物逃离"[faire fuir quelque chose]，"使某个系统发生泄露[faire fuir un systeme，fuir 兼有"逃离"和"泄露"的含义]，就像打破一个管道"(D 47; 36)。偏离踪迹还意味着改变踪迹并创造新的踪迹，意味着脱轨/转轨(derail/shunt)、脱道/改道（unroute/reroute）、偏向/变向（misdirect/redirect）。背叛支配性意义和既定秩序"是艰难的"，因为"它意味着去创造"(D 56; 45)。

　　德勒兹认为使某物逃离的创造性毁形的特征乃是生成——即

他在讨论普鲁斯特、卡夫卡、克莱斯特和贝内时提到的生成-女人、生成-儿童、生成-动物、生成-不可感知者。"写作就是生成,但绝不是生成一个作家。而是生成其他东西。"(D 54;43)在一次生成中,某物在两个项之间经过,乃至二者都发生了改变。"并非两个项被互换,……此项要生成彼项,唯当彼项同样生成其他项并且这两个项都被抹除才有可能……当信天翁自身生成一种非同寻常的白色,即生成纯粹的白色振动时,梅尔维尔的船员就生成信天翁(亚哈船长的生成-白鲸与白鲸的生成-白色即生成纯粹的白墙共同组成了一个簇团)"(D 88—89;73)。所有变化都抹除了稳定的身份并由此生成-不可感知者;因此,"写作的目标和终点"乃是"生成-不可感知者"(D 56;45)。变化中的两个项通过被抹除而生成纯粹的矢量、方向、运动——即德勒兹和瓜塔里在《反俄狄浦斯》中所说的"流"。因此,"写作没有其他功能:是一种与其他流——世界的全部生成-次要物(becoming-minoritarian)——汇合的流"(D 62;50)。与流交汇意味着组建装置,亦即组成诸异质要素的集合体,这些集合体不是借助某个统一的原理而是通过"'共情'共生"(symbiosis)(D 65;52)实现某种程度的协同运作的。因此,惠特曼的**宽敞大道**的"共情"是普遍的感兴性,赋予装置"一致性",即作为交汇的复多性之流的内聚性(cohesion)。

组建装置意味着"居于中间,处于内部世界和外部世界相遇的线上"(D 66;52)。写作是在作家的生成-不可感知者和外部的普遍生成之间打开一条相遇的线。德勒兹从下述两种观点中看到了某种互补关系:其一,生命是属于个人的东西;其二,文学作品"应该在自身中找到其目的,要么以全部著作的形式,要么以正在创造的作品的形式,后者总是回溯至一种写作的写作"(D 60—61;49)。自主的作家和自主的著作这两个概念模糊了写作和生命的本质。写作就是标画一条逃逸线,逃离"就是生产真实物,创造生命"(D

60；49)。随着作家的身份被抹除，流的交汇将写作和非写作(non-writing)关联起来。"事实上，写作自身并没有目的，这正是因为生命并非某种属于个人的东西。或者毋宁说，写作的目标是将生命携至某种非个人力量[*puissance*]的状态。"(D 61；50)生成-他者的诸流的汇合产生了普遍的解域化，它"释放一种纯粹的质料，它拆解编码，它将表达和内容、物态和所述[*énoncés*]携带至一个破碎的之字形逃逸线上"(D 88；72—73)。贯穿在解域化的纯粹质料中的生命是非个人的和无器官的，是从个人、有机体和所有其他稳定实体中抽象而出的一条生机勃勃的线。因此，写作致力于处理这种非个人的无器官的生命的抽象线，在这个意义上，它与其他艺术创作并无二致。"因此，作画、作曲或写作究竟意味着什么？这个完全是线的问题，绘画、音乐和写作之间大同小异。这些活动是通过各自的材料、编码和领域性彼此区分的，而非通过其所标画的抽象线，这种抽象线在它们之间疾行并将它们带向一种共同的命运。"(D 89；74)

线

写作就是逃离、逃走、变得谵妄、离开踪迹、背叛、变化、汇合诸流、组建装置、解域化——但首先，它是去标画一条逃逸线，因为逃逸线就是创造之线和"实验生命"的线(D 59；47)。而且，无论"个体抑或群体，我们都由线构成"(D 151；124)。可是，在何种意义上我们是"由线构成"，我们如何能够从线的层面看待写作？这些都是《千高原》第八高原——《1874 年：三则小说，或"发生了什么？"》——的论题。德勒兹和瓜塔里通过对三个文本的分析来讨论线和写作的逃逸线，这三个文本分别是亨利·詹姆斯(Henry James)的小说《在笼中》("In the Cage"，1898)，斯科特·菲茨杰拉德的《崩溃》("The Crack-Up", 1936)和皮耶蕾特·弗勒蒂奥(Pierrette Fleutiaux)的小说《深渊和望远镜的故事》(["Histoire du gouffre et de la lunette"] "The Story of the Abyss and the Spyglass", 1976)。德勒兹和瓜塔里的目标之一是详细阐发贯穿在这些文学作品中的线,但他们的最终目的在于发展出一种将文学和整个世界包含在内的线的理论。"由于我们由线构成。我们所说的不仅仅是写作之线,还有与其他线汇合的写作之线、生命之线、机运和厄运[chance et malchance]之线、构成写作之线自身变动的线、介于已书写下的线之间的线"(MP 238；194)。

我们如何从线的角度来看待世界呢？逃逸线是导向没影点的线,是趋于超越地平线的线。贯穿一条地平线就是标画一条线,创造一条道路——轮船的尾波、动物的踪迹、行军的路线——行进在一条路线上,这一路线可能随后被绘制为一条线。但标画一条逃逸线也是在"偏离路径",sortir du sillon,这意味着日常生活的程式也是线,例如指定的活动轨道、习惯的套路、规则化的职业道路、社会认可的各种固定交往渠道。德勒兹和瓜塔里在《反俄狄浦斯》详细描述的流同样可被视为线,每条流将诸机器连接在一个无限添加的回路中。所有回路贯穿无器官的身体,就像纵横交错在一个卵子表面的梯度网中。《千高原》是从装置的角度来描述流的回路的特征的,它们也可被视为线。陈述的集体装置和塑造语言的身体机器装置是力的有组织的模式,亦即将诸异质要素串联在某种共情式协同运作过程之中的对习规、制度和物质实体的规则布局。我们还记得,内在于装置中的就是"持续变动之线",亦即装置实现在特定形式和形态中的内在和潜在的变量连续体。线最终可能被视为旋律之线(melodic lines),旋律之线被德勒兹和瓜塔里用来意指自然的诸互动模式,或者说"叠歌"(refrains),将自然世界的各物种融入一部诸关系的宏大对位交响乐中。① 因此,作为"个体和群体,我们被线、子午线、测地线、回归线、区域线(*fuseaux*,如时区[*fuseaux horaires*])贯穿,它们跳动着不同的节奏,拥有不同的本质"(MP 247；202)。

我们要对这一理论的两个关键特质牢记于心:线是动态的和抽象的。线总是处于运动中,从不静止,可能会离开逗留的踪迹,但是它们是矢量、轨迹、运动路线和生成,有一些线在其旅程中可被预测,乃至可被绘制成图,由相交的常规轨迹划定界限,由同等的矢量网格绘成图表,但另一些如逃逸线般飘忽不定,是一种在事物之间穿行的充满活力的无器官的之字形的线。我们可将线设想为从起点到终点的运动,但线的动态过程总是在诸点之间,介于中间,并且在其经过的任何接合点都可能偏离其路径(或者相反,从其之字形运动返回规则运动)。作为进程和运动,线还是抽象的,它们并不是稳定之物的外形和轮廓,而是标画它们的奔涌、流动和尾波。不仅如此,线是从事物中抽取出来的,它由选自其他特征并与这些特征分开的诸特征所规定。线经常穿过事物,将实体的组件和构件连接在装置中,这些装置只拥有诸回路和诸流的抽象形式(不是母亲和婴儿,而是从乳房机器穿越至嘴巴机器的奶水之流)。②

德勒兹和瓜塔里对第八高原的讨论从故事(*contes*)和短篇小说(*nouvelles*)之间的区分开始,在故事中,读者不断追问的是"将要发生什么?"(*qu'est ce qui va se passer*),而短篇小说提出的问题则是

---

① 关于叠歌这一概念的讨论,请参阅拙著《德勒兹论音乐、绘画和艺术》第一章和第三章。
② 德勒兹经常将逃逸线称作"抽象线"(如 D 89；74),但所有的线在某种程度上都是抽象的,就像德勒兹和瓜塔里词汇所鲜明呈现出来的那样,他们用这些词汇描述符征机制中以被生产和转化的过程(MP 182；146)。摹图(*calques*)描绘的是最常规的装置；地图(*cartes*)描绘的是一套装置向另一套装置的转换；图表描绘的是潜在的、解域化的无形式之物质的矢量,程序描绘的是潜在轨迹由以在具体装置中变成现实的过程。但无论是摹图、地图或图表,线的形态都并不等同于它们从中被抽取出来的要素(常言道,地图不是领土),并且在某种意义上,它们都是"程序",或行动的动态过程。

"发生了什么?"(qu'est ce qui s'est passé)。① 尽管我们在此看到的可能只是未来和过去的对立,但这一区分某种程度上更加微妙。故事总是导向一次发现(discovery),而短篇小说则导向一个秘密(secret),这样,在故事中,甚至连过去和现在都被推向未来,而在短篇小说中,现在和未来被经验为过去。小说的时间性是这样一种时间性:"某个人进入一个房间,并感知那里已经有什么东西了,刚刚发生的,即便还未发生。或者某个人知道正在发生的东西已是最后一次,知道它结束了。某个人听到一句'我爱你'并且知道这是最后一次。"(MP 238;194)短篇小说与秘密之间——尽管"不是与一个有待发现的秘密之事或之物,而是与仍然无法理解的秘密的形式"(MP 237;193)之间——存在着一种基本关系。秘密是一种需要开启、展露、阐发的东西,但它只能在事后(après coup)才能被打开,即便在其发生之前就能感知到它的在场。由于秘密的形式仍是不可知的或不可感知的,小说就"将我们置于与不可知者或不可感知者的关系中"(MP 237;193),即便一个特定秘密的内容最终变得已知或可感知也是如此。故事和短篇小说都"处理一个普遍的问题(MP 238;194)",即线的问题,但是短篇小说是以独特的方式处理线,这一方式与这种不可感知者的回溯的时间性密切相关。

德勒兹和瓜塔里首先通过读解亨利·詹姆斯的《在笼中》(詹姆斯将这部150页的小说称为一个"传说"[James, Preface, v])来详细论述小说中的线。该故事围绕着一名电报员展开,她发现两位贵族顾客布拉德恩女士(Lady Bradeen)和埃维拉德上尉(Captain

---

① 德勒兹曾在《意义的逻辑》(LS 79;63)中以略微不同的表述形式简要提炼出相同的区别,故事提出的问题是:"什么将要发生"。短篇小说则问:"刚刚发生了什么?" *Nouvelle* 最初引入法语是为了翻译意大利词 *novela*,用来指人物很少的简短故事。尽管人们有时在故事和短篇小说之间做出区分,以前者指传统的故事,后者指新创造的故事,但两个词在这里几乎是同义词,其含义都是"故事""小故事"。由于 *nouvelle* 绝不是 *novella* 或短的小说,我只是选择法语词 *conte* 和 *nouvelle* 来使用,而不用这些概念的英语近义词。

Everard)之间的外遇秘密。电报员与杂货商穆吉（Mudge）先生订婚了，但她推迟了婚礼，因为她越来越被两位顾客特别是埃维拉德所吸引。她在下班后路过他的住所并在一个晚上遇见了他。他们进行了一次长谈，谈话中她隐晦地承认她对他处境的兴趣并且发誓"'任何事我都会为你效劳'"（James 442）。后来，他惊慌失色地来到她的电报室，担心前一封来自布拉德恩女士的电报可能会伤害这对情侣。电报员能够逐字回忆起前一封电报中的准确内容，当埃维拉德得知这段文字不会造成伤害后，感到如释重负。他离开并最终娶了布拉德恩女士为妻，而电报员准备嫁给穆吉先生，她如今体会到，对她而言，现实"只是丑陋和晦暗，绝不是逃离和升华"（James 499）。

  詹姆斯笔下的女主角居住在一个结构严密的世界，这个世界的日常生存模式——工作、偶尔的假期、平淡的恋爱和最终的婚姻——都太过一目了然。她的生命被克分子的（*molar*）或坚硬的节段（*hard segmentarity*）之线所组织，由编码所控制的常规轨迹分为互不相连的明确的节段，这些编码强加了广泛的社会类别、固定的身份和道路。但是，在她与埃维拉德的相遇中，德勒兹和瓜塔里发现了第二种线，一种"分子的或柔韧的节段（*supple segmentation*）之线，这条线的节段就像解域化的量子"（MP 240；196）。这是秘密（一个保持为某种纯粹形式的秘密，詹姆斯从未揭示其确切本质）之线，这条线在女主角惯常程式中引发不可感知的变化，在电报员和埃维拉德之间的阶级关系中引发初始变形，在人物之间感情炽烈的对话中引发细微骚动。在这条线上，"一种现在被界定，它的形式是已经发生的某个事件（无论你离它有多近）的形式，因为这个事件的难以把握的物质是完全分子化的，它的速度超越了日常感知的阈限"（MP 240；196）。但还存在着第三种线，当叙述者在某一刻说出如下的话时，一条逃逸线瞬间闪现："她最终知道得太多，以至无法解释任何东西。对她而言，再也没有晦暗能使她看得更清晰，只剩一道刺眼的光。"①这样一种线甚至抹除了秘密的形式,因为它是一条变异和潜在变形的抽象之线。然而,在詹姆斯的小说中,逃逸线无处可去,女主角最终返回到她那严格的克分子的节段之线中。

德勒兹和瓜塔里认为小说《崩溃》对分子式节段之线和逃逸线有着特别清晰的描述。在这部略带忧郁的自传体沉思录中,菲茨杰拉德分析了感情危机对人造成的出其不意的变化。菲茨杰拉德在三十九岁时曾说,"我突然意识到我已经永远崩溃了"(Fitzgerald 274),并且意识到"两年以来,我的生命已是对我不曾拥有的资源的汲取,但我已将自己的身体和灵魂完全抵押"(Fitzgerald 276)。他已经"像一个旧盘子一样碎裂了"(Fitszgerarld 276),但在不知不觉中留给他一个隐含的问题,"发生了什么?"在此,德勒兹和瓜塔里辨认出崩溃的分子之线(molecular lines of cracks),它使人的程式出现裂缝,这种破坏"在你几乎不知道的情况下发生",但"事实上会突然被意识到"(Fitzgerald 273)。这一裂缝瓦解了旧的确定性和身份("因此再也没有一个'我'——没有我可以建立自尊[self-respect]的基础"[Fitzgerald 283]),没有给未来行动留下清晰可辨的坐标。(菲茨杰拉德说:"这种感觉就像我伫立在残阳下的一片荒原之上,手持一把没有子弹的来福枪,目标却倒下了。"[Fitzgerald 282])但是菲茨杰拉德开始意识到在这一崩溃中"幸存下来的人""已经脱胎换骨"(Fitzgerald 286)。这些人发现了一条逃逸线,引发与先前模式和法则的明确分裂。"这是一种你无法从中回撤的彻底断裂;它

---

① 正如马苏米(Massumi)在其《千高原》译本中所指出的,这个从詹姆斯小说法译本中摘取出的关键句子颠倒了原文的含义。詹姆斯的原话是"她最后所知甚多,乃至彻底丢失了此前纯粹猜测的官能。没有差别的阴影——它全部跳出来了"(p.472)。这句话完全不是指不能再诠释,而是表示女主角的诠释上的自我确证的顶点。然而,法译本反映出读者对女主角的诠释力的最终理解,因为在故事的结尾,电报员显然完全误解了每条有关埃维拉德和布拉恩女士的重要信息。关于这一点,请参阅 Norrman,"The Intercepted Telegram Plot in Henry James's 'In the Cage.'"

之所以无法挽回是因为它使过去停止存在。"(Fitzgerald 286)因此，按照德勒兹和瓜塔里的读解，《崩溃》区分了两种崩溃，两种内部断裂，即不可感知的裂缝的分子断裂和一种性质上分裂的彻底断裂。第一种断裂打断了克分子线，第二种断裂开启了一条逃逸线。每一种断裂既孕育着希望又暗藏着危险——在菲茨杰拉德那里，分子线带来虚无，逃逸线并不通向新的生命，而是走向一种极端自私的苦涩信条和对最低限度的社会名望的保证，正如他在这篇文章的结束语中所说："我将试着成为一头得体的动物，但是，如果你扔给我一块带肉骨，我甚至可能舔你的手。"(Fitzgerald 286)

在德勒兹和瓜塔里讨论线的第三个例子即皮勒蕾特·弗勒蒂奥的《深渊和望远镜的故事》中，克分子线和分子线的地位相当突出，而逃逸线几乎没有出现，但它一旦出现就会带来真正转变的可能。在这个故事描写的奇异世界中，一个"近视者"(short-viewers)和"远视者"(long-viewers)在木台上透过望远镜穿越一个巨大的深渊去观察另一边的"违规行为"(Fleutiaux 14)、"零碎的不规则性、违抗命令、拖延"(Fleutiaux 15)、"叛乱"，以及其他没有指明的"**麻烦**"(Fleutiaux 24)。"近视者"看到的是"各种巨大的组织(cells)，以教室、营房、低收入安居工程，乃至飞机上看到的村落等形式出现"(Fleutiaux 28)。近视者仅仅辨认出这些组织的轮廓，它们的形状有"链条状、横排状、纵列状、多米诺骨牌状——轮廓的数量最终相当有限"(Fleutiaux 29)。当观测到违规行为和叛乱时，大型射线镜(*Lunette à Rayon*)便出场了，这杆激光枪会切入巨大的组织，使它们恢复到常规轮廓状态。故事的叙述者是一个远视者（每个平台只有一个远视者），他的灵敏仪器观测到"无数未定型的轮廓"，一种"持续的节段、一种无限的流动性、一团不断活动的轮廓"(Fleutiaux 34)。远视望远镜能够对近视者鲜能留意的违规行为进行高度精密的辨识；远视者还看见射线镜所刻的规则事实上是细胞组织上参差的切口和齿状的裂口。因此,当被近视者的观察所确证时,远视者的微观感知只具有一种回溯性的意义,被激光射线切割而成的克分子轮廓呈现为不规则的和剧烈的伤口。在整个故事中,叙述者感受到与近视者的疏离并渴望着同志情谊,但唯当从深渊上方袭来一阵强大风暴摧毁整个平台并且叙述者抛弃远视望远镜时,才可能出现某种转变。因此,叙述者冒险穿过横跨在深渊上的桥,并在对面发现了一个同样的近视者和远视者的平台,叙述者站在这平台上回望深渊,他发现深渊似乎不再是一个巨大的鸿沟,而是"一个无限平坦的表面,我终于可以开始与我的对应者、我的复本,最终与所有东西一起行走和生活在这个表面上"(Fleutiaux 50)。

在詹姆斯、菲茨杰拉德和弗勒蒂奥的小说中,三条线在运作,它们分别是克分子的或坚硬的节段之线,分子的或柔韧的节段之线,以及逃逸线。在每部作品中,克分子线不知不觉地被分子的微变(perturbations)所干扰,乃至人们必须追问"发生了什么",是什么引导着电报员去与埃维拉德上尉进行奇异的力比多化的合谋?菲茨杰拉德如何突然发现他已像一个旧盘子那样碎裂?又是什么使得远视者极其痛苦地既与近视者分离又与监视工作分离。每部作品都出现了一次未知的游荡,这是秘密的形式,并且每部作品也很快开启了一条逃逸线,这是一道瞬时的无法解释的刺目之光、一次彻底的决裂、一座横跨巨大深渊的桥。在詹姆斯的小说中,逃逸线仅仅导向恢复工作和家庭生活的克分子之线,在菲茨杰拉德作品中则导向一种激愤的虚无,而在弗勒蒂奥那里,它开启了一种新生的可能。

我们由线所构成,因此写作之线和生命之线密不可分。尽管德勒兹和瓜塔里将第八高原中的三部小说视为关于线的文本,但他们本可以像在《卡夫卡》中所做的那样展示出对生命和作品的诠释,在《卡夫卡》一书中,他们将书信、短篇故事和小说同纪律严明的家庭、工厂和官僚机构的各种机器关联在一起。线"既可以是一个生命的线,也可以是一部文学或艺术作品的线,还可以是一个社会的线,这要根据保留的坐标系而定"(MP 249;203—204)。德勒兹和瓜塔里分辨出三种线,每一种线都有其特质和危险,每一条线都内在于其他线之中,它们的在场都横跨个人领域、社会领域和政治领域,横跨人的领域和非人的领域。每种线均有其重要性,但如果要赋予一种线优先性的话,那它一定是逃逸线。正如德勒兹在《对话》中所解释的,我们既可以说有三种线,也可以说有两种线,还可以说有一种线。存在着三种线,克分子线、分子线和逃逸线。或者存在着两种线,分子线只是"两个极端之间的摇摆"(D 165;137)。"或者只存在一种线,即最重要的逃逸线、边界或边缘之线,它在第二种线上被相对化,在第三种线上被中止或切分。"(D 165;137)创造之线就是逃逸线,并且在作家创造这个意义上而言,他们负责这种线,"写作是去标画逃逸线"(D 54;43),即活生生的"实验生命"的线(D 59;47)。

视觉和听觉

德勒兹和瓜塔里在《卡夫卡》一书中阐发了次要文学的概念,而到了《叠加》,德勒兹便运用这一概念来评论贝内的戏剧,但早在《对话》中,德勒兹已经明确认为次要文学与其说是文学的一个特殊分支,不如说就是如其应当所是的文学本身。德勒兹在《对话》中谈论的主要是"写作"而非"次要写作",并且尽管德勒兹和瓜塔里在《千高原》中讨论了语言的次要使用,但他们在第八高原中的关注点只是线和写作。因此,并不令人感到意外的是,当德勒兹在《批评与临床》的开篇阐述"文学与生命"这一论题时,他所描述的"文学"的含义虽与《卡夫卡》中展现的文学概念稍有出入,但本质上指的就是"次要文学"。德勒兹并未以语言解域化的高度系数、写作的直接政治性和陈述的集体装置等概念为出发点,而是从生成、对将要来临的人民的创造和母语中的结巴等角度来描述文学的特征。诚然,这些都是熟悉的主题,它们与《卡夫卡》对次要文学概念的阐述密切相关。但是,德勒兹在《文学与生命》中指明了文学的第四个特征,它是一个相较而言新近提出的特征——创造视觉和听觉。这一主题突出地表现在《批评与临床》的序言中,并在论文集的若干小文章中得到呈现。它似乎是德勒兹逝世前一直在探索的最后问题之一。

德勒兹说,《批评与临床》的成书围绕着某些问题,不仅有写作的问题(在语言中创造一种外语,通过将语言带离其惯常路径[sillons coutumiers]而使其变得谵妄),还有"观看[voir]和倾听[entendre]的问题:事实上,当另一种语言在语言之内被创造时,这是整个语言趋向'非句法的'(asyntactic)、"非语法的"(agrammatical)界限,或者与其自身的外部进行沟通"(CC 9;lv)。语言特有的外部就像《意义的逻辑》中的语言表面,即词与物之间的表面,它是使语言与非语言相接触的语言的界限。如果将语言视为一个球体,那么球体的外部表面便是球体的外部,不仅如此,它还是接触非语言之物(球体的外部)并让语言和非语言彼此沟通(球的表面作为薄膜,或作为内部和外部共通的可渗透的界限)的东西。就像 sens,即感官/意义,它表达在词语之中但表达了身体的某种属性,视觉和听觉也表达在语言中,但它们自身是非语言之物。语言的界限是由非语言的视觉和听觉"做成"(CC 9;lv),但只有语言才使其成为可能。视觉和听觉就像斯多亚学派的 lekta,即弥漫在词语身体上的表面效果,仿佛其表面散发出的雾或光晕:"还存在着写作特有的绘画和音乐,就像升腾至词语之上的色彩和声音的效果。"(CC 9;lv)正是经由(through)词语,穿过(across)词语,贯穿词语[à travers les mots],从词语之间[entre les mots],才产生出视觉和听觉。贝克特谈到在语言中"钻孔打洞"(boring holes),以便观看或倾听"潜藏在后面的东西"。"对于每一位作家,我们应该这样说:这是一位观看者,这是一位倾听者,'看不清道不明[贝克特一部散文集的书名]',他/她是一位色彩学家,一位音乐学家。"(CC 9；lv)

当一种外语在母语中被创造出来时就产生了视觉和听觉,但德勒兹明确指出,创造一种"其他的"语言并不完全等同于产生视觉和听觉。在《文学与生命》中,他谈到了文学的三个"方面":"母语[langue maternelle]的分解或摧毁","通过句法的创造在语言[langue]之内创造新语言[langue]";以及创造"不再属于任何语言的视觉和听觉[qui ne sont plus d'ancune langue]"。(CC 16；5)如果没有语言的普遍"跟跄"(teetering),没有将语言推向其界限,走向语言的"外部[un dehors]或反面[un envers,就像双面夹克的反面]"(CC 16；5),那么将绝不会创造出新的语言。但是新语言和语言的跟跄并不相同。前者是属于语言的,后者则涉及语言的非语言界限或表面。此外,视觉和听觉

> "并不是幻想[fantasmes],而是作家在言语活动[langage]的缝隙和间隔中观看和倾听到的真正理念。它们不是过程的中止,而是暂停,它是过程的组成部分,正如永恒只能在生成中才能显现,风景唯有在运动中才能显现。它们并非外在于语言,而是语言的外部。作家作为观看者和倾听者,其文学的目标在于:正是言语活动[langage]之中的生命过程构成了理念。"(CC 16；5)

因此,视觉和听觉是语言的外部,位于言语活动的缝隙和间隔中,但是,我们还要进一步追问,它们在什么意义上是"作家观看和倾听到的理念",在什么意义上是由"言语活动之中的生命过程"所构成的。

从直觉上来说,听觉与语言的关联似乎比视觉与语言的关联更加密切,因为语言具有物质性的声音成分,而其视觉层面似乎只是

在隐喻意义上而言的,或至少要间接借助复杂的神经生理学才能见出。但正如我们在此前考察卡夫卡的风格时所看到的,德勒兹和瓜塔里将卡夫卡的语言次要使用的声音变形视为一种实验,这种实验的对象既包含语言的现实声音(卡夫卡的德语)又包含表现在语言中的声音(《变形记》中格里高尔的昆虫般的吱吱声,妹妹用小提琴弹奏的音乐)。在《批评与临床》中,听觉显然并不只是双声、半谐音、押韵、格律、节奏等传统音乐效果。正如我们此前所指出的,在《他结结巴巴地说》中,德勒兹说"语言的感兴的、内张度的运用"可能直接作用于语音要素和句法要素并且引发语言的结巴(正如卢卡的"Passionné nez passionnem je/ je t'ai je t'aime je"),但如果"一个相应的内容形式——某种气氛性质、某个引导词语的环境[un milieu conducteur de paroles]"——将"颤抖、呢喃、结巴、颤音、振动"集于一身并使"指示性的感兴在词语上[sur les mots]回响"(CC 136;108),表达的形式也会完好无损。在梅尔维的《皮埃尔,或含混》中,"森林和洞穴的喧嚣、房屋的静默、吉他的在场都见证着伊莎贝拉(Isabelle)的呢喃和她那温柔的'异域音调'";在《变形记》中,格里高尔的吱吱声通过"脚的颤抖和身体的摇摆"得到印证;在马索克的作品中,"人物的结巴"复现在"小客厅中的沉重悬念,村庄的喧哗和草原的颤抖"中。(CC 136;108)①词语歌唱,"然而是在它们通过其分隔和组合而标画的道路[chemin]的界限上。词语沉默。

---

① 德勒兹在《萨克-马索克再阐发》("Re-presentation of Sacher-Masoch")中重新论述了其早期对马索克的研究,他说马索克"使得语言[langue]结巴,并因此将言语活动[langage]推向一个延宕、歌曲、叫喊或沉默的程度点,树木的歌曲,村庄的叫喊,干草原的沉默"(CC 74;55)。他引用帕斯卡·基尼亚尔(Pascal Quignard)的《结巴的存在,论萨克-马索克》(L'être du balbutiement, essai sur Sacher-Masoch)作为马索克结巴风格的研究,但基尼亚尔并未直接分析马索克的德文文本,也并未特别讨论风格的语言要素,他只是指出马索克的第一任妻子婉达(Wanda)谈到她丈夫作品中存在着一定程度的"震颤"(trembling)。正如德勒兹对卡夫卡和克莱斯特的处理一样,我们找不到结巴的语言的特殊例证。

妹妹的提琴声接着格里高尔的吱吱声响起,吉他声呼应着伊莎贝尔的呢喃;濒死鸣禽的歌声盖过了比利·巴德这个温柔'野人'的结巴声。当语言[langue]张力十足,直至它开始结巴,或呢喃,或啜嚅……所有言语活动[language]抵达界限,这一界限构成其外部并使其与沉默相对"(CC 142;113)。听觉出现在某种使语言常规要素变得陌异的结巴风格中,但它们在"传递"和"呼应"声音并使声音彼此"见证""印证""复现"的气氛和环境中既包括实在的语言声音又包括被再现的声音。最终,听觉创造了一种具有悖论性的沉默的音乐。当语言被推向"其界限、其外部、其沉默"(CC 142;113)时,就诞生了"一幅绘画或一首乐曲,但这是一首词语的乐曲,一幅以词语构成的画,一种词语中的沉默,仿佛词语现在倾吐出其内容,即宏伟的视觉或崇高的听觉"(CC 141;113)。

显然,德勒兹对"一种词语中的沉默"的讨论提醒我们不要将听觉等同于词语中的声音效果;事实上,这提示我们,如果二者果真有什么关系的话,那么语言的声音维度与其说使何谓视觉和听觉的问题变得豁然开朗,不如说使其变得错综复杂。反倒是德勒兹对视觉的评论,特别是在妙笔之作《羞耻和荣耀:T. E. 劳伦斯》中的阐发,对于我们理解这一问题更有帮助。在这篇讨论劳伦斯《智慧七柱》的文章的开头,德勒兹将歌德的色彩理论与"沙漠及其感知,或阿拉伯人在沙漠中的感知"(CC 144;115)进行类比。① 在其《色彩学》([Farbenlehre] Theory of Colors, 1810)一书中,歌德认为光自身是不可见的,可见性是通过光和影、透明与晦暗的相互作用而产生的(明与暗——明暗对照法[chiaroscuro])。色彩是阴影,亦即不同程度的暗(opacity),不可见的光通过这种暗变得可见。因此,在色

---

① 德勒兹经常引用歌德的色彩理论及其对牛顿光学的批判。德勒兹对歌德色彩理论的读解主要借鉴了埃利亚纳·埃斯库巴斯(Eliane Escoubas)极富洞见的论文《染匠之眼》("L'oeil (du) teinturier")。

彩中存在着眼睛和世界的物质之间的一种基本生理学关系,因为"色彩是可见性由之而发生的东西,是可见性的起源(archê);它是感兴"(Escoubas 233)。色彩是"阴影在光中的程度,按照多与少的关系"(Escoubas 234)。白色中的阴影最少,黑色中的阴影最多。但如果一个纯粹光的世界是不可见的——就像耀眼而刺目的太阳——那么"黑和白的世界仍然过于刺目,或过于不可见。'看'(Seeing),感兴只是后来才出现,亦即当最小的暗度和最大的暗度开始减弱时,当白色变暗[s'obscurcit]至黄色而黑色变亮[s'eclaircit]至蓝色时"(Escoubas 234—235)。在可见性的起源中,可见性的第一种形式是模糊的光晕或气氛,这也是最短暂的形式,一次瞬间的闪烁,一眨眼([Augenblick]"瞬间""时刻",来自词根 Auge 眼睛,以及 Blick 一瞥)。因此,"歌德笔下的可见性是速度[vitesse]"(Escoubas 235),是"一个运动的世界"(Escoubas 238)。随着这个世界逐渐变得清晰,物体的轮廓浮现出来,这些轮廓是给光增加阴影并使光"变得厚密",成为色彩的诸形状、边缘、界限、表层。因此,歌德的色彩理论"是一种关于轮廓的理论,一种关于形态的理论"(Escoubas 237),当白色过渡到黄色,黑色过渡到蓝色时,色彩和轮廓都变得可见,黄色和蓝色在一个单独的色彩中抵达它们最大的内张度,即"所有色彩的巅峰:红色,其最纯粹的色调被称为'紫色'"(Escoubas 240)。

因此,从歌德的色彩理论中我们可以概括出可见物的三层起源,这是一个过程,从不可见的、刺目的纯粹之光,经由黑和白的模糊光晕或气氛,抵达形态清晰的色彩和轮廓,白色变暗为黄色,黑色变为绿色,黄色和绿色在紫色中达到其最大的内张度。在劳伦斯对阿拉伯人的沙漠感知的描述中,德勒兹发现了三个对应的维度——第一个是纯粹的、不可见的光的世界;第二个是幻景、薄雾、气体和炽热的太阳蒸汽的世界,它是黑白对比("他们是原初色彩的民族,或毋宁说是黑与白的民族"[T. E. Lawrence, 37]）；第三个是无涯无际的黄与蓝、黄沙与蓝天，以及燃烧的色彩和轮廓的世界，就像迷幻而雄伟的鲁姆谷（Rumm valley），绯红和紫色，圆顶、悬崖和齿状裂缝交相辉映。因此，劳伦斯的风景完全是在记录观看的起源，记录可见物出现的诸阶段，即不可见之光经由太阳云气而抵达有色轮廓。但不可见之光就像阿拉伯的上帝，像理念，它是"纯粹的透明——不可见，无色彩，无形式，不可触"（CC 144；115），德勒兹还认为，对于劳伦斯而言，理念是带着光的。光乃是"创造空间的敞开"[*l'ouverture qui fait l'espace*]（CC 144；115），即一种膨胀的、展露的、不可见的力量，它在空间的基本可见性中发射而出。就像光一样，"理念在空间中拓展自身，就像敞开[*L'Ouvert*]"（CC 144；115）。理念是"表现在空间中的遵循运动方向的力，即实体、本体（hypostases），而非超越物"（CC 144；115）。理念就像歌德笔下的光，是瞬时运动和速度的现象，是具有真实性和物质性存在的力——实体、本体——即便它们保持不可见并且只能通过使阴影的不同程度的混合"变得厚密"才能显现自身。这些理念具有直接的政治效果："反抗、起义是光，因为它是空间（需要在空间中拓展，开拓更多可能的空间），因为它是理念（最重要的是布道[这即是说，抽象的反叛概念的预言式表达]）。"（CC 144；115）阿拉伯人是"理念的坚韧不拔的孩子"，他们"在理念上摇晃就像在绳子上摇晃一样"（T. E. Lawrence 42），他们游牧式扩散就像光的扩张，亦即作为物质力量的理念运动发射到一个空间中并同时规定这个空间。

劳伦斯"是文学中最伟大的风景画家[*paysagistes*]之一"（CC 162；116），但这并非因为他创造了歌德式的由光、雾和各种色彩构成的全景画。德勒兹说，最优秀的作家"拥有独特的感知状态，这让他们能够汲取或雕琢作为真正视觉的美的知觉"（CC 146；116）。这类作家可能会细致地描写某个外部风景，这片风景的特征与现实的地点或具体客观的形式相符,但是一个视觉风景还包含可被粗略地称为"主观的"要素的东西。德勒兹在梅尔维尔那里发现了一片内心的海洋,它"投射在外部的海洋上,但是这是为了转化感知并从中'抽取'一个视觉"(CC 146;117)。同样,劳伦斯身上也有"一片内心的沙漠,将他推向阿拉伯沙漠中,推向阿拉伯人中间,并且这片沙漠在很多方面与他们的感知和领会同符合契"(CC 146;117)。内心图像被投射在外部世界上——内心的海洋投射在外部的海洋上,内心的沙漠投射在外部沙漠上——直至海洋或沙漠这些外部世界发生转化,成为视觉。

德勒兹发现,内心图像向外部世界的这种投射尤其体现在劳伦斯身上被称作夸张和谎语癖(mythomania)的倾向。劳伦斯的自我图像和他所塑造的阿拉伯战友的图像拥有一种虚构的特质,这并非源自自恋的冲动,而是来自"一种深层的欲望,一种投射的倾向:将足够强烈的自我和他者的图像投射到事物、现实、未来乃至天空中,以便让其拥有自己的生命"(CC 147;118)。德勒兹通过引用热内(Genet)的《爱的囚徒》(*Prisoner of Love*,1986)中的一段文字阐明了这一过程,在这段文字中,热内谈到了一种欲望,"或多或少在每个人身上有意识,即创造一种他自己的图像并使其增殖从而超越死亡"(Genet 261)的欲望。个体和群体创造了丰富的自我图像,保持姿态和造型,发展个性的表达、姿势、举止和节奏,然后将它们投射到世界上。"从希腊到[黑]豹党([Black] Panthers),历史是由人类的下述需求构成的,即分离并投射虚构的图像,将它们作为代表发送到未来,在死后的长远时间中产生作用。"(Genet 262)谎语癖者只是"不能恰当地投射自身图像"的人,不知道如何使图像"拥有自己的生命"(Genet 262)的人。历史伟人能"将一种图像投射在他们周围和未来",无论图像是否符合他们真实的样子,至关重要的事实是"他们成功地从现实中萃取一个强有力的图像"(Genet 262)。德勒兹在此发现的是"虚构功能"[*fonction fabulatrice*](CC 147；118)，这一功能创造一种将要来临的人民（people-to-come），为革命的形成中群体（group-in-formation）创造集体身份。在这个意义上，"主观的倾向，亦即投射图像的力量[*la force de projection d'images*]，不可分割地同时具有政治性、色情性、艺术性"（CC 148；118)。尽管源自"主观"和"内心"，但随后投射到真实世界的图像是非个人的，并且一旦它们被成功投射出去，便具有自主性。

劳伦斯创造了他投射到世界上的图像，但他还构造了抽象观念，在德勒兹的分析中，这些观念作为内在于这个世界中的物质"实体"而发挥作用。劳伦斯屡次说他与阿拉伯人分享着对抽象和观念的激情，德勒兹详细追索了劳伦斯对"羞耻"这一抽象概念的运用。但德勒兹说，对劳伦斯而言，抽象观念"并非僵死之物，它们是激发强大空间活力[*puissans dynamismes spatiaux*]，以及在沙漠中与投射的图像——事物、身体或存在物——紧密融合的实体"（CC 149；119）。劳伦斯拥有将抽象概念转变为实体的天赋，这些实体"在沙漠中热情洋溢地与人和物一起生活"（CC 149；119）。他创造了一个抽象实体的世界，"这个进入沙漠并复现图像的实体世界与图像融合并赋予它们一种视觉维度"（CC；150；120）。同时，这些抽象实体在劳伦斯的风格中引发扰动，带来结巴的节奏、奇特的倒装和偶现的古语，正如 E. M. 福斯特所说，劳伦斯笔下的"颗粒状"（granular）人物使其语言"听起来像一门外语，与其说是阿拉伯语，不如说是一种幽灵般的德语"（CC 149；119）。[1] 然而，抽象观念最终"不是人们所相信的那样：它们是感情，是感兴"（CC 155；124）。

---

[1] 在一封致劳伦斯的信中，E. M. 福斯特（Forster）如是评论道："如果将文学划分为流体和颗粒两种，那么你属于后者。我这么说并不仅仅是由于你的创作主题。你确实（尽管你没有看到）将生命呈现为诸项的连续，这些项最初是相互联系的，但在它们之间存在着某种间隔。这就是说，你给出了一个画面系列。我看见骆驼上的人，一动不动，我再次看到他们时，他们又到了一个我可以将其与前一个位置联系起来的新位置上，但依然一动不动。绝不存在这样一种岿然不动的运动！"（Letters to T. E. Lawrence, p. 58）

它们是 *Puissance*（CC 156；124），即力量或潜能。正如歌德笔下的光，它们是不可见的运动力。我们能在劳伦斯的风格中听见这种抽象实体的"震荡"，仿佛这些感兴的**力量**在冲击词语，使词语蹒跚，暂停，加速，分散。而且，抽象实体"在语言的界限上使可视可听的伟大**形象**出现"（CC 156；124）。仿佛这些抽象实体或感兴的力量"充盈着一片内心的沙漠[*un desert intime*]，这片沙漠与外部的沙漠相符，并将包括身体、人类、野兽和石头在内的虚构图像投射在外部的沙漠中"（CC 156；124）。

尽管劳伦斯迷人的、感兴的抽象手法，他的"幽灵般的德语"风格，他的神话式叙述，以及他那激动人心的迷幻风景对他的事业来说显得怪异十足，但是它们特别清晰地呈现出参与视觉创造的组成部分。在《智慧七柱》中，我们看到了太阳云气和幻景的图像，广袤的沙漠和天空的图像，仿佛"在童年梦中，……如此广袤而寂静"（T. E. Lawrence 352）、色彩斑斓且形态各异的风景的图像。我们还看到了一个集体事业的自我图像和群体图像，这些图像是阿拉伯起义中放大的英雄的姿态和姿势。我们还看到劳伦斯风格中颗粒状飘忽不定的切分音（syncopations）。感兴的强度、力的运动在所有这些组成部分中发挥作用。在劳伦斯那里，这种力就是理念，但它是在歌德笔下的光的意义上的理念——抽象的物质性实体。劳伦斯笔下的风景是对现实地点的描写，但投射在它们之上的是劳伦斯内心沙漠的变形的图像。同样地，对谈判、军队调动、小规模战斗和突袭战的叙述记录了历史事件，但投射在这些事件上的是一个未来的集体身份的图像。使被投射的风景和群体的图像变得可视（visionary）的是"抽象实体"对图像的复现——即图像被不可见的感兴的力所灌注。这种力扰动语言并使其变成"另类的"语言，但在词语的边界，它们激发了一种图像的投射，它们对这些图像的渗透和激活正如不可见的光弥漫在一个色彩世界中。

视觉、轨迹与生成

视觉是投射在外部世界的内心图像,尽管德勒兹将它们归因于"主观倾向",但这里的"主观"既不属于某个分离的自我("主体"对"对象"),也不是对某种个人偏见或偏好("主观的"对"客观的")的展现。视觉"并非幻想,而是真正的理念"(CC 16;5)。视觉图像不仅可能是集体的(事实上,德勒兹认为它们一直都是如此),而且它们从现实中被萃取出来并拥有自己的生命。图像如何可能既是"内心的"又是非个人的/自主的,既萃取自现实而又投射回现实之上?德勒兹在《孩子们说了什么》一文中提供了回答的线索,在这篇文章中,他详细阐释了以主体为中心的精神分析的幻想和非个人的无主体视觉之间的区别。

弗洛伊德在著名的小汉斯(Little Hans)病例中将这位五岁男孩的恐马症解读为对父亲阉割的恐惧。① 小汉斯的所有生活细节——他对马会咬他或马会跌倒在路上的焦虑,对动物园里的动物的害怕,拜访住在对面公寓的小女孩的心愿,去见宾馆里"年轻女士"的欲望,模仿"街头男孩"并爬到货栈的一辆马车上的念头——所有这些都被固执地解读为阉割情结的要素。但德勒兹认为欲望是直接投注世界的,马、长颈鹿、街道、孩子、建筑和房间不是父亲和母亲的象征,而是汉斯主动地和感兴地寓居于其中的某个由"性质、

---

① 请参阅 Freud, "Analysis of a Phobia in a Five-Year-Old Boy(1909)," *Standard Edition*, vol. X, 1—149. 德勒兹在《对话》中也讨论了该案例(D 97—100; 79—82)。另请参阅 MP 313—317; 256—259,以及德勒兹和瓜塔里《政治与精神分析》中由德勒兹、瓜塔里、克莱尔·帕尔内(Claire Parnet)和安德烈·斯卡拉(André Scala)合作成文的《所述的阐释》("L'interprétation des énoncés")一文,作者在该文中将小汉斯的实际所说和弗洛伊德对小汉斯话语的理解进行平行并置。

实质、力量和事件"(CC 81；61)构成的环境的组件。我们可以描绘一幅汉斯的环境地图，图中有各种场所（家庭房间、公寓大楼、马路对面的货栈、动物园、格蒙登［Gmunden］饭店）、个体（小女孩、年轻女士、街头男孩）、动物（马、动物园里的动物）、物体（马车、搬家货车、公共汽车）、性质（马的气味、司机的叫喊）、事件（一匹马试图咬人、一匹马跌倒）。然后，我们可以在这幅图上绘制汉斯的运动轨迹——现实的、期望的、梦想的、想象的、害怕的——并标画出其世界的感兴回路。在这幅欲望的地图上，小汉斯的路径结合了其自身的性质、实质、力量和事件与周围环境的性质、质地、力量和事件。"地图表现了路线［le parcours］和所经之处［le parcouru］的同一性。当对象自身是运动时，地图便与其对象融为一体。"(CC 81；61)①

为了强调这一环境的感兴本质，我们可以绘制第二幅地图，它不是轨迹的地图或外延中的运动地图，而是内张度的地图或在"内张"中的运动地图，因为"还有内张度的地图、密度的地图，它关乎填满空间的东西，关乎作为轨迹［le trajet］基础的东西"(CC 84；64)。这第二幅地图将绘制感兴，例如那些属于汉斯世界中的马的感兴："有一个大生殖器，拖着沉重的负担，戴着马眼罩，咀嚼，跌倒，被鞭打，用脚踩出声响。"(CC 84；64)强度的地图绘制感兴的分布，这些感兴是力量，是感发和被感发的力量——亦即生成。汉斯强度地图上的马的感兴标画出汉斯的一次生成-马的过程，并且，内张度变化

---

① 遍阅《孩子们说的话》一文，德勒兹运用了诸多词语来表达旅行和运动，这些词给翻译造成困难。除了以 voyage 表示"旅程、旅游、旅行"（journey、trip、voyage）外，德勒兹使用了 parcours 一词，既可指一次旅游、行程或旅行，还可表示一段行进的距离，并由此表示一次旅行的路线。他还用了 trajet 这个词，它像 parcours 一样可以既可指行进活动，又可表示行进路线。尽管在事实上德勒兹在这篇论文中还用了 trajectoire 一词，意为"轨迹"(trajectory)，但我遵循了德勒兹英译者的做法，将 trajet 译为"轨迹"以便保持该词的灵活意义(trajet 可以用来描述一个抛射物的路径，这为将它译为"轨迹"提供了更进一步的理由）。最后，德勒兹还用了 chemin 一词，意为"道路、路径、踪迹"(way、path、track)，它在特定的语境中可被视为 parcours 和 trajet 的同义词。

的地图为轨迹的外延地图"奠基"——奠定基础，在其下延伸。"生成是轨迹的基础，正如内张力是动力的基础。汉斯的生成-马的过程指涉着从家到马场的轨迹。"(CC 85；65)

轨迹和生成的关系不是真实物与想象物的关系，也不属于个人外部运动与其内在心理状态的关系。轨迹地图和生成地图之间密不可分，而且它们的相互渗透摧毁了真实物与想象物之间的传统区分："生成不是想象的，正如旅行不是真实的。正是生成将最短的轨迹乃至原地的静止变为一次旅行；并且正是轨迹使想象物成为一次生成。"(CC 85；65)在轨迹和作为基础的生成的双重地图上，真实物和想象物必须被理解为"同一条轨迹上两个并置或叠加的部分，两个不停相互交替的面，一个移动的镜子"(CC 83；63)。如果我们要谈论想象，那么应该将其思考为

> "与真实对象交织在一起的潜在图像，以及相反，为了构造一个无意识物的晶体。现实对象或真实风景令人想起相似的或邻近的图像，这并不够；它必须释放出其自身的潜在图像，与此同时，作为想象的风景，这个潜在图像遵循一条回路进入真实物中，在这条回路中，两个项相互追随和交换。'视觉'由这种双重性或两分性[doublement ou dédoublement]，由这一合并而形成。正是在无意识物的晶体中，力比多的轨迹变得可见。"(CC 83；63)

在此，我们回到了视觉、风景和图像的主题，但这里并非从内心和外部的层面，而是从潜在物和真实物的角度来理解的。我们在劳伦斯那里所提到的"投射在外部世界的内心图像"在这里成为"进入真实物"(以德勒兹更惯用的术语来说，即进入"现实物"，因为潜在物和现实物都是"真实的")的潜在图像。潜在图像和真实/现实图

像共同构成一块"无意识物的晶体"。德勒兹在《电影 2：时间影像》中详细阐发了晶体的影像，他将"晶体-影像"（crystal-image）描述为一种特殊类型的电影时间-影像，潜在和现实在同一个影像中被同时看到。正如我们从对普鲁斯特的讨论中所回想起来的，柏格森认为过去是作为唯一的潜在领域而存在的，它从最遥远的事件延伸到每个现在时刻。每个现在时刻与潜在过去的某个部分共存，这个部分是现在的潜在"复本"，是现在时刻"自身"的潜在时刻。德勒兹指出，在特定的电影影像中，我们可以在同一个影像中同时看见某个现在时刻与其自身的潜在过去。影像就像一面镜子，它使现实对象在潜在映像中变得可见，但它是一个多面镜，亦即一块折射和创造增生的潜在影像的晶体（正如柏格森笔下的潜在过去从每个当下时刻延伸至整个过去领域）。晶体复现现实，正如映像复现某个现实对象，晶体对现实和潜在进行两分（dédouble）或分割，确保它们之间的相互区别，并使它们在一个单独的多面影像或晶体影像中合并在一起。

每个现在时刻皆有其自身的潜在时刻，但在日常经验中，这种潜在时刻是未被留意和不可见的。同样地，每个风景之中都有其自身的看不见的潜在风景。要让这种风景变得可见，我们必须将它释放，将其从现实中萃取出来，继而使其与现实发生关联，这种关联"遵循一条回路，在这条回路中，两个项相互追随和交换"。当潜在风景和现实风景实现合并，直至二者相互复现和彼此分离时，一块"无意识的晶体"便形成了，在这块晶体中，"力比多的轨迹变得可见"。但如果潜在风景只是从现实中萃取出来的，并因此是"就在那里"实存的东西，那么这一潜在风景与欲望或"力比多的轨迹"又有何干？而且，将潜在风景和现实风景关联起来直至共同构成一块"无意识物的晶体"，这究竟何谓？为了解释这些问题，德勒兹举了一个例子。他提到了纪念瑞士联邦（Helvetic Confederation）700 周年的一项艺术工程,这是一件由一群建筑家、艺术家、雕塑家、作家、历史学家和科学家沿着日内瓦附近从莫尔沙赫(Morschach)到布伦嫩(Brunnen)的两公里长的路所建造的环境艺术品。《瑞士路:日内瓦路线。从莫尔沙赫到布伦嫩》(*Voie suisse : l'itinéraire genevois. De Morschach à Brunnen*)详细描述了这项工程,它取用了日内瓦湖沿岸的现实路径,通过置入各种物件——植物、建筑物、音响设备、雕塑等等——将其转变为一件艺术作品,直至使"'建造一条路'[*faire un chemin*]在今天意味着什么"(*Voie suisse* 22)这一问题变得清晰明白。其中一位名叫卡门·佩兰(Carmen Perrin)的艺术家选择剪除路边覆盖着若干巨石的植被,从而将巨石从风景中抽取出来,使几个世纪前将这些巨石裹挟至此地的冰川之力变得可见。佩兰将已然在此的东西"释放"出来,但释放的方式要使力的地理路线变得可见,而且,尽管只是选择性地将石头以不规则的形态裸露出来而并未移动或改变它们,但这使得巨石、道路和其他风景特征之间建立了一种有节奏的对位。因此,从"被贯穿的环境或周遭"这一更宽泛的意义而言,"道路"包括了若干轨迹——人行道本身,冰川之力的潜在之流,连接巨石的路线,人们走在人行道上时岩石与其周围环境之间产生的移动的共鸣矢量——并且尽管这些轨迹从外部看是可见的,但它们内在于艺术作品。在这个意义上,"外部的道路是一个并非预先存在于艺术作品之前的创造,并且取决于艺术作品的内在关系"(CC 87—88;67)。佩兰设计的道路的轨迹是从现实中抽取出来的潜在要素,但它们是施加在现实之上的艺术作品的内在要素。"就好像潜在道路与现实道路合并在一起,后者从前者那里获取新的路线、新的轨迹。"(CC 88;67)德勒兹认为,在这个意义上,佩林设计的道路是每个艺术作品的范例。"艺术标画出的潜在性地图叠加在现实地图之上,改变了后者的路线[*parcours*]。"(CC 88;67)

然而,艺术的"潜在性地图"并非只是一种形式上的结构。潜在性地图同时还是外延性轨迹和内张性生成的双重地图,就像小汉斯的力比多环境的双重地图,不仅包括公寓建筑、街道、货栈和动物园之间的各种路径,还包括参与到生成-马的过程中的各种感兴。佩兰从日内瓦的风景中抽取出潜在轨迹,并将这些轨迹转化为一种施加在现实场所之上的内在连贯的形态中,但是,潜在轨迹既寓居在佩兰身上又是佩兰的寓居之所。尽管只能推测构成佩兰的力比多地图的感兴轨迹和生成有哪些,但我们必须假定,日内瓦风景的潜在轨迹在延伸,在与艺术家的其他路径相互结合和交汇,并且,艺术家的创作过程是组成其生命和世界的所有其他活动的延续。

现在让我们回过头再来考察劳伦斯。劳伦斯在沙漠中生活多年,穿过旷野,跋涉峡谷。正如他在读来令人心潮澎湃的第一章中所指出的,他和战友们标画出的是感兴的轨迹和色情的轨迹:"我们总是生活在神经紧张和精神萎靡之间的摇摆中,不是热血沸腾就是郁郁寡欢……我们年轻力壮;火热的身躯欲求饱满,饥火烧肠。物资匮乏和重重危险在令人备感煎熬的气候中吹散了这旺盛的血气。"(T. E. Lawrence 28—29)在这片"寸草不生的沙漠中,在以万物为刍狗的苍穹下"(T. E. Lawrence 28),劳伦斯描绘了一幅轨迹和生成的双重地图,在这幅地图中,他与同伴及其周围环境正如诸多相互渗透的"性质、质地、力量和事件"(CC 81;61)一样融为一体。地图中标画出的有劳伦斯的生成-阿拉伯人的轨迹,阿拉伯同伴的生成-英勇起义者的轨迹,劳伦斯及其同伴的生成-骆驼的轨迹,以及人们置身于被太阳"蒸炙""被强风鞭挞得天旋地转""被露水沾渍,在寂寥的满天繁星下瑟缩得无比渺小"(T. E. Lawrence 28)等严酷环境时而产生的普遍的生成-不可感知者的轨迹。劳伦斯及其战友们创造的现实路径划定了变形的过程;它们是已经实现在现实中的潜在力量之线。劳伦斯描述的风景浸润着光和热的动态力量及各种身体——人、动物、植物、矿石——的感兴。每片风景之中都内在地包含一片潜在风景,后者是前者自身的潜在复本,劳伦斯将它从现实的全景画中萃取出来。在那个广漠之野,劳伦斯与其周围环境持守为非个人的和非个体化的力量的场所,并且通过他的写作,一个风景图像(landscape image)形成,这是一块风景晶体(landscape-crystal),潜在物和现实物在这枚晶体中相互复现、区分和合并,同时相互渗透,彼此进入和离开,分离和结合。这块风景晶体不仅属于劳伦斯,还属于阿拉伯沙漠,不仅属于内心,还属于外部现实。它是拥有自身生命的自主图像,而且,尽管我们可以笼统地称其为投射在外部世界的内心沙漠,但图像晶体既是从现实风景中萃取出来的,又与投射过程中的任何个人的心理世界相分离。

　　这一投射过程即艺术创作过程。劳伦斯确实生活在阿拉伯沙漠中,但他描写的风景唯有通过《智慧七柱》的写作才得以实存。一片给定的风景的轨迹和生成的特殊形态是内在于艺术作品的。形态萃取自现实而又投射回现实,并在现实中引发变形和转化,但最终的风景乃是"并非预先存在于艺术作品之前的创造,并且取决于艺术作品的内在关系"(CC 88;67)。劳伦斯借助词语创造了一片风景,这片风景在语言的界线上升腾而起,仿佛一幅非语言的图像漂浮在词语之上。随着光之力穿过阳光之雾变成色彩和轮廓,这片风景形象中的不可见之力变得可见。就像塞尚(Cézanne)笔下地质构造波浪起伏的圣维克多山(Mont St. Victorie)一样,或者像凡·高晚期风景画中旋转的星空、颤动的原野和弯曲的道路一样,劳伦斯的风景图像使得不可见之力变得可见。但这些力不仅仅是光之力,因为风景图像与对一种将要来临的人民的虚构图像相互沟通。通过艺术创作的过程,苍茫的景象中浸润着集体起义的英雄血气,正如起义者从他们穿行的风景中获取了一种威武雄壮的气概。在劳伦斯的风景视觉中,光的运动和起义的运动——正如人们所称的,"大写的运动"(the Movement)——是同一个运动。①

终曲:贝克特的电视剧

视觉和听觉是语言的非语言的外部,是由词语产生但存在于词语之上和之间的画面和声音,"仿佛词语现在倾吐出其内容"(CC 141;113)。它们是"作家看见和听见的真正理念"(CC 16;5),但这是在劳伦斯的抽象概念、"情绪、感兴"(CC 155;124)、"强大空间活力"(CC 149;119)、不可见的物质力量、"实体、本体"(CC 16;5)等意义上的理念。正是"词语之中的生命过程"构成了这些理念。在《文学与生命》一文中,德勒兹从生成、对一种人民的创造和结巴等层面来谈论文学,并将所有这些概念与视觉和听觉联系起来。文学形象由贯穿他们的生成所规定,并且他们的所有个体特征"将他们提升至某种视觉,这种视觉把他们带入不确定性中,就像某种对他们而言太过强力的生成:亚哈和白鲸的视觉"(CC 13;3)。视觉和听觉总是集体性的,就像劳伦斯关于阿拉伯起义的虚构图像。因此,"这些视觉,这些听觉,并不是某种私人事务,它们构成一种被不断重塑的历史和地理的图像。正是谵妄创造了它们,如同过程携带着词语从宇宙此端抵达彼端。它们是发生在语言边界上的事件"(CC 9;lv)。当然,唯当语言开始结巴并在其自身沉默的边缘蹒跚时,视觉和听觉才会孕育而生。

在《穷竭》("L'Épuisé")这篇研究贝克特电视剧的论文中(收入

---

① 德勒兹对惠特曼的视觉和听觉中政治与美学之间密不可分的关系也做了举似的评论。惠特曼"毫无疑问创作了前所未有的最绚丽多彩的文学"(CC 79;59),并且这种绚丽多彩与他的同志友谊的政治视域和宽阔大道的旅行密不可分。同志社会是惠特曼的"革命的美国梦",并且其作品的自发的碎片"构成了某种要素,通过这个要素或在这个要素的间隔中,人们抵达经过深思熟虑的自然和历史的伟大视觉和听觉之中"。(CC 80;60)

英译本的《批评与临床》但未收入法文本),德勒兹提供了语言结巴的两个清晰例证,在第一个例子中,"短节段不断地添加进短语内部,以打破词语的表层,使其彻底敞开"(疯狂由于这——/这——/怎么说呢——/这个——/这———/这一个——/整个这一切——/疯狂鉴于整个这——),在另一个例子中,"短语充斥着不断缩减词语表层的点或线[*traits*]"("更少是最好的。不。无才最好。最好的更糟。不。不是最好的更糟。无才是最好的更糟。更少是最好的更糟。不。最少。最少才是最好的更糟")。但德勒兹的主要目的是展现贝克特在其电视剧中如何通过非语言的手段、通过穷竭空间并首要地通过创造视觉的和声音的图像来克服词语的限制。在这些对贝克特电视图像及其与语言之间关系的评论中,德勒兹指出了几个要点,这些要点能帮助我们更丰富地理解视觉和听觉。

德勒兹说,经历多年的"贝克特对词语越来越难以忍受"(E 103;CC 172),尽管他并不是体验到这种难以忍受的第一人。事实上,德勒兹将贝克特的全部著作视为一场与语言的搏斗,这种搏斗在贝克特20世纪30年代的批评话语中首次得到表达。在一封被德勒兹频繁引述的写于1937年的重要书信中,贝克特表达了他对"官方英语"(official English)的不耐烦,他声明道:"我的母语对我来说越来越像一块面纱,必须将它撕碎,以获取其背后的事物(或虚无)。"(Disjecta 171)①他指出,清除语言并非"一蹴而就",但它应该被撕碎并布满孔洞。"在其中一个接一个地打洞,直到藏于其后的东西——要么是某物要么是虚无——开始渗漏出来;对于一位当代作家而言,我无法想象还有比这更高的目标。"贝克特痛惜文学固守

---

① 这段话出自一封致阿克塞尔·考恩(Axel Kaun)的德文书信打字稿。我引用的是马丁·埃斯林(Martin Esslin)在《碎片集》(*Disjecta*)注释中的英译文。《碎片集》的编者说这封信贝克特如今将其"当作'德文蠢话'(German Bilge)弃之如敝屣"(p. 170);然而,德勒兹和一些其他评论者将这份文献视为对贝克特艺术信条的一个相当透彻的表达。

着"音乐和绘画早已抛弃"的做法,并因此质问道:"有什么理由不应该将词语表面低劣的物质性溶解掉呢?就像贝多芬的第七交响曲,其声音表面被巨大的停顿撕碎,这样,我们在整首乐章中所感知到的只有一条声音路径,它被悬搁在眩晕的高处,与深不可测的沉默的深渊相连。"(Disjecta 172)贝多芬创作的音乐突出了声音之间的沉默,同样地,文学也应该借助意涵将词语之间的"某物或虚无"揭示出来。事实上,他在 1932 年的《梦中佳人至庸女》(*Dream of Fair to Middling*)选段(德勒兹经常提及的另一部核心作品)中说过类似的话,作品中的人物贝拉夸(Belacqua)说她想要写一本书,使"我的读者,其体验应该在词语之间,在沉默之中,经由陈述的间歇而非字词传达"(Disjecta 49)。这一文学计划将让贝拉夸想起"一幅伦勃朗画作的开裂,那些动态的不连贯,寓意潜伏在图画的前文本背后,威胁着要侵入颜料与黑暗",在伦勃朗的画作中,他辨识出"一种不满、一种混乱、一种松散、一种犹豫、一种颤抖、一种震颤、一种颤音、一种衰变、一种分解、一种风化、一种组织的分解与增殖",而在贝多芬的音乐中,他注意到了一种类似的"开裂的中断,犹犹豫豫,连贯性四分五裂",乃至乐曲"被骇人的阵阵沉默蚕食"。(Disjecta 49)

这些早期批评作品在绘画、音乐和文学之间建立了一种类比关系,因为这些艺术都不遗余力地穿透表面以抵达藏于其下的"某物或虚无"。伦勃朗画作中的各种形象和物体彼此分离,变得支离破碎,使得它们之间的空无的空间变得可见,就像贝多芬的音乐,乐句之间相互离散,使得声音之间的沉默变得可听。但空无的空间并不只是间距,而是绘画表面之下的全部广阔空间,亦即作为绘画诞生地的背景深度("艺术的腐蚀性涌浪"),正如"深不可测的沉默的深渊"构成了音乐表面之下的背景维度。因此,撕碎语言的面纱,在词语中钻孔打洞,溶解词语的表面,便是以类似的方式揭示出任何藏于词语之后的作为背景的非语言要素,展露出任何与可见的虚空或声音的沉默相对应的作为语言深层基底的东西。

贝克特的美学规划上似乎从本质上而言是否定性的,因为藏于艺术作品表面背后的与其说是"某物",不如说是"虚无",但德勒兹对贝克特的读解别出心裁。他说当一位艺术家"像伦勃朗、塞尚或范费尔德(Van Velde)那样在画布表面,以及像贝多芬或舒伯特(Schubert)那样在声音表面"钻孔打洞时,这是为了使"虚空或可见物本身、沉默或可听物本身能够涌现出来"(E 103;CC173)。这些画家和作曲家所做的乃是创造一种"刺穿表层的纯粹强度"(E 104;CC 173),它是一种将可见物本身或可听物本身揭示出来的视觉图像或声音图像——亦即通过可见物或可听物运作的不可见的或不可听的力量。按照德勒兹的解读,绘画的虚空和音乐的沉默并非空无而是充盈,并且,贝克特青睐的画家和作曲家的作品所突出的是潜在物,亦即一致性平面上的饱满的力量。①

作家面临的困难在于,语言的表面比可见性或声音的表面更难以被撕碎。"这并不仅因为词语会说谎;它们承载着如此多的计算和含义,如此多的意图和个人记忆,以及将它们黏合在一起的如此多的陈旧习性,乃至当词语表面闭合时,便难以凿开。表面黏合了。它囚禁并窒息我们。"(E 103; CC173)在关于弗兰西斯·培根的论著中,德勒兹发现培根致力于从叙述和再现的俗套图像中萃取可见

---

① 在《贝克特和后结构主义》(*Beckett and Postructuralism*)一书中,安东尼·乌尔曼(Anthony Uhlmann)详尽阐述了德勒兹与贝克特的亲缘性。他在初始时指出:"严格来说,他们的课题本应水火不容。毕竟,贝克特以滑稽的手法与否定建立了关联,表达了虚无、挫败、存在的痛苦;所有这些是(无疑确实是)贝克特研究中至关重要的共识。"而另一方面,德勒兹像斯宾诺莎一样被视为一位关注肯定和快乐,关注无需否定的肯定性存在的哲学家(Uhlmann, p. 9)。但是,乌尔曼认为,"贝克特在走向否定过程中所运用的某些核心观念与德勒兹在朝向肯定过程中所运用的核心观念似乎高度契合。质言之,这些全都相互关联的观念包括:内在(存在的单义性,以及存在与混沌的同一);某种'反柏拉图主义';以及对(作为变化、生成)的运动的重视"(Uhlmann, p. 12)。

的形体,从而使某种"事实"(matter of fact)变得可感,①而在贝克特的写作中,德勒兹发现了同样的目标。在画家或作曲家成功摧毁那对画面或声音进行条理化和规则化的叙述和法则后,他们就能创造纯粹的图像,这些图像乃是无限定的实体,既不属于普遍物也不属于特殊物。"音乐将这个少女的死亡转化为某个少女死了;音乐将这一无限定物(the indefinite)的极限规定作为刺穿表层的纯粹内张度创造出来。"(E 103—104;CC 173)她不再是普遍意义上的"少女",也不是简·玛丽·琼斯(Jane Marie Jones)这个特定的主体,而是一种生成过程的场所,是"某个少女"。音乐和绘画便于创造这种刺穿表面的无限定的图像,词语却没有这种便利,因为"它们的黏合力将其保持在普遍性或特殊性之中。它们缺乏'开裂的中断',缺乏由艺术的海啸所带来的'分离'"(E 104;CC 173)。

德勒兹从穷竭可能性的角度分析了贝克特的电视剧。(在德勒兹所考察的四部电视剧中的第一部即《方庭》的法文本中,贝克特在详细布置人物的行走动作、灯光、打击乐器和服装时不断重复着一句话:"所有可能的组合方案由此而穷竭。"[E 10—13])实现可能性就是去追寻"特定的目标、计划和偏好:我穿上我的鞋子是为了出门,穿上拖鞋是为了待在室内"(E 58;CC152)。但是对目标、计划和偏好的追寻永无止境,因为无论人们做出什么选择,总是存在着其他可能的选择。穷竭可能性则需要放弃偏好、目标和计划,需要将诸要素从无尽的意愿和欲望序列中分离出来,直至使一个有限项的封闭集合可以完全彻底地穷竭其组合方案。莫菲(Murphy)计算五块饼干的"全部排列,总共有一百二十种吃法"(*Murphy* 96—97)②,瓦特(Watt)列出了诺特(Knott)先生及其饮食习惯的"十二

---

① 笔者在拙著《德勒兹论音乐、绘画和艺术》第五章讨论了这一问题。
② 中译参见贝克特:《莫菲》,曹波、姚忠译,湖南文艺出版社,2016年,第103页。——译注

种可能性"(Watt 89—90)①,莫洛伊(Molloy)描述"可吮吸的石头"(sucking-stone),以及将它们放在钱包和嘴巴中的所有可能方案(Molloy 69—74)②,这些都是贝克特设想穷竭可能性的著名例证,《方庭》的剧情同样如此,四个无法区分的演员穿过所有可能的线路,这些线路在演员(单人、双人、三人、四人)、灯光、打击乐器和服装的全部组合方案中将一个方形场地的四个角连接起来。在所有这些例子中,关键在于结合的诸要素被所有偏好、所有目的和所有含义褫夺,直至它们构成一个排列有限的诸项的封闭集合。分离这些要素就是使它们脱离语言的常规功能,因为"语言表述可能之物,但这是通过准备使其成为现实来达成的"(E 58;CC153)。语言表达着人类的意愿和欲求的所有符码、惯例、叙述和表征,这些符码、惯例、叙述和表征的延续、连接和结合是开放而无法穷竭的。穷竭可能性的最终目的乃是拆解语言,溶解那将词语黏合在一起的计算、含义、意图、个人记忆和陈旧习惯的胶水。

德勒兹辨认出贝克特拆解日常语言和穷竭可能性的三种方法。首先是创造一种元语言(metalanguage),"一种非常特殊的语言,物体之间的关系等同于词语之间的关系"(E 66;CC 156)。德勒兹将这一元语言称为语言Ⅰ(langue Ⅰ),它是"原子的、分离的、切断的、刹碎的,在这种语言中,列举取代命题,组合关系取代句法关系:一种名词的语言"(E 66;CC 156)。这种语言就是瓦特和莫洛伊的排列组合清单,亦即从其通常的语言含义网中脱离出来的词语集合,除了与经过排列组合的对象一一对应时以外,它们都无所意指。但如果我们通过语言Ⅰ用词语穷竭了可能性,那么还需要穷竭词语自身,"因此需要另一种元语言即语言Ⅱ(language Ⅱ),它不再是

---

① 参见贝克特:《瓦特》,曹波、姚忠译,湖南文艺出版社,2016年,第120页。——译注
② 参见贝克特:《莫洛伊》,阮蓓译,湖南文艺出版社,2016年,第62—63页。——译注

名词的语言,而是声音的语言"(E 66;CC 156)。如果语言Ⅰ的词语是分离的颗粒的话,那么语言Ⅱ的声音则是"引导和分配语言微粒的波浪或涌流"(E 66;CC 156)。语言Ⅱ的目标是使流枯竭,是使周围连绵不绝的声音的喧哗终结,二者都属于**他者**(Other)对一个可能的世界的表达,以其所有含义、偏好和目标对一条无止境的故事之流的叙述。然而,问题在于,即便当声音停止,它们也很快重新开始,并且当我们谈及那些声音时,我们将冒险继续说它们的故事。因此还需要语言Ⅲ(language Ⅲ),"它不再将语言同可列举或可组合的对象关联起来,也不再将其与发出的声音关联起来,而是与不停移动的内在界限、罅隙、孔洞或裂口发生关联"(E 69;CC 158)。语言Ⅲ涉及"来自外部或别处的事物"(E 70;CC 158),这些事物是一种"视觉的或音响的图像"(E 70;CC 158)。

然而,语言Ⅲ的图像是一种在非常独特意义上的图像。它是纯粹的图像,即一种视觉或听觉,"从其所有的奇异性中涌现出来,没有保留任何个人的或理性的东西,进入无限定状态,仿佛升到空中"(E 71;CC 158)。就像培根画作中的"事实",语言Ⅲ的图像从标准语言和传统再现的叙述和法则中脱离出来。它由"其'内部张力'所规定,或者由它调动的力量所规定,调动这些力量是为了创造虚空或钻孔打洞,松解词语的控制力,使渗出的声音枯竭,是为了使自身摆脱记忆和理性,一种微小的非逻辑的、非记忆的、几乎失语的图像,现在位于虚空之中,现在在敞开之域中颤抖"(E 72;CC 159)。这种图像拥有某种"疯狂的能量……准备外爆",但是它们"就像最基本的粒子,它们绝不会维持很久"(E 76;CC 160)。它们的能量是"耗散式的"(dissipative),因为它们"为了使其外爆占据了所有的可能物"(E 77;CC 161),它们终结那无法穷竭的可能性的世界,那个"背负着计算、记忆和故事"(E 73;CC 159)的语言世界,此时它们便将自身耗尽。

纯粹的图像构成语言的外部,但这一外部还包括"空间的'广度'(vastitude)"(E 74;CC 160),正因此,语言Ⅲ是由图像和 *un espace quelconque* 即任意空间共同组成的,后者被"去神圣的并被改变用途的[*désaffecté*],是未被指定用途的[*inaffecté*],尽管它在几何学上被完全规定(一个有着如此这般四边和对角线的方形场地,一个有着如此这般区域的圆周,一个'周长六十米高十六米'的圆柱)"(E 74;CC 160)。在这种分离的、"无限定的"任意空间中,空间的所有潜能,亦即在一个封闭区域若干特定点之间的运动的所有排列组合,都会被穷竭,并且,在某个任意空间之内,随着外爆事件撕碎词语表层并散入其下的背景空间中,视觉的和声音的图像便涌现出来。

因此,德勒兹发现了穷竭可能性的四种途径:第一,"排列出详尽无遗的事物序列"(语言Ⅰ);第二,"使声音之流枯竭"(语言Ⅱ);第三,"削弱空间的潜能"(语言Ⅲ);第四,"令图像的力量耗散"(还是语言Ⅲ)(E 78;CC 161)。前两种途径(语言Ⅰ和语言Ⅱ)在贝克特的小说、戏剧和广播剧中占据主导地位,而后两种途径,即语言Ⅲ的双重要素,只是在电视剧中才突显出来。《方庭》(1980)通过创造一个任意空间来削弱空间的潜能,演员穿过一个普通方形场地的四边和对角线,穷竭了所有可能的线路和配置(单人、双人、三人、四人)的组合方案。《幽灵三重奏》(*Ghost Trio*,1975)同样对空间进行去潜能化(depotentializes)的处理,舞台布景是一个平淡无奇的房间,房间右侧是一扇门,正前方有一扇窗户,左边放了一张简易床。门朝向一条空荡的走廊,窗外则始终夜雨连绵,简易床毫无特色。从录音机中发出声音,但它并不讲述故事、计划或偏好,而只是对出现在荧幕上的地点和动作进行命名("远远的那头一扇窗户。[停顿。]右边一扇不可缺少的门。[停顿。]左边,靠着墙壁,某种简易床"[*Dramatic Works* 408])①。但是,《幽灵三重奏》还"从空间抵达图像"(E 93;CC 168),戏剧结尾部分有一个表现简易床上方镜子中演员面部的特写镜头,这是一个无限定但明确的面容图像(visage-image)发出的一个漂浮的去除语境的(decontextualized)的笑容,就像贝多芬幽灵三重奏进入尾声时反复出现的声音图像。《……可那些云……》(*…but the clouds…*,1976)同样在一个任意空间中上演,这是一个平淡无奇的环形区域,画外音描述了其西边、北边和东边的坐标,它们分别对应着道路、密室和壁橱。画外音不仅描述了男人从一个地点到另一个地点的重复运动,它还谈论不时出现在荧幕上的纯粹图像,那是一个"尽可能简略为眼和嘴"(*Dramatic Works* 417)②的女人的面部特写,一只柴郡猫的另一种无限定的面容图像的微笑。最后,《夜与梦》(*Nacht und Träume*,1982)在一间"漆黑的空屋子"这个任意空间中展开剧情,一个"做梦者"坐在桌旁,朝向右侧,"清晰可见的只有头和双手",而"他梦中的自己"(*Dramatic Works* 465),③一个朝向左边的复本,在做梦者上方四英尺处周期性地出现,一双女性的手不时从阴影中降下,擦拭他的前额,递来水杯,轻轻擦拭他的脑门,甚至和他的双手合十。一个声音伴随着梦的图像,但它首先是声音图像,这个声音最初哼唱的是舒伯特的《夜与梦》的曲调,唯当声音重复着旋律并哼唱艺术歌曲的歌词时,剧中才会出现词语。

《方庭》完全摒弃了词语,《夜与梦》只是以歌词的形式将词语引入剧中;而《幽灵三重奏》和《……可那些云……》呈现的词语乃是某个任意空间的复本,以及从这个空间中涌现出来的纯粹图像。视觉和听觉是语言的外部,亦即唯有语言才使其成为可能的非语言的视

---

① 译文参照贝克特:《短剧集(上)》,刘爱英译,湖南文艺出版社,2016 年,第 291 页。——译注
② 同上,第 307 页。——译注
③ 同上,第 369 页。——译注

觉图像和声音图像,而贝克特的电视剧提供了关于视觉和听觉的一种教学方法,他将图像与词语之间复杂难解的关系呈现在戏剧中。电视剧的视觉图像和声音图像与词语不同——事实上,在《方庭》中词语显得完全不必要——但是在《夜与梦》和《……可那些云……》中,词语被置于与图像的关联中,前者借助歌曲实现,后者通过诗歌达成。在《夜与梦》中,被哼唱的舒伯特艺术歌曲的歌词乃是歌曲的声音图像的组成部分和被女人双手擦拭的做梦者的视觉图像的伴奏。词语仍然与声音和视觉判然可分,但至少有一刻,它们与声音图像和视觉图像的共同在场(co-presence)表明词语和图像从彼此之中互相发射出来,词语产生图像,图像召唤词语。在《……可那些云……》中,词语主要被用来描述视觉空间和展露的动作,但是当女人的眼和嘴的视觉图像出现时,词语和图像便呈现出新的关系。女人的嘴唇动起来,用几乎听不见的声音说出男性画外音所说的台词。台词是叶芝《塔》中的诗句,首先呈现的是片段("……云……可那些云……挂在天空"),但女人的面容最后一次出镜时,出现了两个完整的诗句("……可那些云挂在天空……当地平线逐渐消失的时候……或者鸟儿没精打采的一声啼叫……在渐浓的夜色中……")[*Dramatic Works* 421—422]。女人面容的自主的视觉图像与诗歌的声音同步,当词语说出它们自身的图像时,云的视觉图像逐渐消失在地平线上,鸟儿啼叫的声音图像坠入沉默之中。不仅那些诗歌图像要素由词语产生并具有自主性(就像女人面容的视觉图像),而且它们还暗示着图像稍纵即逝的本质,以及它们与可见性本身和可听性本身之间的关系,与虚空和沉默的深渊之间的关系,在这虚空和沉默的深渊中,图像外爆,继而烟消云散。至少在《夜与梦》和《……可那些云……》中的若干地方,"声音成功地征服了其矛盾、因循、病态意志,并且就像在艺术歌曲中那样,音乐携带着它,使它变成言语[*parole*],能够反过来创造词语的图像,或者就像在一首诗中那样,其自身能够创造图像的音乐和色彩"(E 73;CC 159)。

贝克特在其全部著作中自始至终都在语言中钻孔打洞,但是在创作电视剧时,他发现词语越来越令人难以忍受。为了穷竭可能性,需要创造一种分离的词语的元语言,还需要打断声音并创造某个任意空间中的图像。贝克特通过删减,通过削减词语含义、声音的故事、空间的个体化特征、图像的普遍性或特殊性来进行创作,并且,电视剧中似乎出现了一种要彻底清除词语的趋势。但是在《夜与梦》和《……可那些云……》中,就在自主的、无限定的图像产生出来时,一些剩余的词语出现了,并且借助歌曲或诗歌,它取得了与图像之间的某种关系。贝克特的删减可能看上去是虚无主义的,但是对德勒兹来说,这些苦行式实践的目的与其说指向虚无,不如说指向纯化(purification),指向创造,这种创造是通过对能够产生自身视觉和听觉的纯粹的任意空间、纯粹的图像、纯粹的诗歌进行清除而实现的。关键之处在于空间、图像、词语的非个人性,这种非个人性使非主体的、无器官的、非意指的强度能够产生出来。与贝克特的著作一样,在德勒兹的思想中也存在着一种苦行的张力,但总是服务于内张度,正如德勒兹经常说的,这是一种致力于在纯净水中酩酊大醉的工作。"我们试图在不饮酒的前提下从酒精中提取其蕴藏的生命:亨利·米勒作品所呈现的在纯净水中酩酊大醉的伟大情景。涤除酒精、毒品和疯癫,这就是生成,是为了促成一种更加丰盈饱满之生命的生成-清醒(becoming-sober)。"(D 67;53)根据德勒兹的解读,贝克特的苦行式删减将词语、声音、空间和图像从它们的主观和常规关联中截断,但绝非与真实截断。相反,当词语、声音、空间和图像被缩减至其最小状态并被涤净所有外在关联时,它们便成为一个单独的内张的一致性平面的组成部分。

视觉和听觉乃是唯有语言才使其成为可能的非语言的视觉图

像和声音图像。它们构成了语言的外部,构成了居间(between)的表面薄膜。它们是图像,是无限定但明确的力量调动,这些力量调动随着图像的出现而外爆消散。我们可以粗略地将它们视为投射在外部世界的内心图像,但事实上它们既非内心亦非外部。它们是无意识物的晶体,亦即从现实中萃取出来的潜在图像,这一潜在图像又被置回与现实的关系之中,从而使潜在和现实同时相互复现、区分和合并。具有自主性和非个人性的视觉和听觉拥有自己的生命,但唯有通过艺术创作才能使其走向实存。由于是从现实中萃取而出,它们的内在连贯性来自艺术作品自身的轨迹和生成,轨迹和生成本身则经由艺术家扩展至他或她栖居的世界中。这些外延性轨迹和内张性生成的路径构成了一幅感兴环境的双重地图,这幅地图由性质、质地、力量和事件组成。它们是不胜枚举的线,时而僵化,如节段的克分子线,时而碎裂,如破坏稳固性的分子线,但最终朝向一个外部打开,如逃逸线。人们在视觉和听觉中看到和听到的乃是语言在不平衡状态中蹒跚踉跄而产生的逃逸线。

  这在常识层面上意味着什么?德勒兹首先观察到,在某些文学作品中,通过语言再现出的视觉和听觉图像似乎具有坚实性、生动性和自主性,仿佛词语设法倾吐出其内容并发射出可感知的非语言的画面和声音。人们可能只是将其看作语言和感觉经验之间的复杂关系所造成的幻象,一方面,感觉的生命与语言相互区别(李子的味道并不等于"李子"这个词),但另一方面又与语言紧密相连(对李子的感觉经验渗透到我对"李子"这个词的语言应用中,而"李子"的语义网塑造了我对李子的经验——如食物、糖果、款待、奖赏、童谣等方面的例子)。但对德勒兹而言,这些相当坚固且可感知的视觉和听觉图像并不是幻象,因为它们拥有真正的实存,就像斯多亚学派的 lekta 存在于词与物之间的共同表面。内部/外部、主体/对象、词/物等常识性区分土崩瓦解——并且我们的常识性阐释也必须崩塌——此时，它们便涌现出来。关于这一点，我们只能说，视觉和听觉赋予可见物和可听物以不可见和不可听的力的回路，这些力的回路内在于真实物之中。就其本质而言，只有根据速度和感兴，根据轨迹和生成才能描述这种力的回路的特征。它们构成一个一致性平面，在这个平面上，我们无法将声音或画面同词语进行区分。这里只存在着线，画家、音乐家和作家都在相同的线上进行实验，各自寻找着表现这些线的不同方式——要么通过现实的视觉构造，要么借助声音，要么依托词语。在视觉和听觉中，作家使得语言的界限变得可感，这一界限乃是唯有语言才能产生出来的非语言的绘画和音乐。

结　论

　　对德勒兹而言,语言是一种行动模式,并且正是在实践和权力关系的宽泛领域中,作家既跟随又生产逃逸线。在一种语言中,语言的常量和恒量并非首要的,它们只是权力结构的次生品。内在的持续变动之线穿过语言的语音、句法和语义要素,这些要素是正确发音、标准句法和引申意义所遵循的规则,它们代表着对变量的限制性和控制性使用。次要作家激活这些持续变动之线,追寻它们的轨迹并激发其进一步的变动。作家的遣词构成了一种符征体制的部分,亦即一种将异质性实体相互关联到行动和运动的复杂模式中的装置布局。符征体制在陈述的话语集体装置和社会技术机器的非话语装置之间穿针引线,话语装置介入非话语装置之中,词语通过言语-行动对物进行非身体的转化。因此,词与物相互盘绕交织,并且二者均是由相互连接但分离的生产进程所塑造而成。

　　文学作品的功能远大于其意义。自出机杼的文学乃是产生效果的机器。德勒兹敬佩的作家践行着对语言的次要使用,对真实物进行实验,由此既完成了一种权力批判,又打开了一条朝向生命之新可能性的通道。卡夫卡对**法**的描写直接作用于构成奥匈帝国内部权力关系的诸表征,抽取出未来邪恶力量的矢量,将它们与悖论性的网络相连并将它们分散至不可预见的方向。卡夫卡《审判》的文学机器则作为更大的社会和物质机器的组成部分而发挥作用,这些更大的机器乃是既在小说之内又在小说之外运转的陈述的集体装置和社会技术机器装置。在作品和世界之间不存在明确的区分，也正因此，卡夫卡的语言实验具有直接的政治性和社会性。艺术和生命之间的划分同样有名无实，卡夫卡的日记和书信作为同一部写作机器的部件与短篇故事和小说协同运转。

卡夫卡写作机器的结构就像一个地洞，这是由地道和连接异质空间的拓扑学通道组成的一个开放网络，它向四处无限蔓延。在这个意义上，文学机器总是未完成的。它是一个处在永动中的过程，与其说是一个打好的地洞不如说是一次无休止的掘洞。但是德勒兹认为，文学机器也可以形成一个特定的整体。普鲁斯特的《追忆》就是一部庞大的符征机器，并且它具有某种统一性。尽管其部件由"横贯线"（transversals）联结在一起，这些横贯线就像卡夫卡地洞中的拓扑学节点和交点一样，将互不通约和互不连通的部分相互连接，并增强而非抑制它们的差异，但它同时还拥有一个附加上去的整体部件，引发某种统一体效果（unity-effect）。这个"整体"是一个额外的部分，就像一个种子的晶体，一旦放入亚稳态溶液中，就会引发溶液中的一连串结晶过程。作为附加部分的整体产生了一个"混沌宇宙"，即一次混沌变成宇宙的过程，它源自一种动态的自我分异的差异。

《追忆》的混沌宇宙是符征的混沌宇宙，并且在马塞尔的符征学习生涯中，德勒兹发现了关于诠释和艺术创作之间关系的暗示。符征作为动态的自我分异的差异在某种意义上就像一个受精卵，在发育为完全成形的有机体的过程中分裂出越来越多的细胞。分裂和增殖的过程就是单细胞受精卵最初包含的动态差异的一次展露或阐发，不仅如此，每个发育成熟的有机体的细胞也都裹藏或蕴含着这种差异。在这个意义上，整个有机体都裹藏在它的每个细胞中。因此，每个细胞都是一个符征，亦即一个被裹藏和蕴含的差异，当它被诠释时就会被展露和阐发。但是符征的宇宙没有专门的起始点，任何符征都有可能成为那个有机体由之而生的受精卵。在这个意义上，符征的宇宙就像一个可从诸多视角观看的城市。城市中的每个地点都可能是一个观看全景的制高点。如果把卵子和城市这两个意象结合起来，我们可以说，每个制高点都是一个潜在的卵子，它可能在任何时刻自我分异为一个完全成形的有机体-城市。

符征的诠释始于一次动荡的失衡，始于由符征的秘符产生的一次颤抖，这个符征裹藏着一个隐匿的差异并暗示着一个超越自身的世界。马塞尔的玛德莱娜糕点侵扰了他，并迫使他去打开那裹藏在糕点味道和气味中的贡布雷的世界。但是贡布雷的本质既非玛德莱娜糕点自身，亦非真实的贡布雷的过去时刻。这个本质乃是一种将自身裹藏在玛德莱娜糕点的符征和真实的贡布雷的符征中的自我分异的差异。当马塞尔把握这一本质时，他仿佛跳出自己的房间，登上了一个瞭望塔，从这里可以俯瞰整个宇宙-城市。那个宇宙在某种意义上已经被创造，而马塞尔只是重构了裹藏在玛德莱娜糕点中的过去的世界，但是在另一个意义上，向瞭望塔的跳跃开启了一次创造的过程，仿佛他由以观看城市的制高点自身生产出这个城市，仿佛瞭望塔在此刻是自我发育为一个有机体-城市的卵子。从这个方面来看，符征的诠释即是符征的生产。去阐发或展露隐匿在符征中的差异就是去占据制高点，从这个制高点中，一个宇宙永远处于开始展露的进程中。马塞尔认识到，符征的本质在艺术中，但是把握本质的唯一真正手段在于将它们生产出来，即创造艺术作品。马塞尔的符征学习生涯同时就是《追忆》的写作过程。但是，符征的诠释或生产绝不是某种单纯的对自我的主观表达，也不是某种简单的对现实的客观记录。向瞭望塔的跳跃展露出一座宇宙-城市的非个人的视点，可以说，在这个视点中，观看者是城市中的可见对象之一。尽管宇宙-城市作为一个真实的、被建构的实体在某种意义上已经生产出符征,从而引发向瞭望塔的跳跃,但在另一个意义上,正是这一跳跃本身产生出宇宙-城市。

对于德勒兹而言,作家总是在处理生成中的现实世界,但他们同时也在世界之内创造一个世界,或者毋宁说他们与世界共同创造。诠释并不是指对符征的接受,归根结底,它意味着符征的生产。尼采所说的对文化符征的诠释和评价乃是一种对文明的疾病和健康症状的诊断性读解,但这诊断本身是一种介入。诠释就是征用和塑造力,而评价就是生产价值。唯有在对力进行创造性征用并馈赠价值时,才能产生真正的诠释和评价。作家对真实物进行实验,他们对世界的诠释和评价同时也引发了世界的一次转变。《追忆》中普鲁斯特对符征学习生涯的描述正如卡夫卡的《审判》或贝内的《理查三世》一样,既是对这个世界进行批判性读解,又是创造性地开启一个新的世界,这个新世界是一个混沌宇宙,它诞生自一种包含生长力的差异。

然而,作家对世界的介入与其对语言的介入密不可分。按照普鲁斯特的说法,伟大的艺术作品都是以某种外语写成的,在德勒兹看来,这里的外语指的是语言中的结巴,亦即对语言变量的某种次要使用,这种运用将变量置于持续变动之中,从而使语言自身停顿或结巴。这种语言的次要使用需要以语言的声音、句法、语义进行一种形式上的实验,但它的对象还扩展至一般被视为语言之外的要素。作为一种行动方式,语言与其施为语境不可避免地相互交织。每个语义单元都是潜在的言语行为连续体的一次现实化,这种现实化对身体实施了非身体的转变,并且,语言的每种运用都发生在更大的行动和力的结构中。正因此,戏剧可被视为文学创作的典范形式,而贝内对台词、声音、姿势、服饰、道具、布景和灯光的次要使用则顺理成章地堪称次要写作的巅峰,他的戏剧进一步将次要写作的语言学实验领域拓展至一般被认为属于语言之外的演出场景上。

德勒兹敬佩的作家试图促使语言超越自身，在语言中引发一次变化，将语言推向其边界，卡罗尔通过非身体事件的悖论探索了词与物之间的表面，而阿尔托将这一表面溶解，由此，词语-碎片渗入身体并撕裂肉身，声音簇团与无器官之身体迷醉地融为一体。阿尔托创造了呼喊-呼吸，使词语变异为身体的尖啸和动物的嚎叫，塞利纳、康明斯、卢卡和贝克特也以类似方式将语言推向无法言说的界限，塞利纳凭借的是遍布文中的感叹词，康明斯的对策是将无法兼容的句法结构进行合并，卢卡依靠的是诸多碎片句子的结巴重复，贝克特的方法则是对词语进行频繁地重复、堆积、删除、排列。甚至像诸如梅尔维尔和卡夫卡这样的作家，即使他们的文章并未触动任何标准使用的形式，但穿过或越过词语的回响、鸣响和呢喃使得风格呈现出某种气氛的陌异性。梅尔维尔和卡夫卡创造了"听觉"，亦即位于语言边缘的致幻的声音要素，正如劳伦斯在可见物和可说物的边缘创造了"视觉"。视觉和听觉构成了语言的外部，它是画面、声音和言说之间的薄膜，并且，通过在语言中生产视觉和听觉，作家便创作出语言独有的绘画和音乐。贝克特尝试在语言中打洞，抹除词语并揭示出词语底下的"虚无或某物"，德勒兹认为词语底下的必定是"某物"——视觉之物或听觉之物，亦即萦绕和寓居在语言中的纯粹视觉和声音图像。贝克特在其电视剧中穷竭了语言和声音，以便创造出纯粹的图像，这些创造在有时候发生在语言的界限上（《……可那些云……》），另一些时候则发生在完全超越词语的地点（《方庭》）。正如贝内的戏剧一样，贝克特的电视剧最终完全进入语言的外部区域，但是，这些剧作上演的乃是语言超越自身的过程，此过程是语言的生成-他者，这是所有次要写作的特征：无论是卡罗尔笔下的无意义话语，阿尔托的呼喊-呼吸，塞利纳、康明斯、卢卡和贝克特的语言变异，还是梅尔维尔、卡夫卡和劳伦斯的视觉和听觉。

对德勒兹而言，文学自始至终都是一个关乎健康的问题。作家是尼采式文明的医生,他们的批判既摧毁又创造。萨德和马索克以及卡罗尔和阿尔托都是伟大的符征与症状的诊断医生,但他们还表达了生命的新可能性,这种新的生命超越了某种特定的性倒错、神经症、精神病的界限。普鲁斯特是一位深刻的符征诠释者,但他同时也生产了《追忆》的符征,这是一部伟大的时间机器,它横穿一个开放的整体,将重生的使命恢复到时间之中。同样,卡夫卡也建造了一部精密的写作机器,机器部件包括日记、书信、短篇故事和小说,并且,机器的关联部分横穿个人、家庭、社会和政治领域。他详细描述了藏匿在奥匈帝国内部的未来邪恶力量的病理学,以及法西斯和资本主义官僚体制的权力关系,但是,他还创造了逃逸线,亦即使其齿轮滑脱的法的反常运用。他发展了一种主要语言的次要使用,由此吸引了一种解域化的集体陈述,这种陈述为将要来临的人民铺平道路。贝内在其次要戏剧中同样对权力进行批判,虽然褫夺了莎士比亚的国家及其官方历史的配备,但在理查生成-女人的过程中,他将乌托邦——即一座变形岛屿的"不可能的"可能性——搬上舞台,理查/卡利班和珍妮女士/米兰达在这座岛屿上可以创造出新的生活方式。劳伦斯诊断出英国人背叛阿拉伯人、阿拉伯人背叛英国人,以及他同时背叛英国人和阿拉伯人的多重方式,但在其视觉中,他展露了空间的敞开、力的运动及虚构的未来人民的形象,这个形象就像其所居住的风景那般广袤无垠。贝克特则以删减实施批判,剔除叙事、习规、意指,但这必须是为了使纯粹图像在短暂的瞬间可以爆炸和消散成一个无限定的空间。

"文学是一种健康状态。"(CC 9;lv)当它堕入临床状态时,"词语不再产生任何东西,我们既听不到也看不到任何穿过它们的东西,只剩一个失去其故事、色彩和音乐的黑夜"(CC 9;lv)。当它健康时,词语被携带着"从宇宙的一端抵达另一端"(CC 9;lv)。诸道路被开启,一个无器官生命的曲折之线被创造。"每部作品都是一次航行、一段旅程[*trajet*],但它唯有借助内心的道路和轨迹[*trajectoires*]才能穿过或此或彼的外部道路,这些内心的道路和轨迹组成了作品,构成了作品的风景或音乐。"(CC 10;lvi)写作是生成-他者,是语言向内部变动力和外部逃逸线的敞开。无器官生命的轨迹是居间——在词语之间,在状态之间,在事物之间,以及在词语、状态和事物之间——的通道。写作是逃离、制造逃离、谵妄、离开径迹、背叛、生成、汇合诸流、组构装置、解域化。但最为重要的是,写作即标画逃逸线,由此抵达无器官生命的线,而这是一条走向健康和生活新可能性的居间线。

参考文献

Alliez, Eric. *La Signature du monde, ou qu'est-ce que la philosophie de Deleuze et Guattari.* Paris: Cerf, 1993.
Ansell Pearson, Keith. *The Difference and Repetition of Gilles Deleuze.* London: Routledge, 1999.
Arnim, Hans Friedrich August von. *Stoicorum Veterum Fragmenta.* 4 vols. 1924; Stuttgart: Teubner, 1964.
Beckett, Samuel. *As the Story Was Told.* London: Calder, 1990.
Beckett, Samuel. *The Complete Dramatic Works.* London: Faber and Faber, 1986.
Beckett, Samuel. *Disjecta: Miscellaneous Writings and a Dramatic Fragment.* Ed. Ruby Cohn. New York: Grove Press, 1984.
Beckett, Samuel. *Murphy.* 1938; New York: Grove Press, 1958.
Beckett, Samuel. *Nohow On.* London: Calder, 1989.
Beckett, Samuel. *Three Novels by Samuel Beckett: Molloy, Malone Dies, The Unnamable.* New York: Grove Press, 1965.
Beckett, Samuel. *Watt.* New York: Grove Press, 1953.
Bene, Carmelo. "L'énergie sans cesse renouvelée de l'utopie." *Travail Théâtral* 27 (1977): 61-89.
Bene, Carmelo. *Opere.* Milan: Bompiani, 1995.
Bensmaïa, Réda. "The Kafka Effect." Trans. Terry Cochran. In Gilles Deleuze and Félix Guattari, *Kafka: Toward a Minor Literature,* ix-xxi. Minneapolis: University of Minnesota Press, 1986.
Bensmaïa, Réda. "On the Concept of Minor Literature. From Kafka to Kateb Yacine." In *Gilles Deleuze and the Theater of Philosophy,* ed. Constantin V. Boundas and Dorothea Olkowski. New York: Routledge, 1994, pp. 213-28.
Bensmaïa, Réda. "Traduire ou 'blanchir' la langue: Amour Bilingue d'Abdelkebir Khatibi." *Hors Cadre* 3 (spring 1985): 187-206.
Bensmaïa, Réda, "Les transformateurs-deleuze ou le cinéma comme automate spirituel." *Quaderni di Cinema / Studio* 7-8 (July-December 1992): 103-16.
Boa, Elizabeth. *Kafka: Gender, Class, and Race in the Letters and Fictions.* Oxford: Clarendon, 1996.
Bogue, Ronald. *Deleuze and Guattari.* London: Routledge, 1989.
Bogue, Ronald. *Deleuze on Cinema.* New York: Routledge, 2003.
Bogue, Ronald. *Deleuze on Music, Painting, and the Arts.* New York: Routledge, 2003.
Boundas, Constantin V. "Deleuze-Bergson: An Ontology of the Virtual." In *Deleuze: A Critical Reader,* ed. Paul Patton. London: Blackwell, 1996, pp. 81-106.

Braidotti, Rosi. *Nomadic Subjects.* New York: Columbia University Press, 1994.
Bréhier, Emile. *La théorie des incorporels dans l'ancien stoïcisme.* 4th ed. 1928; Paris: Vrin, 1970.
Brod, Max. *Franz Kafka: A Biography.* Trans. G. Humphreys Roberts and Richard Winston. New York: Schocken, 1963.
Buchanan, Ian. *Deleuzism: A Metacommentary.* Durham, NC: Duke University Press, 2000.
Buchanan, Ian, and Claire Colebrook, eds. *Deleuze and Feminist Theory.* Edinburgh: Edinburgh University Press, 2000.
Buydens, Mireille. *Sahara: l'esthétique de Gilles Deleuze.* Paris: Vrin, 1990.
Canetti, Elias. *Kafka's Other Trial: The Letters to Felice.* Trans. Christopher Middleton. New York: Schocken, 1974.
Carrière, Mathieu. *Pour une littérature de guerre, Kleist.* Trans. Martin Ziegler. Arles: Actes Sud, 1985.
Carroll, Lewis. *Alice's Adventures in Wonderland and Through the Looking-Glass.* New York: Signet, 1960.
Carrouges, Michel. *Les Machines célibataires.* Rev. and aug. 1954; Paris: Chêne, 1976.
Céline, Louis-Ferdinand. *Guignol's Band.* Trans. Bernard Frechtman and Jack T. Nile. New York: New Directions, 1954.
Cendrars, Blaise. *Moravagine.* Paris: Denoël, 1962.
Colebrook, Claire. *Gilles Deleuze.* London: Routledge, 2001.
Colombat, André. *Deleuze et la littérature.* New York: Peter Lang, 1990.
Corngold, Stanley. "Kafka and the Dialect of Minor Literature." *College Literature* 21 (February 1994): 89-101.
Cruchet, René. *De la méthode en médecine.* 2nd ed. Paris: PUF, 1951.
Dalcq, Albert. *L'oeuf et son dynamisme organisateur.* Paris: Albin Michel, 1941.
Duchamp, Marcel. *Notes and Projects for The Large Glass.* Ed. and trans. Arturo Schwarz. New York: Henry N. Abrams, 1969.
Duchamp, Marcel. *Salt Seller: The Writings of Marcel Duchamp (Marchand du sel).* Ed. Michel Sanouillet and Elmer Peterson. New York: Oxford University Press, 1973.
Duhem, Pierre. *Le Système du monde: Histoire des doctrines cosmologiques de Platon à Copernic.* Vol. VII. Paris: Hermann, 1954.
Elie, Hubert. *Le complexe significabile.* Paris: Vrin, 1936.
Escoubas, Eliane. "L'oeil (du) teinturier." *Critique* 418 (March 1982): 231-42.
Findlay, J. N. *Meinong's Theory of Objects and Values.* Oxford: Clarendon, 1933.
Fitzgerald, F. Scott. *The Bodley Head Scott Fitzgerald.* Vol. 1. London: The Bodley Head, 1958.
Fleutiaux, Pierrette. *Histoire du gouffre et de la lunette.* Paris: Julliard, 1976.
Fortier, Mark. "Shakespeare as 'Minor Theater': Deleuze and Guattari and the Aims of Adaptation." *Mosaic* 29 (March 1996): 1-18.
Foucault, Michel. *Discipline and Punish: The Birth of the Prison.* Trans. Alan Sheridan. New York: Pantheon, 1977.
Foucault, Michel. *The History of Sexuality: Vol. I: An Introduction.* Trans. Robert Hurley. New York: Pantheon, 1978.
Freud, Sigmund. "Analysis of a Phobia in a Five-Year-Old Boy (1909)." *Standard Edition of the Complete Psychological Works of Sigmund Freud.* Vol. X, pp. 1-149. Trans. James Strachey. London: Hogarth Press, 1955.
Freud, Sigmund. "Creative Writers and Daydreaming," *Standard Edition of the Complete Psychological Works of Sigmund Freud.* Vol. IX, pp. 141-53. Trans. James Strachey. London: Hogarth Press, 1955.
Genet, Jean. *Prisoner of Love.* Trans. Barbara Bray. Hanover, NH: Wesleyan University Press, 1992.
Golding, John. *Marcel Duchamp: The Bride Stripped Bare by her Bachelors, Even.* New York: Viking, 1972.
Goldschmidt, Victor. *Le système stoïcien et l'idée de temps.* 4th ed. 1953; Paris: Vrin, 1977.
Goodchild, Philip. *Deleuze and Guattari: An Introduction to the Politics of Desire.* Thousand Oaks, CA: Sage, 1996.

Goodchild, Philip. *Gilles Deleuze and the Question of Philosophy*. Madison, N.J.: Fairleigh Dickinson University Press, 1996.

Grosz, Elizabeth. *Volatile Bodies: Towards a Corporeal Feminism*. Bloomington: Indiana University Press, 1994.

Hardt, Michael. *Gilles Deleuze: An Apprenticeship in Philosophy*. Minneapolis: University of Minnesota Press, 1993.

Henderson, Linda Dalrymple. *Duchamp in Context: Science and Technology in The Large Glass and Related Works*. Princeton, NJ: Princeton University Press, 1998.

Holland, Eugene W. *Deleuze and Guattari's Anti-Oedipus: Introduction to Schizoanalysis*. London: Routledge, 1999.

Holland, Eugene W. "Deterritorializing 'Deterritorialization'—From the *Anti-Oedipus* to *A Thousand Plateaus*." *SubStance* 66 (1991): 55-65.

Holland, Eugene W. "Schizoanalysis and Baudelaire: Some Illustrations of Decoding at Work." In *Deleuze: A Critical Reader*, ed. Paul Patton. London: Blackwell, 1996, pp. 240-56.

Isaacs, Susan. "The Nature and Function of Phantasy." In *Developments in Psycho-Analysis*. Ed. Joan Riviere. London: Hogarth Press, 1952.

James, Henry. *The Novels and Tales of Henry James. New York Edition*. Vol. XI. New York: Charles Scribner's Sons, 1908.

Janouch, Gustav. *Conversations with Kafka*. Trans. Goronwy Rees. London: Quartet Books, 1985.

Kafka, Franz. *The Complete Stories*. Ed. Nahum N. Glatzer. New York: Schocken, 1971.

Kafka, Franz. *Dearest Father Stories and Other Writings*. Trans. Ernest Kaiser and Eithne Wilkins. New York: Schocken, 1954.

Kafka, Franz. *The Diaries of Franz Kafka*. 2 vols. Ed. Max Brod, trans. Joseph Kresh. New York: Schocken, 1948-49.

Kafka, Franz. *Letters to Friends, Family and Editors*. Trans. Richard and Clara Winston. New York: Schocken, 1977.

Kafka, Franz. *The Trial*. Trans. Willa Muir and Edwin Muir. New York: Modern Library, 1956.

Kennedy, Barbara M. *Deleuze and Cinema: The Aesthetics of Sensation*. Edinburgh: Edinburgh University Press, 2000.

Klee, Paul. *Paul Klee: On Modern Art*. Trans. Paul Findlay. London: Faber and Faber, 1948.

Kleist, Heinrich von. *An Abyss Deep Enough: Letters of Heinrich von Kleist with a Selection of Essays and Anecdotes*. Ed. and trans. Philip B. Miller. New York: E. P. Dutton, 1982.

Kleist, Heinrich von. *Penthesilea*. Trans. Humphrey Trevelyan. In *The Classic Theatre, Vol. II: Five German Plays*. Garden City, NY: Doubleday Anchor, 1959, pp. 313-419.

Kowsar, Mohammad. "Deleuze on Theatre: A Case Study of Carmelo Bene's *Richard III*." *Theatre Journal* 38 (1986): 19-33.

Lacan, Jacques. *Ecrits*. Paris: Seuil, 1966.

Laforgue, Jules. "Hamlet, ou les suites de la piété filiale." In *Oeuvres complètes*. Vol. 3, pp. 11-69. 1922; rpt. Geneva: Slatkine, 1979.

Lambert, Gregg. *The Non-Philosophy of Gilles Deleuze*. London: Continuum Books, 2002.

Laplanche, Jean, and J.-B. Pontalis. "Fantasme originaire, fantasmes des origines, origine du fantasme." *Les Temps modernes* 215 (April 1964): 1833-68. [English translation: "Fantasy and the Origins of Sexuality." *The International Journal of Psycho-Analysis* 49 (1968): 1, 1-18.]

Laplanche, Jean, and J.-B. Pontalis. *The Language of Psycho-Analysis*. Trans. Donald Nicholson-Smith. New York: Norton, 1973.

Lawrence, A. W., ed. *Letters to T. E. Lawrence*. London: Jonathan Cape, 1962.

Lawrence, D. H. *Studies in Classic American Literature*. 1923; Harmondsworth: Penguin, 1971.

Lawrence, T. E. *Seven Pillars of Wisdom: A Triumph*. 1926; New York: Dell, 1962.

Lecercle, Jean-Jacques. *Philosophy through the Looking-Glass: Language, Nonsense, Desire*. La Salle, Ill.: Open Court, 1985.

Maass, Joachim. *Kleist: A Biography.* Trans. Ralph Manheim. New York: Farrar, Straus and Giroux, 1983.
Massumi, Brian. *A User's Guide to Capitalism and Schizophrenia: Deviations from Deleuze and Guattari.* Cambridge, MA: MIT Press, 1992.
Mates, Benson. *Stoic Logic.* Berkeley: University of California Press, 1961.
May, Todd. *Reconsidering Difference: Nancy, Derrida, Levinas, and Deleuze.* University Park: Pennsylvania State University Press, 1997.
Michel, Bernard. *Sacher-Masoch: 1836–1895.* Paris: Robert Laffont, 1989.
Mumford, Lewis. *The Myth of the Machine. Technics and Human Development.* New York: Harcourt, Brace and World, 1967.
Nietzsche, Friedrich. *The Gay Science,* 1887; trans. Walter Kaufmann. New York: Vintage, 1974.
Nietzsche, Friedrich. *Philosophy and Truth: Selections from Nietzsche's Notebooks of the Early 1870's.* Trans. and ed. Daniel Breazeale. Atlantic Heights, NJ: Humanities Press, 1979.
Nietzsche, Friedrich. *The Portable Nietzsche,* Ed. and trans. Walter Kaufmann. Harmandsworth: Penguin, 1976.
Norrman, Ralf. "The Intercepted Telegram Plot in Henry James's 'In the Cage.'" *Notes and Queries* 24 [new series] (October 1971): 425–27.
Olkowski, Dorothea. *Gilles Deleuze and the Ruin of Representation.* Berkeley: University of California Press, 1999.
Oresme, Nicole. *Nicole Oresme and the Medieval Geometry of Qualities and Motions: A Treatise on the Uniformity and Difformity of Intensities Known as Tractatus de configurationibus qualitatum et motuum.* Ed., intro., trans., and commentary by Marshall Clagett. Madison: University of Wisconsin Press, 1968.
Patton, Paul. *Deleuze and the Political: Thinking the Political.* London: Routledge, 2000.
Plato. *Republic.* Trans. Paul Shorey. In *Collected Dialogues,* ed. Edith Hamilton and Huntington Cairns. Princeton, NJ: Princeton University Press, 1961.
Proust, Marcel. *Remembrance of Things Past.* 3 vols. Trans. C. K. Scott Moncrieff and Terence Kilmartin. New York: Vintage, 1982.
Quignard, Pascal. *L'être du balbutiement, essai sur Sacher-Masoch.* Paris: Mercure de France, 1969.
Rajchman, John. *The Deleuze Connections.* Cambridge, MA: MIT Press, 2000.
Reuleaux, Franz. *The Kinematics of Machinery: Outlines of a Theory of Machines.* Trans. Alexander B. W. Kennedy. 1876; New York: Dover, 1963.
Rist, J. M. *Stoic Philosophy.* Cambridge: Cambridge University Press, 1969.
Robertson, Ritchie. *Kafka: Judaism, Politics, and Literature.* Oxford: Clarendon, 1985.
Rodowick, D. N. *Gilles Deleuze's Time Machine.* Durham, NC: Duke University Press, 1997.
"Scenografia 'Hommelette for Hamlet.'" *Domus* 695 (June 1988): 7–8.
Shakespeare, William. *The Complete Works.* Ed. Alfred Harbage. Baltimore: Penguin, 1969.
Simondon, Gilbert. *L'individu et sa genèse physico-biologique.* Paris: PUF, 1964.
Smith, Daniel W. "'A Life of Pure Immanence': Deleuze's 'Critique et Clinique' Project." In Deleuze, *Essays Critical and Clinical.* Trans. Daniel W. Smith and Michael A. Greco. Minneapolis: University of Minnesota Press, 1997.
Smith, Daniel W. "Deleuze's Theory of Sensation: Overcoming the Kantian Duality." In *Deleuze: A Critical Reader,* ed. Paul Patton. London: Blackwell, 1996, pp. 29–56.
Stivale, Charles J. *The Two-Fold Thought of Deleuze and Guattari: Intersections and Animations.* New York: Guilford, 1998.
Uhlmann, Anthony. *Beckett and Poststructuralism.* Cambridge: Cambridge University Press, 1999.
Voie suisse: l'itinéraire genevois. De Morschach à Brunnen. Geneva: Republic and Canton of Geneva, 1991.
Wagenbach, Klaus. *Franz Kafka: Années de jeunesse (1883–1912).* Trans. Elisabeth Gaspar. 1958; Paris: Mercure de France, 1967.
Zourabichvili, François. *Deleuze: Une philosophie de l'événement.* Paris: PUF, 1994.

译名对照表

（按汉语拼音顺序排序）

外国人名

阿尔托,安托南　Artaud, Antonin
埃利,于贝尔　Elie, Hubert
埃利耶　Alliez
埃斯库巴斯,埃利亚纳　Escoubas, Eliane
埃斯林,马丁　Esslin, Martin
艾萨克斯,苏珊　Isaacs, Susan
安塞尔-皮尔逊　Ansell-Pearson
奥尔科夫斯基　Olkowski
奥贾斯,科拉多　Augias, Corrado
奥勒留,马可　Aurelius, Marcus
奥里斯姆,尼古拉　Oresme, Nicolas
巴尔扎克,奥诺雷　Balzac, Honoré
巴塔耶　Bataille
巴肖芬　Bachofen
拜伦　Byron
邦迪斯　Boundas
鲍尔,费利斯　Bauer, Felice
贝多芬　Beethoven
贝克特,萨缪尔　Beckett, Samuel
贝林达努,弗洛林　Berindeanu, Florin
贝内,卡尔梅洛　Bene, Carmelo
贝尼尼　Bernini
本斯马伊亚　Bensmaïa
柏格森,亨利　Bergson, Henri
柏拉图　Plato
博阿,伊丽莎白　Boa, Elizabeth
博尔赫斯　Borges
布封　Buffon
布坎南　Buchanan
布莱,弗兰茨　Blei, Franz
布朗肖,莫里斯　Blanchot, Maurice

布雷耶	Bréhier	哈特	Hardt
布罗德,马克斯	Brod, Max	亨德森	Henderson
布伊登斯	Buydens	胡塞尔	Husserl
查拉图斯特拉	Zarathustra	惠特曼	Whitman
达尔克	Dalcq	霍兰	Holland
德拉库拉	Dracula	基尼亚尔,帕斯卡	Quignard, Pasacal
得伊福玻斯	Deiphobus	加缪	Camus
迪昂,皮埃尔	Duhem, Pierre	卡夫卡,弗兰茨	Kafka, Franz
杜梅齐尔,乔治	Dumézil, Georges	卡里耶,马蒂厄	Carrière, Mathieu
杜尚,马塞尔	Duchamp, Marcel	卡鲁热,米歇尔	Carrouges, Michel
恩披里柯,塞克斯都	Empiricus, Sextus	卡罗尔,刘易斯	Carroll, Lewis
凡尔纳,儒勒	Verne, Jules	卡内蒂,埃利亚斯	Canetti, Elias
范费尔德	Van Velde	康德,伊曼努尔	Kant, Immanuel
菲茨杰拉德,斯科特	Fitzgerald, Scott	康明斯	Cummings
芬德利	Findlay	凯鲁亚克	Kerouac
弗勒蒂奥,皮耶蕾特	Fleutiaux, Pierrette	考恩,阿克塞尔	Kaun, Axel
弗洛伊德	Freud	科尔布鲁克	Colebrook
福捷,马克	Fortier, Mark	科隆巴	Colombat
福柯,米歇尔	Foucault, Michel	科洛迪	Collodi
福斯特,E.M.	Forster, E.M.	科萨尔	Kowsar
戈达尔	Godard	克尔凯郭尔	Kierkegaard
戈德堡,鲁布	Goldberg, Rube	克拉格特,马歇尔	Clagett, Marshall
戈尔德施密特	Goldschmidt	克莱斯特	Kleist
歌德	Goethe	克莱因,梅兰妮	Klein, Melanie
古德柴尔德	Goodchild	克雷默,德特勒夫	Kremer, Detlev
瓜塔里,费利克斯	Guattari, Félix	克利,保罗	Klee, Paul
哈代,托马斯	Hardy, Thomas	克罗索斯基	Klossowski
		克吕谢,勒内	Cruchet, René
		肯尼迪	Kennedy

译名对照表

拉福格, 儒勒　Laforgue, Jules	梅尔维尔, 赫尔曼　Melville, Herman
拉康, 雅克　Lacan, Jacques	米勒, 亨利　Miller, Henry
拉普朗什　Laplanche	米勒娜　Milena
赖赫曼　Rajchman	米肖, 亨利　Michaux, Henri
兰伯特　Lambert	米歇尔, 贝尔纳　Michel, Bernard
劳伦斯, D. H.　Lawrence D. H.	缪塞　Musset
劳伦斯, T. E.　Lawrence, T. E.	讷沙托的安德烈　André de Neufchâteau
勒洛, 弗兰茨　Reuleaux, Franz	
勒维, 伊兹霍克　Löwy, Jizchok	内瓦尔　Nerval
雷诺阿　Renoir	尼采, 弗里德里希　Nietzsche, Friedrich
里米尼的格列高利　Gregory of Rimini	
	帕顿　Patton
里斯特　Rist	帕尔内, 克莱尔　Parnet, Claire
卢卡, 盖拉西姆　Luca, Gherasim	培根, 弗兰西斯　Bacon, Francis
鲁塞尔, 雷蒙　Roussel, Raymond	佩兰, 卡门　Perrin, Carmen
伦勃朗　Rembrandt	彭忒西勒亚　Penthesilea
罗伯-格里耶　Robbe-Grillet	蓬塔利斯　Pontalis
罗伯逊, 里奇　Robertson, Ritchie	坡, 埃德加·艾伦　Poe, Edgar Allan
罗德　Rohde	普雷沃　Prévost
罗多维克　Rodowick	普鲁斯特, 马塞尔　Proust, Marcel
洛特雷阿蒙　Lautréamont	齐格勒, 马丁　Martin, Ziegler
马拉美　Mallarmé	热内　Genet
马罗塔, 吉诺　Marotta, Gino	萨德　Sade
马洛　Marlowe	萨克-马索克　Sacher-Masoch
马苏米　Massumi	塞利纳　Céline
迈农　Meinong	塞尚　Cézanne
芒福德, 刘易斯　Mumford, Lewis	桑德拉尔, 布莱兹　Cendrars, Blaise
毛特纳, 弗里茨　Mauthner, Fritz	莎士比亚　Shakespeare
梅　May	斯蒂韦尔　Stivale

斯卡拉,安德烈　Scala, André
斯韦娅　Svea
施瓦茨,阿图罗　Schwarz, Arturo
史蒂文森　Stevenson
史密斯　Smith
史瑞伯,丹尼尔·保罗　Schreber Daniel Paul
舒伯特　Schubert
索克尔,瓦尔特　Sokel, Walter
特韦勒斯,海因里希　Teweles, Heinrich
瓦根巴赫,克劳斯　Wagenbach, Klaus
瓦萨塔,鲁道夫　Vasata, Rudolf

王尔德　Wilde
维里耶·德利尔-阿达姆　Villiers de l'Isle-Adam
维米尔　Vermeer
沃尔夫,托马斯　Wolfe, Thomas
沃尔夫森,路易斯　Wolfson, Louis
乌尔曼,安东尼　Uhlmann, Anthony
伍尔夫,弗吉尼亚　Woolf, Virginia
夏多布里昂　Chateaubriand
雅里,阿尔弗雷德　Jarry, Alfred
雅努赫　Janouch
詹姆斯,亨利　James, Henri
祖拉比什维利　Zourabichvili

术　语①

变形　transformation
表面　surface
表象　appearance
部分对象　partial object
阐发　explication
抽象机器　abstract machine
次序时间　Chronos
次要化　minorization

次要文学　minor literature [*littérature mineure*]
差异　difference [*différence*]
陈述　enunciation [*énonciation*]
重复　repetition [*répétition*]
簇团　block
存在　being
单身汉　*Célibataire*

---

① 德勒兹思想艰深难懂,其关键术语的中文译名学界尚未完全统一,故而本书术语译法与已出版的《德勒兹论音乐、绘画和艺术》(南京大学出版社,2020年5月第1版)不完全一致。——编注

译名对照表

单身机器　celibate machine [*machine célibataire*]
叠合　complication
对象　object
非身体　incorporeal
非语言　non-language
分异　differentiation
风格　style
符码　code
符征　sign
符征学　semiology
复个　double
复多性　multiplicity
感发　affect
感官的　sensual [*sensuel*]
感觉　sensation
感情　affection
感兴　affect
感兴性　affectivity
沟痕空间　striated space [*espace strié*]
呼喊词　cry-word [*mot-cris*]
呼吸词　breath-word [*mot-souffles*]
幻想　phantasy [*phantasme*]
回路　circuit
毁形　deformation
毁形性　deformity
混沌宇宙　chaosmos
混成语　portmanteau words

机器　machine
解域化　deteritorialization
块茎　rhizome
块茎蔓生　rhizoming
力　force
力量　power [*puissance*]
恋物　fetish
恋物癖　fetishism
良心　conscience
良知　good sense
临床　clinic [*clinique*]
流　flow
敏感性　sensibility
内张　intensive
内张度　intensity [*intensité*]
能指物　significan
批评　critic [*critique*]
平滑空间　smooth space [*espace lisse*]
奇异性　singularity
潜在　virtual
切割　cut
情感　sentiment
权力　power [*pouvoir*]
深处　depth
生成　becoming [*devenir*]
生成-动物　becoming-animal
生成-女人　becoming-woman
生成-他者　becoming-other

241

施动　action
施动词　action-word [*mot-action*]
施虐恋　sadism
施虐受虐恋　sadomasochism
施为　performance
事件　event
视觉　vision
受动　passion
受动词　passion-word [*mot-passion*]
受虐恋　masochism
所述　speech [*énoncé*]
逃逸线　line of flight [*ligne de fuite*]
听觉　audition
同形　uniform
同形性　uniformity
图表　diagram
图像　image
团块　block
外延　extensive
文学机器　literary machine
无器官的身体　body without organs
无意记忆　involuntary memory
显现　apparition
性倒错　perversion

悬搁　suspension
言语活动　language [*langage*]
扬弃　disavowal [*dénégation*]
一致性　consistency
一致性平面　plane of consistency
意义　sense [*sens*]
意指　signification
意指物　significate
异形　difformity
异形性　difformity
影像　image
永恒时间　Aion
语言　language [*langue*]
欲望机器　desiring-machine
再现　representation
再域化　reterritorialization
谵妄　delirium
征候学　semeiology [*séméiologie*]
症状　symptom [*symtôme*]
症状学　symptomatology [*symptomatologie*]
指称　designification
主要文学　major literature [*littérature majeure*]
装置　assemblage [*agencement*]